www.bbulmedia.com

www.bbulmedia.com

좀비묵시록 82-08

좀비묵시록 82-08

1판 1쇄 찍음 2016년 6월 2일
1판 1쇄 펴냄 2016년 6월 10일

지은이 | 박스오피스
펴낸이 | 정 필
펴낸곳 | 도서출판 **뿔미디어**

편집장 | 이재권
기획 · 편집 | 문정흠

출판등록 | 2002년 9월 11일 (제1081-1-132호)
주소 | 경기도 부천시 원미구 소향로 17번길(두성프라자) 303호 (우) 14544
전화 | 032)651-6513 / 팩스 032)651-6094
E-mail | bbulmedia@hanmail.net
홈페이지 | http://bbulmedia.com

값 8,000원

ISBN 979-11-315-7207-8 04810
ISBN 979-11-315-6934-4 04810 (세트)

※파본은 구입하신 서점에서 교환하여 드립니다.

좀비묵시록 82-08

9

박스오피스 현대 판타지 장편 소설

뿔미디어

CONTENT

1장

Redemption

1

민구가 눈을 떴을 때, 그의 곁을 지키고 있던 것은 의외의 얼굴이었다.

"너… 네가 왜?"

놀란 민구가 물었다. 그러면서 일어나 앉아보려 했지만, 몸이 말을 듣지 않는다. 그의 뜻대로 움직여 주는 것은 눈꺼풀과 입뿐, 나머지 부분은 아무런 감각이 없다. 목을 움직여 팔다리를 돌아보지 못할 만큼 너무나 무기력하다.

"쉬잇— 아저씨, 말씀 많이 하시면 안 돼요."

테라가 민구의 머리를 쓸어주며 조용히 말했다. 주변에 다른 사람의 기척은 느껴지지 않는다. 흰 수건으로 이마의 땀을 콕콕 찍어주는 이 깡마른 계집애와 힘없이 누워 있는 그 자신뿐이다.

이 아이와 마주하고 있다는 건 다시 잠실로 돌아왔다는 말인가? 그렇다고 해도 왜 하필이면 이 계집애가 내 간호를…….

"초희는 어디 갔어? 왜 네가……. 그리고 밤톨이랑 그 부하들은 다 어떻게?"

테라는 아무 대답도 않고 물수건으로 입술을 적셔주었다. 바짝 말라 갈라진 그의 입술은 뜻대로 움직이지 않는다. 답답해진 민구가 목소리를 높였다.

"다들… 어떻게 됐냐고 묻잖아."

망설이던 테라가 침울한 표정으로 입을 열었다.

"잘 아시잖아요."

"무슨 소리야? 이제 겨우 정신을 차린 사람에게… 말해줘, 다들 어디에 있어?"

"죽었어요, 전부 다."

"뭐라고? 그럴 리가… 대체 왜?"

민구의 눈이 커진다.

이게 무슨 소리인가. 다리 위에서 함께 싸워 위기를 넘긴 기억이 선명하건만, 그 이후에 대체 무슨 일이 있었기에…….

하지만 그렇게 당황스러운 마음의 이면 저 안쪽에 키득거리며 웃는 또 다른 목소리가 있다.

[크큭큭, 내 그럴 줄 알았어…….]

또 다른 목소리는 그 상황에 대해 적극적으로 납득한다. 비오듯 쏟아져 내리는 땀을 닦아주며 테라가 담담하게 말했다.

"당연한 일이었는데요, 뭐. 아저씨랑 얽혔으니 끝이 좋을 리가 없죠."

[그래, 옳은 말이야. 당연한 일이었잖아. 그래서 너도 이 말라깽이 계집애와 자꾸 거리를 두려 했던 거고… 뭘 그렇게 순진한 척을 하려고 해?]

키득거리던 내면의 목소리가 민구의 심장을 간질인다. 구역질이 솟는 것 같다.

"후우우~"

민구는 한숨을 내쉬며 눈을 감고 속을 진정시켜 보려 했다. 끔찍한 기분이다. 모두가 죽고 자신만 살아남은 싸움…….

또인가. 그러고 보면 그날 새벽 강서 정수장에서도 그랬었지… 정문을 들이받고 떠올랐던 승용차에서 살아 걸어 나온 사람은 그 자신밖에 없었다.

두 눈을 부릅뜬 채 피를 뒤집어쓰고 죽어 있던 조직원 놈들의 얼굴과 머리가 잘려 나간 괴물의 모습이 아직도 선명하게 기억난다.

정수장에서도 마찬가지였다. 몇 명인가가 있었지만, 그중 오직 강민구, 혼자만이 정수장 문밖으로 빠져나왔다. 살려준다는 약속을 했던 그 가방끈 긴 여자도… 나름 애를 써서 냉장고에 넣어놨지만, 아직 살아 있을 성싶지가 않다.

세상이 이 모양이 되었으니 용케 정신을 되찾아 밖으로 나왔다고 해도 지금쯤은 아마 괴물들 중 하나가 되어 있든지, 아니면 시체가 되어 어느 길바닥에 널브러져 있을 것이다.

후후후후, 손만 대면 다 죽어 자빠지는 건가. 저승사자가 따로 없군. 뭐, 이런 엿 같은… 후후후…….

민구는 자조적으로 웃었다. 하지만 그 지독한 악귀로서의 삶도 이제 끝이다. 그는 안다, 자신의 목숨이 이제 아주 힘없이 사그라지고 있다는 것을.

"다행이에요."

테라가 이마를 짚어보며 미소를 짓는다. 민구는 그녀가 무슨 말을 하는지 이해할 수가 없었다.

다행이라니… 대체 이 거지 같은 상황의 어떤 면이 다행이라는 말인가.

민구가 의아한 표정을 짓는 동안 테라는 자신의 두 손에 입김을 불어넣었다. 한겨울에 얼어붙은 손을 녹이기 위해 하는 행동과 비슷하다. 하지만 민구는 자신의 생명이 꺼져 가는 와중에도 그녀의 그런 행동이 뭔가 위험한 일이라는 걸 직감할 수 있었다.

테라가 열심히 입김을 불어넣자 그녀의 희고 가느다란 손이 빛나기 시작했다. 그와 비례해서 원래부터 그리 혈색이 좋지 않던 그녀의 얼굴은 더더욱 파리하게 변해갔다. 테라는 눈부시게 빛이 뿜어져 나오는 두 손을 뻗어 민구의 두 눈가를 덮었다.

따뜻하다. 안구부터 시작해 얼굴 전체로 따뜻한 기운이 번지기 시작하며, 극심한 무력감과 고통에 지쳐 있던 몸에 생기가 돈다.

"이렇게… 은혜를 갚을 수 있어서요."

그렇게 말한 테라는 한 번 더 두 손을 얼굴로 가져가 입김을 불어넣었다.

…위험하다.

민구는 그녀를 말려야 한다고 생각했다. 이 짓을 계속했다가는 그녀가 죽고 말 것이다. 테라의 두 손이 다시 눈을 덮는다. 그녀의 기운을 받아 간신히 움직일 수 있게 된 팔로 민구는 테라를 밀어냈다.

"그만! 그만둬! 왜 이래!"

"아직, 치료를 더 해야 해요. 그렇지 않으면 죽게 될 거예요."

"오히려 네가 못 버텨! 너도 알잖아!"

"하지만 보답을 하고 싶어요……."

"보답 같은 거 필요 없어! 내가 경고했지, 나한테 가까이 오지 말라고! 그런데 왜 이래? 내가 결국 너의 시체를 봐야겠어? 이 세상에 마지막으로 살아남은 게 나뿐이라는 걸 내 눈으로 확인하도록 할 셈이야? 그냥 죽도록 내버려 두라고!"

민구는 두 눈을 질끈 감았다. 테라의 손이 다시 한 번 뻗어온다. 이마에 닿는 손길을 느끼자마자 민구는 그 손을 쳐내고 고함을 질렀다.

"꺼지라고! 내 몸에 손대지 마! 참견 말고 꺼져!"

탁, 손끝에 닿는 느낌이 생생하다. 그리고 곧바로 귀에 익은 목소리가 쨍쨍거린다.

"아우, 진짜 이 오빠는 기절해서까지도 성질이 지랄 맞아! 왜 이렇게 짜증을 부리고 난린데? 좀 가만히 좀 있어봐! 쫌! 아우 썅! 간호해 주다가 욕먹으니까 기분 존나 더럽네, 진짜!"

초희다. 민구는 자꾸 감기려고 하는 눈을 억지로 떴다. 초희는 작은 수건에 물을 적셔 그의 얼굴을 닦아주고 있었다. 자신의 주변을 밤톨, 무전병, 그리고 몇몇 군인들의 걱정스런 얼굴이 빙 둘러싸고 있다.

하아… 모든 게 다 환상이었나? 그 계집애도, 이상한 빛이 나던 손도…….

민구는 몸을 일으켜 보려 했다.

크윽!

엄청난 고통이 옆구리 전체를 휘감는다. 환상 속에서처럼 평화롭지도, 나른하지도 않다. 1초가 멀다 하고 무지막지한 아픔이 신경의 여기저기를 잔인하게 쑤신다.

"아, 그렇게 무리하게 움직이지 마세요! 지혈해야 하니까 좀 가만히……."

밤톨이 땀을 뻘뻘 흘리며 민구의 옆구리에 고개를 처박고 있다. 민구는 초희가 닦아준 입술 주변의 수분을 할짝거려 삼킨 후 물었다.

"내가… 끄으응, 얼마나 오래 뻗어 있었던 거지?"

"오래요? 아닙니다. 지금 기절하시고 몇 초 안 돼서 곧바로 눈뜨신 거예요. 한 20초나 되었을까? 뭐, 그렇습니다. 그나저나 형님, 운이 좋았어요! 총 맞은 사람한테 운이 좋았다는 말 하는 건 좀 그렇지만, 하여간 그냥 관통상 같아요! 그것도 옆구리 쪽이라서 뼈나 내장이 다치지는 않았을 겁니다! 이제 피만 좀 멎으면… 아, 근데 이거 잘 안 되네.”

민구는 잘 움직이지 않는 고개를 억지로 움직였다. 뜨끈뜨끈한 아스팔트 위에 대자로 뻗어 있는 자신의 팔다리가, 그리고 붉은 피가 옅게 배어 나오는 가슴의 상처가 눈에 들어온다.

하지만 옆구리는 어떻게 된 것인지 도통 보이지 않았다. 밤톨이 상처 주변에 뭔가 검붉은 천을 잔뜩 쑤셔 박아 가려뒀기 때문이다. 다리 위로 강바람이 불어올 때마다 검붉은 천의 끝자락이 어지럽게 춤을 추며 날렸다.

“그게… 뭐야? 뭘 그렇게…….”

민구는 손을 뻗어 검붉은 천을 쥐었다. 그러고는 곧바로 깨달았다. 자신이 잡은 게 원래는 흰색이었을 지혈용 붕대라는 것을. 그리고 그걸 흠뻑 적신 액체가 자신의 몸에서 흘러나온 피라는 사실도…….

밤톨은 황급하게 고개를 저으며 민구를 만류했다.

“만지시면 안 돼요! 감염이 될지도 모르니까! 아, 그리고 자세를 바꾸지 마세요! 심장이 낮게 가야 합니다!”

그 말을 듣고 보니 녀석은 얇은 고무장갑 같은 걸 낀 채다. 바닥에는 몇 개의 소독 솜뭉치가 역시 시뻘건 피를 잔뜩 먹은 채 뒹굴고 있다.

“큭큭큭, 감염 같은 소리 하네. 괴물들 시체 바로 옆, 맨바닥에 눕혀놓고 그런 걱정을 하다니. 그나저나… 끄응, 어디서 이런 걸 구했어?"

"아, 이거 말씀입니까? 이거… 아이 팩이라고, 그 장갑 트레일러 배치용으로 지급 받은 겁니다. 인디 비주얼 퍼스트인가 뭐라고 했는데… 하여튼, 저희도 대강 교육만 받았지 실제로 써보는 건 처음이라서… 아이, 젠장. 거즈가 한참 모자라잖아. 씨발, 벌써 피범벅인데… 이 상태로는 압박을 못해. 야, 더 뒤져 봐. 이게 다야?"

민구의 옆구리에 계속해서 거즈를 밀어 넣던 밤톨이 난감한 표정을 짓는다. 식판 정도 크기의 국방색 천 가방 안쪽을 살피던 무전병이 '없습니다!' 하며 고개를 저었다.

제대로 지혈이 되지 않은 상태에서 압박붕대를 둘러보려던 밤톨이 결국 포기를 하고 다시 가방에서 작은 봉지 하나를 꺼낸다.

"맞다, 맞다. 이런 게 있었어. 그래. 야, 여기 좀 치워서 시야를 확보해 봐. 이걸 뿌려서 지혈시키고 그다음에 거즈로 누르자."

밤톨의 명령에 무전병이 피투성이 거즈를 가슴 쪽으로 옮긴다. 민구의 시선도 자연스럽게 그곳으로 향했다. 자신의 어디가 얼마나 작살이 났기에 이렇게 정신을 잃기까지 했는지 알고 싶었다.

"아우! 어떡해! 완전 초전박살이 났네, 울 오빠. 아유."

상처가 드러나자 초희는 눈살을 찌푸리며 앓는 소리를 했다. 골반과 갈비뼈 사이, 총알이 할퀴고 지나가며 살을 한 움큼 떼어낸 자리에서는 계속해서 꿀럭꿀럭 빨간 피가 배어 나오고 있다.

"어디, 어디… 어이구, 저거는 못 살아. 저렇게 피가 나면……."

"흉측해라. 세상에, 저 피 좀 봐. 아주 그냥 수도꼭지 돌려놓은 것처럼 줄줄 흐르네. 쯧쯧쯧, 옛말 그른 거 하나도 없다니까… 칼로 흥한 놈은 칼로 망한다고, 남한테 발길질하고 욕지거리할 때부터 알아는 봤지."

병사들의 등 뒤로 다가와 어깨너머로 민구의 상처를 훔쳐보던 놈들이 한마디씩 도움 되지 않는 소리를 내뱉는다. 아까 얻어맞은 두 놈과 그 일행들이다. 사이를 헤집고 들여다보기 위해 가뜩이나 진땀이 흐르는 병사들의 어깨에 손을 짚어 누르며 발돋움을 하느라 여념이 없다.

물러납니다! 가까이 오지 않습니다!

병사들이 녀석들을 밀어냈다.

크흐흐~ 민구는 운이 좋았다는 밤톨의 말이 이해가 되는 것 같아 쓴웃음을 지었다.

평상시에 총을 맞고 이 정도 부상에 그쳤다면 조상님 은덕이라는 말이 나올 법도 하다. 내장이 꿰뚫린 것도 아니고, 뼈가 작살나서 조각이 살 속을 휘저은 것도 아니고, 복부가 벌어져 체액이 흘러나오는 것도 아니다. 그저 근육이 잘려 나가고 출혈이 심한 것뿐이니, 빨리 구급차만 부르면 된다. 그렇게만 하면 생명에는 아무런 지장이 없을 것이다.

하지만 지금은 평상시가 아니다. 사이렌을 울리며 달려와 주는 구급차도 없고, 병원에서 기다려 주는 의사도 없다. 잠실야구장에서 출발해 여기까지 오는 데만 한 시간이 넘게 걸렸고, 그 후에도 구조 차량을 두 시간째 기다리고 있다.

그 차를 용케 타게 된다고 해도 돌아가는 동안 또 한 시간 이상은 허비하게 될 것이다. 그렇게 예측하는 게 이치에 맞다.

그러니 지금 그에게 닥친 현실은 그가 제일 혐오하는 상황에 가까워져 버렸다. 무력하게 피를 잃으며 천천히 죽어가는 상황 말이다.

민구가 그런 생각을 하는 동안 밤톨은 신형 분말 지혈제 봉지를 잡고 거기에 적힌 주의사항을 읽고 있다.

"음, 퀵 클랏 분말은 넓은 범위에서 일어난 출혈을 빠르게… 아, 이런 개소리는 됐고, 음… 봉지를 뜯고 상처 위에 충분한 양의 분말을 고루 도포하시오……. 음, 그냥 뿌리기만 하면 되는 거네? 아니, 근데 씨발, 애초에 달랑 이거 한 봉지를 쥐놓고서 뭘 충분한 양을 뿌리라는 거야?"

이제 와 뒤늦게 사용 설명서를 숙지하는 밤톨의 진지한 얼굴에는 땀이 송골송골 맺혀 있다. 밤톨은 밀봉된 퀵 클랏 분말 봉지를 이로 물고 다급하게 찢었다.

서둘러야 한다. 매초마다 민구의 상처에서는 피가 울컥거리며 흘러나오고 있으니까. 병사 둘이 민구의 몸을 잡아 분말을 뿌리기 좋도록 돌린다.

"뿌립니다! 움직이지 마십쇼!"

밤톨은 눈살을 찌푸리며 상처 위에 봉지를 가져다 대고 거꾸로 들었다.

탁, 탁, 두어 번을 털자 단단히 뭉쳐져 있던 흰 가루 분말이 확 쏟아진다. 그리고 그 순간에 바람이 불어왔다. 휙— 톱밥보다도 곱고 가벼운 결정체들이 바람에 흩뿌려지며 사방으로 날아간다.

"헉—!"

밤톨과 무전병, 그리고 민구의 몸을 잡고 있던 두 병사의 입에서 동시에 외마디 비명이 터져 나온다. 믿을 수가 없다. 퀵 클랏 분말은 주변의 모든 이들을 조롱하듯 화려하게 휘날리며 순식간에 흩어져 버렸다.

쿨럭—!

그러는 동안에도 피는 부지런히 샘솟는다.

"아, 안 돼! 이… 이런 씨발! 이게 뭐야!"

밤톨은 원망스럽다는 듯 빈 봉지를 노려보며 욕설을 퍼부었다.

"이 씨발! 제일 중요한 말을 왜 안 적어놨어! 바람 불 때는 쓰지 말라고 했어야지! 이런 개좆같은 새끼들이! 아… 아니지, 이럴 때가 아니야. 거, 거즈! 그걸로라도 다시 막고 이 압박붕대로 감싸서……."

허둥대며 다시 거즈를 끌어와 상처에 대려는 밤톨의 손을 민구가 잡았다.

"에? 형님, 미안합니다. 근데 좀 가만히 계세요."

"그걸로… 안 돼."

민구의 말처럼 이미 피에 푹 젖은 거즈는 지혈의 기능을 해줄 성싶지가 않아 보이긴 한다. 아니, 사실 지혈이 어떤 원리로 되는 건지도 모르겠다.

애초에 밤톨은 의무 병과와는 아주 거리가 먼 보병이었고, 이 응급 키트 사용법은 장갑 트레일러에 처음 배치되던 때 30분 정도 교육 받은 게 전부다. 그나마도 쓸 일이 없을 거라고 생각해서 그저 귓등으로 들었었다.

"하, 하지만 이것 외에는 방법이 없어요."

밤톨의 말에 민구가 고개를 저었다. 그러고는 밤톨의 어깨에 부착된 대검을 가리켰다.

"옛날 방식으로 가자. 그거… 좀 빌려줘. 불로 달궈서 지지면… 피는 멎어. 후우~"

짧은 말을 하는 동안에도 숨이 차올라서 민구는 진땀을 흘렸다. 옆구리의 출혈이 물론 제일 큰 문제지만, 금이 간 갈비뼈 쪽에서도 숨을 쉴 때마다 쩌릿쩌릿한 고통을 안겨준다. 그러면서도 오한이 든다.

칼을 맞았을 때와는 영 다르다. 쇼크로 언제 뻗어버리게 될지 모르는 상황이니, 정신이 온전할 때 얼른 이 피를 멎게 만들어야 한다.

"어서!"

망설이던 밤톨도 민구의 채근에 못 이겨 자신의 대검을 뽑았다.

"제가 해드리겠습니다."

"아니, 내가 한다."

민구가 고개를 젓는다. 밤톨은 결국 칼을 넘겨주었다. 극심한 고통 때문에 칼을 쥔 민구의 손끝이 미세하게 떨렸다. 라이터를 켜서 칼에 대보지만, 바람이 불어와 라이터의 불을 자꾸만 꺼트린다. 그 모습을 보다 못한 병사 중 하나가 지포라이터를 찾아 건넸다.

화륵—!

라이터의 불꽃이 바람에 춤을 추면서 대검을 달군다. 쇠끝이 빨갛게 달아오를 때까지 잠자코 기다리며 민구는 상처를 유심히 살폈다. 지포라이터 하나가 데운 면적으로는 전부 지져질 것 같지 않은 크기다. 위쪽을 한 번, 아래쪽을 한 번, 이렇게 두 번은 지져야 한다.

민구가 달궈진 대검을 상처 쪽으로 움직이는 동안 무전병은 마지막으로 거즈를 움직여 상처 주위의 피를 최대한 닦아냈다.

거리를 가늠하던 민구는 대검을 상처의 윗부분에 바짝 붙였다.

치이잇—

피가 끓어오르고 살이 익는다. 그리고… 고기 타는 냄새와 함께 덮쳐든 고통이 그를 잡아 뜯고 흔든다.

흐윽! 꽉 다문 민구의 입에서 아주 가느다란 신음이 새어 나왔다.

어흐~ 주위를 둘러싼 군인들의 입에서도 동시에 고통스런 탄성이 흘러나온다.

쇠가 식어버려서 더 이상 인두로서의 기능을 하지 못하게 되었을 때, 민구는 대검을 상처에서 떼어냈다. 피부는 뻘겋게 화상을 입고 짓물러졌지만, 지진 부위에서 더 이상 피가 솟지는 않는다. 이제 똑같은 방식으로 아래쪽만 마무리하면 된다.

민구는 부들거리는 손으로 대검을 고쳐 쥔 후, 라이터를 들고 기다리는 밤톨을 향해 뻗었다. 눈이 가물거리고, 손이 떨린다.

젠장, 피를 너무 흘린 건가…….

민구는 이를 악문 채 아득해지려는 의식을 붙잡으려 애를 썼다. 이렇게까지 도움을 받고 애를 썼는데 그 끝이 허무한 죽음이고 싶지는 않은 것이다. 밤톨은 흔들리는 민구의 손을 꽉 잡고 라이터로 대검을 지졌다.

치이익―!

두 번째 지질 때의 고통은 처음보다 훨씬 덜 날카로웠다. 그만큼 의식이 가물거리고 감각이 둔해졌다는 의미다. 민구는 꿈을 꾸는 것처럼 몽롱한 정신 속에서 달궈진 대검을 계속 옆구리에 문댔다.

휘청.

민구의 고개가 흔들리고 대검을 잡은 손이 아래로 떨어지려 할 때, 밤톨이 그의 팔을 붙잡아준다. 그러고는 대검을 바닥에 내려놓은 채 거즈로 상처를 지그시 눌렀다. 압박붕대를 편 밤톨이 병사들에게 지시했다.

"그쪽 허리 들어! 이거 넣어서 돌려야 돼!"

물속에서 듣는 것처럼 주변의 소리들이 길게 메아리친다. 몸이 들려지는 순간 갈비뼈가 욱신거렸고, 가물거리던 민구의 눈은 다시 감겼다. '물을 좀 줘……' 라는 말을 끝내 하지 못하고 그는 정신을 잃었다.

ㄹ

깜빡—

다시 의식이 돌아왔을 때, 그의 몸은 흔들리고 있었다. 땀내가 진동하는 사내의 등에 업힌 채다.

뛰어! 트럭이 왔다!

밤톨의 목소리가 귀를 울린다. 업고 있는 사람이 쿵쿵거리며 땅을 내디딜 때마다 온몸이 돌가루처럼 다 부서져 나가는 것 같다.

깜빡—

어딘가에 누워 있다. 답답한 공기, 쇠의 냄새가 난다. 그리고 바닥에 모포가 깔려 있다. 그… 트럭이라는 것에 탄 걸까?

주위를 돌아보려는데 목이 돌아가지 않는다. 머리는 계속 빙글빙글 돈다. 밤새도록 소주를 마시고 뻗었을 때와 비슷하지만, 훨씬 더 기운이 없다는 점이 다르다. 바짝 마른 목구멍과 입술은 갈라지다 못해 타오르는 것 같다.

"무… 무우……."

'물' 이라는 한 단어를 뱉어내기가 이렇게 어려운 줄은 몰랐다. 밤톨이 민구의 얼굴을 보더니 반색을 한다.

"형님! 정신 차리셨네! 혈액형 알려주세요! 형님! 혈액형! 수혈하려면 알아야 합니다!"

다시 뻗으려는 민구의 빰을 두드리며 밤톨은 계속 같은 말을 반복한다. 그 옆에서 초희가 답답해 미치겠다는 말투로 지랄을 한다.

"아우, 그냥 자게 놔둬요! 이 군인 오빠, 참 답답하네! 그걸 뭐 자꾸 물어봐요! 빤한 거잖아! B형이야! 100퍼센트 B형이라고! 그건 보나마나지. 강 실장 오빠가 성질이 얼마나 더러운데! 아니, 오빠도 봐서 알잖아요!"

바보 같은 년… A…형이야… A. 잘하면 너 때문에 내가 죽겠구나… 그딴 개소리 그만 지껄이고 물이나 좀…….

하지만 민구의 생각들은 소리로 이어지지 못했다. 다시 눈이 감기기 전에 그의 뇌리를 스친 것은 흔들리는 차의 진동 때문에 죽을 것 같다는 감상이었다.

깜빡—

트럭의 열린 뒷문 사이로 빛이 쏟아져 들어온다. 그리고 밤톨과 무전병이 그를 업고 받치고 해가며 달린다. 구경하던 사람들의 입에서 '어머' 라든가, '뭐야, 저거' 따위의 감탄사가 터져 나왔다.

졸지에 눈요깃거리로 전락해 버린 자신이 한심하고 슬프지만, 손 하나 까딱할 기운이 없다.

윽, 그러면서도 옆구리에 충격이 가해지기라도 하면 저절로 팔다리가 움찔거린다.

"비켜요! 비켜! 의무대 어딥니까? 의무대!"

밤톨이 미친 사람처럼 소리를 지르며 체육관 내부를 가로지른다.

이쪽이야! 이쪽! 한 사람만 와요! 우르르 다 따라오지 말고!

누군가가 알려주는 소리…….

어머! 초희야! 어머! 강 실장 오빠?

언제나 가식으로 덮여 있는 가희의 놀란 목소리도 들렸다.

빛과 사람 얼굴, 그늘과 철책들이 휙휙 스쳐 간다. 그리고 마침내 민구는 안정된 바닥 위에 눕혀졌다.

"여기 어딥니까, 하사님? 의무대 아니잖습니까? 허억! 허억~ 이건 꼭 창고……."

밤톨이 숨을 헐떡이며 묻는다. 초희도, 무전병도 다 물리치게 하고 두 명의 의무병이 그를 인도한 곳은 체육관과 철책으로 연결된, 허름한 건물 2층의 구석방이었다. 침대 하나, 의자 두 개, 박스들, 책상 위에 놓인 가방 몇 개가 전부다. 냉담한 목소리가 대꾸한다.

"외상자잖나! 그것도 외부에서 외상을 입고 왔고."

"하지만 총상입니다! 물린 게 아닌데……."

"그런 말은 다들 해. 나 물렸어요, 하는 사람 본 적 있어? 게다가 너희 좀비랑 접촉도 했고, 교전도 있었다면서? 그러니까 당연히 48시간 외부 격리할 수밖에 없다고. 뭐, 의무대나 여기나 비슷해. 무슨 차이가 있겠나. 무전 받고 미리 침상까지 다 마련해 봤구만.”

“하사님! 좀비와 접촉 이야기가 나왔으니까 드리는 말씀인데, 이분 꼭 살려야 합니다! 이분 아니었으면 좀비들한테 여러 사람 죽었을 겁니다. 의인입니다! 의인! 꼭 좀 살려주셔야 합니다!”

밤톨이 진심을 담아 외치는 소리가 웅웅거리며 귓가를 울린다.

큭, 의인… 젠장, 그렇게 고통스럽고 정신이 아득한 상황인데도 민구는 속으로 웃었다. 평생 온갖 별명으로 불려봤지만, 설마 의인이라는 말을 다 듣게 될 거라고는 단 한순간도 생각해 본 적이 없다.

‘의인 아니야, 이 새끼야… 사람 미안하게 만들지 마… 오히려 이 세상을 이렇게 좆같은 괴물들이 설치고 돌아다니게 만든 장본인이지… 젠장…….’

진통제의 효과가 더해진 민구가 그런 생각을 하며 의식을 잃어가는 동안, 의무대 하사는 그의 팔을 알코올로 닦고 수액부터 찔러 넣었다. 그러고는 밤톨을 돌아보며 말했다.

“살려야 한다? 뭐, 그게 의무대 구호니까 만날 우리도 외치기는 하는데… 일단 진정해. 부상 부위부터 좀 보고 말하자.”

“군의관님은 안 계십니까? 아니면 혹시 민간인 의사라도…….”

붕대를 풀던 하사는 밤톨의 말에 바로 옆의 의무병을 가리키며 코웃음을 쳤다.

“큭, 의사? 그래, 요새 나랑 재가 의사 뺨치긴 하지.”

"그렇습니까? 하사님, 잘 부탁드리겠습니다! 하사님 실력만 믿겠습니다!"

"실력이 그렇다는 게 아니라, 해야 하는 임무가 의사 뺨친다는 말이야. 골절 기브스해, 찢어진 거 꿰매, 탈진한 사람 보살펴… 옘병, 이런 추세로 가다가는 뇌수술도 하게 되는 거 아닌지 모르겠다. 아우! 이거 완전 화상이 심하네… 뭐야? 왜 이렇게 지져 놨어?"

민구의 옆구리에서 압박붕대와 거즈를 떼어낸 하사가 눈살을 찌푸린다. 밤톨이 이유를 설명한다.

"지, 지혈을 해야 했습니다. 그래서 대검을 불로 달궈서……."

"야이, 미련한 새끼야. 무슨 원시인이야? 지금 여기가 무슨 소말리아 해적 수용소냐, 인두로 지져서 지혈을 하게? 너희 다 아이 팩 지급됐을 텐데, 거기에 지혈용 거즈랑 그런 거 들어 있잖아? 그걸로 압박을 해서 피를 멎게 해야지. 아휴, 이 사람 이거 괜찮나? 고문을 당했네, 아주……."

입으로는 툴툴거리면서도 의무대 하사는 부지런히 손을 놀렸다. 가방에서 화상용 시트를 꺼내 비닐 포장을 뜯고 민구의 상처에 밀착시켰다.

총에 맞아 뜯겨 나간 상처인데다가 제멋대로 지진 굴곡이 있어서 까다로운 작업이지만, 하사의 손이 워낙 야무졌다. 순식간에 화상 입은 곳이 시트로 덮이자 밤톨이 감탄한다.

"와, 그런 것도 지급이 됩니까?"

"국방부에서 이런 거를 챙겨주겠냐? 이거 다 근처 병원이랑 소방서 같은 데 털어 가지고 집어온 거야. 여기 쉘터 중대장이 그런 거 엄청 꼼꼼하게 준비하는 양반이라."

하사는 어느새 옆구리를 붕대로 감싸고 가슴의 상처를 살피고 있다. 흉기에 맞아 찢기고 잘린 것보다도 뼈의 골절이 의심되었다. 보라색으로 부어오른 갈비뼈 주위를 소독하며 하사는 한숨을 내쉬었다.

"이 아저씨도 참… 운이 좋았다고 해야 되나, 기구하다고 해야 되나. 옆구리 총상도 그렇고, 이것만 해도… 이거, 갈비뼈가 안쪽으로 꺾여서 폐를 찔렀으면 그냥 죽는 거거덩. 뭐, 자기가 운동을 열심히 해서 근육이 감싸준 거니까 운이라고만 할 수도 없는 건가? 야, 여기 잘 잡아서 들어. 뼈 나갔을지도 모르니까 조심해서."

소독을 마친 하사는 붕대를 단단히 감아 가슴 전체를 왼팔과 고정시켰다. 일을 마친 하사는 라텍스 장갑을 벗어 휴지통에 넣으며 한숨을 쉬었다.

"후아, 다 끝났다. 80만 원입니다. 보호자분, 창구에 가서 수납하고 오세요."

하사의 농담에 얼떨떨해진 밤톨은 당황한 기색을 감추지 못했다.

"이, 이게 끝입니까? 의료 처치가?"

"항생제랑 소염진통제 섞어서 수액 놔드려, 소독하고 골절부위 고정해, 거기에 화상 시트까지 붙여 드렸는데 뭐? 또 뭐를 더 해야 돼? 서비스로 포경수술이라도 해드릴까? 이미 하셨을 거 같은데?"

"그… 그런 게 아니라 수혈이라도 해야 할 것 같은데 말입니다. 이분, 피를 엄청 흘리셨습니다."

"야, 나 같은 돌팔이가 거부반응도 못 살피면서 수혈한다고 껍죽대는 게 훨씬 더 위험해. 혈액형 일치한다고 그냥 푹 쑤신 다음에 아무 피나 넣어도 될 것 같으면 의사들이 공부를 왜 그렇게 오래하겠냐? 병원마다 이상한 기계들은 또 왜 그렇게 많고? 그런 짓 하다가 한 방에 쇼크로 간다고. 자, 나와. 환자분 안정해야 된다. 궁금하면 내일 또 와봐. 어차피 너희들도 이동수단이 마련될 때까지 며칠은 여기 있어야 할 거 아니야."

하사와 또 다른 의무병은 자꾸 미련을 갖는 밤톨을 억지로 끌고 방을 나왔다. 밤톨은 문을 닫기 전 다시 한 번 누워 있는 민구를 돌아보았다.

그래도 이제 깨끗한 침대와 붕대, 수액이 제공되는 안전한 공간에 누워 있다는 걸 위안으로 삼아야 할 것 같다. 2층인데다 창이 양쪽으로 나 있어서 맞바람도 쳐줄 테니, 환기 문제도 걱정할 필요 없어 보인다. 문을 조용히 닫는 하사에게 밤톨이 물었다.

"저… 하사님, 저분 완쾌되실 수 있겠습니까?"

"하아~"

한숨을 내쉰 하사는 밤톨의 어깨를 감싼 채 몇 걸음을 걸어 나온 뒤에야 나직한 목소리로 대답했다.

"솔직히 말하자면 어렵다. 반반이라고 해주고 싶은데, 그 정도로 좋은 상태는 아니고……. 뭐, 너도 봐서 알겠지만, 저 사람은 지금 몸을 못 가누고, 우리는 설비라야 개뿔 아무것도 없어. 태양 그룹에서 민간 의료 지원을 해주니까 거기 요청을 해볼 수도 있긴 한데, 그것도 사람이 좀 모이든가 해야 헬리콥터가 뜨지, 이 사람 하나 땜에 오겠냐? 게다가 이쯤 심각한 환자는 거기에서도 잘 맡지 않으려는 눈치더라고. 그러니까 그냥 썩지 않을 정도로 관리해 주면서 수분이나 영양분 보충시켜 주고 똥오줌 기저귀 갈아주는 정도? 나로서는 이게 최선이다. 그렇게 안타깝다면 그냥 이겨내시기를 기도해라. 내가 소독은 매일 해드릴게. 그거는 약속할 수 있으니까."

"아, 네… 감사합니다. 꼭 부탁드리겠습니다."

밤톨은 하사와 의무대 상병을 향해 무겁게 고개를 숙였다. 녀석의 진지한 열의가 좀 의아한 듯 하사는 고개를 갸웃거렸다.

"근데 너희 오늘 전사자도 나왔다면서? 저 사람한테만 너무 집중하는 것 아니냐? 혹시 개인적으로 각별한 인연이 있는 분이야? 아니면 친인척이라거나?"

"아닙니다. 그저 오다가다 수용소에서 본 적은 있지만, 전혀… 그런 게 아니라 저희 분대원이 오발 사고를 일으켜서 그렇게 된 거기 때문에 책임감을 느끼는 겁니다……. 아까도 말씀드렸지만, 좀비들이랑 싸울 때 도움도 받았고요. 저도 그렇고, 오발 쏜 당사자 놈도 저분 괜찮아졌다는 이야기를 들어야 좀 진정이 될 거라서."

"애초에 너희가 생존자들 지키려고 싸운 거잖아. 그러니까 그런 생각 하지 마라. 너희는 의무를 수행하려다가 일어난 사고니까……. 뭐, 의무가 없었으면 책임질 일도 없었겠지. 그런 걱정 그만하고 너도 가서 좀 쉬어라. 오늘 진짜 고생했다."

하사는 밤톨을 데리고 같은 건물의 1층으로 내려왔다. 거기에는 오늘 트레일러를 타고 온 민간인들과 밤톨의 분대가 몇 개의 방에 분리 수용되어 있었다.

철책을 사이에 두고 건대 쉘터 민간인들과 이야기를 나누는 이주민들도 더러 보이고, 지급 받은 음식으로 늦은 점심을 때우는 이주민들도 있다. 외부에서 좀비들과 접촉을 한 만큼 당장 쉘터로 들이지 않고 격리된 옆 건물에서 하루를 보내게 하는 것이다.

경비를 맡은 병사가 탄창을 반납하라고 해서 밤톨은 빈 탄창을 내주었다. 하사는 가볍게 휘파람을 불며 고개를 젓는다.

"우와! 너네, 실탄도 없었구나. 완전 아슬아슬했네. 보고하러 가기 전에 주차장에서 담배 한 대 피울래? 거기가 흡연 구역이니까 너도 나중에 옥상에 가든가, 아니면 주차장으로 가서 피우면 된다."

"아! 담배! 맞습니다, 하사님! 그거를 보고 하려고 했는데, 저분 부상에만 정신이 팔려서 까맣게 잊고 있었습니다. 담배! 담배 피우시면 안 됩니다. 담배 연기가 좀비들을 부릅니다!"

담배 이야기가 기억난 밤톨은 두 손을 마주치며 눈을 빛냈다. 하사도, 그 옆에 선 의무대 상병도 별 반응 없이 빤히 밤톨을 쳐다본다. 잠시 뜸을 들이던 하사가 물었다.

"놀랍네요. 그런 대발견을 하시게 된 계기는 뭡니까, 조 병장님?"

그래, 안 믿는구나……

존댓말을 써가며 자신을 놀리는 하사를 향해 밤톨은 고개를 끄덕였다.

"물론 저도 오늘 처음 그 이야기를 들었을 때에는 하사님처럼 믿지 않았습니다. 하지만 실제로 담배를 피우고 얼마 안 지나니까 좀비들이 왔습니다. 다리 양쪽에서 전부 다 말입니다. 이건 정말 확실합니다. 위에도 보고를 해야……."

밤톨이 애타게 떠들어 대는 동안에도 하사는 담배에 불을 붙인 후, 느긋하게 연기를 내뿜었다. 그러고는 말했다.

"너는 대민 지원 업무를 거의 안 해본 모양이구나. 내 말이 맞지? 생존한 민간인들하고 이야기 나눠본 적이 없지?"

"예? 아, 예. 저는 주로 쉘터 외곽 근무이기는 한데 말입니다. 근데 갑자기 그게 무슨 말씀이십니까?"

"나는 의무대에 있으니까 뭐 하루에도 수십 명씩 아프다고 찾아오는 민간인들을 만나야 돼. 간판은 의무대라고 떡하니 걸어놓고 있지만, 사실은 약도 그저 그렇고, 의료 지식도 별게 없잖아. 그러니까 나나 다른 의무병들이 하는 일이라야 빤한데… 그냥 아픈 사람들한테 진통제 주고, 잠시 하소연 들어주는 거야. 그러다 보면 대부분의 경우는 좀 나아지는 기분이 들거든. 사람들이랑 이야기해 보잖아? 그럼 다들 좀비 전문가야. 뭐를 어떻게 하면 좀비가 나타나는지 모르는 사람이 없다고. 우리도 처음에는 그런 소리 들을 때마다 귀를 쫑긋 세우고 '오오, 그렇습니까? 참고해 보겠습니다' 이딴 식으로 진지하게 대응했었지. 그런데 문제가 하나 있더라고. 그게 뭐일 것 같아?"

"…잘 모르겠습니다."

"열이면 여덟은 각기 다른 이야기를 한다는 거야. 진짜 별의별 소리를 다 해. 노래를 하고 있으니까 좀비가 왔다는 둥, 김치냉장고를 열면 좀비들이 나타난다는 둥, 소주 마시면 그렇다는 사람, 떡치고 있으면 좀비가 온다는 사람… 우리가 듣기에는 말 같지 않은 소리들이 대부분이지만, 이 사람들 본인은 자기가 하는 이야기를 철석같이 믿고 있어. 왜 그러냐면, 그 사람들 개개인은 실제로 그렇게 하고 있을 때 좀비를 만났거든. 완전 100퍼센트 리얼이라고. 그 한 번의 경험이 머리에 완전히 콱 박혀서 그걸 진리라고 믿는 거지."

"아… 하지만 말입니다, 담배는 진짜로……."

밤톨이 억울하다는 표정을 짓자, 하사는 고개를 끄덕였다.

"그래그래, 그럴 수도 있지. 하지만 반대로 담배를 안 피우고 있으면 좀비가 안 온다는 게 증명되는 건 아니잖아. 너도 알다시피 좀비는 존나게 많아. 그러니까 언제 나타나도 하나 이상할 게 없다고. 근데 이놈들이 나타나는 순간에 네가 하고 있던 일을 무조건 원인으로 지목하지는 말란 소리야. 그건 그냥 까마귀 날자 배 떨어지는 거랑 비슷할 수도 있는 거니까. 내가 건의서에 적어는 놓을게. 너도 잠실로 복귀하면 그렇게 하고. 그런데 그래봐야 워낙 의견들이 많아서 별로 달라지지는 않을 거야. 사람들이 주장하는 원인을 다 금지하면 할 수 있는 게 별로 없어."

하사의 여유로운 표정과 설명하는 방식은 이미 한두 번 해본 솜씨가 아니었다. 아마 뭔가가 좀비를 부르니 금지해야 된다고 역설하던 모든 사람들에게 비슷한 이야기를 해주었을 것이다. 그리고 그의 말을 다 듣고 나자 밤톨도 자신의 담배 가설에 대해 의문이 들기 시작했다.

하긴… 그때에 도로에는 사람들이 뭉쳐 있었고, 200여 미터라고 해봐야 높은 고가도로에서 내려다보면 다 보일 만한 거리다. 또 바로 근처에서 헬리콥터가 낮게 날면서 엄청난 소리를 냈었지… 그러니 담배 하나에만 모든 원인을 돌리면 안 될 것 같기도 하다.

"그, 그럼 저도 한 대 피우겠습니다."

밤톨은 주머니에서 담배를 꺼내 불을 붙였다.

후우우~ 아까부터 몇 시간이나 참았던 담배가 기도를 타고 들어가자 반가운 친구를 만난 것처럼 안정감이 든다. 목숨을 건 싸움 뒤에 처음 피우는 것이라 맛이 더 각별하다. 밤톨은 자신의 검지와 중지 사이에 끼워진 담배를 유심히 바라보았다.

확실히… 이 좋은 게 좀비를 부르는 원흉으로 지목돼서 금지된다면 그 역시 곤란하다. 담배에 대한 경고는 흩어지는 연기와 함께 밤톨의 머릿속에서 옅어져 갔다.

같은 시각, 쉘터와 옆 건물을 잇는 공간에는 초희와 가희가 이중 철책을 사이에 두고 이야기를 나누고 있었다. 분위기는 당연히 무겁고 당혹스럽다.

장교들과 통하는 가희로부터 잠실에서 새 이주민이 온다는 소식을 전해 들은 육만배는 기뻐했었다. 민구가 올지도 모른다는 기대를 적잖이 하고 있었기 때문이다. 구조 차량을 보낸다고 했을 때에도 별걱정이 없었다. 만약 거기에 민구가 타고 있다 하더라도 그에게 어떤 문제가 생길 것이라고는 생각하지 않았던 것이다.

그런데 하필이면 부상당한 단 한 사람이 강민구라니… 이런 날벼락이 없다. 육만배가 느낀 상실감은 그의 휘하 모든 사람들에게도 고스란히 전달되었다. 민구가 누워 있는 건너편 건물을 바라보며 가희가 물었다.

"어머, 초희야. 어떡하니… 저 오빠 다 죽어가더라. 아휴, 도대체 뭘 어쩌면 천하의 강 실장 오빠가 저런 꼴이 될 수가 있니?"

"아우, 몰라. 존나 짜증나. 좀비들은 신나게 다 죽여놓고 괜히 군인들 사이에서 낄낄거리다가 한 방에 뻗었어. 너 상처 못 봤지? 완전 빵꾸가… 와~ 이따만 한 게 옆구리에… 아흐, 소름 끼쳐. 피가 있지, 막 콸콸 쏟아지는데… 근데 저 오빠, 존나 독종이다? 자기가 자기 살을 막 불로 지졌어, 피 멎게 한다고."

"어머, 어머, 그건 좀 짱이다. 비명도 안 질러?"

"비명은 고사하고, 두 번이나 지지더라. 위에 한 번 치익! 흐읏! 이러더니, 또 아래 한 번 치익! 아, 맞다. 또 그전에는 자기 가슴에 칼 박힌 거 빼면서 막 실실 쪼갰다? 그거 실제로 보면 완전 소오름!"

두 여자의 수다가 멎은 것은 굳은 표정의 육만배가 등장하면서부터다. 주변의 눈치를 살피며 천천히 가희의 곁으로 다가온 육만배가 초희를 빤히 쳐다보며 독기가 서린 입술을 뗐다.

"짧게 대답해라. 무슨 일이 난 거냐?"

"그냥… 사고였어요. 갑자기 좀비가 매달리니까 놀란 군인이 아무 데나 막 총을 갈겼는데, 그게 하필이면 강 실장 오빠한테 맞은 거예요."

"상처는 얼마나 깊은지 봤나? 내장이 상하거나 했느냔 말이야. 뼈가 부러져서 밖으로 튀어나오지도 않았고?"

"네, 당연히 봤죠. 제가 바로 옆에서 계속 땀도 닦아주고, 얼마나 열심히 간호해 줬는데요. 오빠가 피는 엄청 나왔는데, 그… 뭐라더라, 군인이 한 말이 있었는데, 간… 간통상이라고 했던가? 뭐, 그런 비슷한 말을 했어요. 그러면서 간통상이라서 다행이라고. 뼈나 내장은 안 다쳤을 거래요."

"그래? 그건 확실한 거지? 의식은 있나?"

쏘아보는 육만배의 눈빛에 압도된 초희가 진땀을 흘리며 고개를 끄덕인다. 아무 잘못도 하지 않았는데 공연히 죄인이 되는 것만 같다.

"네. 여기 트럭 타고 올 때에도 가끔 한 번씩 눈을 떴어요. 그리고 제가 말을 하면 고개를 끄덕이기도 했고요."

"아이구, 하하하, 고생 많으셨습니다. 자매님도 놀라셨겠네요. 이렇게 무사히 도착하신 것도 다 주님의 은총이고, 성령의 보살핌입니다. 이 격리가 마무리되고 나면 꼭 모임에 참여하셔서 감사 기도를 드리도록 하세요……."

근처에 다른 사람들이 지나는 동안 목소리와 표정을 바꿔 엉뚱한 소리를 다정히 지껄이던 육만배가 다시 정색을 하고 말했다.

"…며칠이나 저기에 따로 둘지는 모르겠지만, 그 안에 있는 동안에는 초희, 네가 강 실장 병수발을 잘 들어라. 해달라는 거 해주고. 군인들만 믿고 있으면 안 돼. 물론 걔들한테도 잘 봐달라는 부탁 단단히 하고… 알아들었지? 강 실장 목숨이 곧 네 목숨이다 생각하고 정성을 다해야 한다는 말이야. 그리고 가희는 애랑 자주 만나서 강 실장 상태 전해 듣고."

"네."

공손히 고개를 숙인 두 여자는 육만배가 멀어진 걸 확인하고 나서야 겨우 한숨을 내쉬었다. 그만큼 그의 얼굴은 표독한 살기로 가득했다. 기다리던 민구가 저 꼴이 되어 돌아온 게 어지간히 분하고 화가 나는 모양이다.

초희는 핸드백을 뒤져 담배를 꺼낸 뒤, 떨리는 손가락으로 라이터를 켰다.

"가희야, 너도 지금 육 회장 얼굴 봤지? 와, 씨발, 강 실장 오빠 잘못되면 곧바로 내 목 딸 기세다, 그치? 염병, 좆 됐네. 아니, 솔직히 내가 무슨 죄야? 그 넓은 잠실에 나 혼자 똑 떨어뜨려 놓고 이제 와서 강 실장 오빠 총 맞은 게 내 잘못인 것처럼 구네. 아니, 막말로 내가 쐈나? 후우~ 야, 나 어떡하니…….”

“그러게. 가희는 아까 피만 봐도 막 몸이 벌벌 떨리던데, 너는 그래도 그 무서운 거 잘 참고 간호도 해줬는데 상은 못 줄망정……. 어쩌겠어. 이제 강 실장 오빠가 내 서방님이다, 생각하고 피땀으로 간호해. 그거밖에 방법이 없잖아.”

“아, 씨발. 돌겠네. 저 오빠가 지랄해서 담배도 몇 시간째 못 빨고 계속 참았구만. 후우~ 가희, 너도 한 대 줄까?”

“으응? 아니, 아니. 가희는 여기서 그런 이미지 아니야, 얘. 가희 완전 요조숙녀걸랑. 그리고 여기는 코딱지만 해서 소문이 빨라. 그래서 남이 안 볼 때 몰래 숨어서 피워야 돼. 후훗.”

그녀들이 이야기에 몰두하고 있을 때, 뒤에서 누군가 말을 걸었다.

“암만 미인이시더라도 여기에서 담배 피우시면 안 되는데요. 흡연 구역은 저 뒤쪽 주차장이지 말입니다. 뭐, 그렇다고 해서 거기랑 여기가 공기가 차단되어 있는 건 아닙니다만.”

초희가 돌아보니 거기에는 밤톨과 의무대 병사 둘이 서 있었다. 아까 민구를 데리고 옆 건물로 들어갔던 그 멤버들이다. 초희는 반색을 하며 물었다.

“어머, 군인 의사 오빠들, 왜 여기서 이러고 있어요? 벌써 수술 다 끝났어요? 우, 울 오빠 이제 괜찮아요?”

“수술이요?”

하사는 반문을 하며 잠시 시간을 끌더니 고개를 끄덕였다.

"네. 뭐, 저희로서는 최선을 다했습니다. 상태가 그리 좋은 건 아닙니다만."

"아니, 오빠, 그렇게 건성으로 말하지 말고요. 우리 강 실장 오빠 정말로 꼭 나아야 돼요. 죽으면 큰일 난단 말이에요. 수술 정말 성공한 거 맞아요? 그럼 이제 말은 할 수 있게 됐어요?"

초희가 하사의 손을 붙잡은 채 호들갑을 떨고, 가희도 다리를 꼬아가며 애교와 간절함을 섞어 거들었다.

"네, 하사님. 얘 말이 맞아요. 그 오빠 꼭 살아야 돼요. 가희도 이렇게 부탁드릴게요. 강 실장 오빠 낫게 해주세요."

"어이구, 저 새로 오신 환자분이 인기가 아주 대단하신 분인가 보네. 아까부터 이놈도 계속 저분 의인이라서 살려야 한다고 난리를 치더니… 이제는 미녀 두 분이 합창으로 걱정을 하시네요. 암만 봐도 친오빠는 아닌데, 이쯤 되니까 어째 살짝 질투도 나는 것 같고… 지금 약에 취해 거의 기절하신 상태라 말은 못 하십니다. 아마 당분간 어려울 거예요."

능글거리며 대응하던 하사의 손을 더 꼭 잡으며 초희가 찡긋 윙크를 보냈다.

"그렇구나, 말 못하는구나. 근데… 아유, 군인 의사 오빠, 질투를 왜 해요? 강 실장 오빠만 살려주시면 원하는 건 제가 다 해드릴 수 있는데. 응? 아시잖아요? 기브 앤 테이크!"

초희의 속삭임을 들은 하사는 빙그레 웃으며 고개를 저었다.

"아뇨. 제발 그런 말씀은 하지 말아주세요. 저도 이렇게 아름다운 분을 보고 있으면 갑자기 원하는 게 막 생겨나고 뭐 그러지만, 사람 생명이 달린 문제에서 기브니 뭐니 그런 말은 못 써요. 기술은 없지만 저는 최선을 다할 겁니다. 하지만 그렇게 하는 건 제가 우연히 저 환자분을 담당하게 됐기 때문이지, 아름다운 여성이 보상을 약속해 주셔서가 아니에요. 그거 하나는 확실하게 해두고 싶습니다."

초희와 가희는 멍해져서 잠시 하사의 얼굴을 바라보다가 서로 마주 보았다. 짧은 침묵 뒤에 초희가 말했다.

"그러니까… 미리 해달라고요?"

3

불과 몇 시간 만에 장갑차 두 대만큼의 화력 손실을 입은 잠실 쉘터는 병력 재배치를 하느라 여념이 없었다.

늦어도 오후 늦게까지는 돌아올 거라 기대했던 두 대 중 한 대는 사고를 당해 유실되었고, 또 한 대는 길이 막혀 복귀를 못 한다. 장갑차와 트레일러까지 삼켜 버린 30여 미터 길이의 싱크홀을 메우고, 그 주변의 지반을 보강하는 공사까지 마무리하려면 적지 않은 시일이 소모될 것이다.

좀비들이 몰려오는 시간을 피해 일을 진행해야 하기 때문에 그렇고, 누가 공사의 주체가 되어 인력과 장비를 지원할지 정하는 것만 해도 또 시간이 걸린다. 국방부는 그런 일에 거의 신경을 쓰지 않으므로 추가 지원 따위는 기대할 수 없다. 그러니 당분간 그 두 대는 열외로 놓고 모든 방어와 전투 계획을 수립해야 한다.

쿠르르르르릉— 쿵— 쿵—

전차와 장갑차들이 위치를 바꾸기 위해 도로 위를 서행하고, 병사들은 철책과 게이트를 세우고 망루를 건설하는 중이다. 중장비들은 도로에 구멍을 뚫고 말뚝을 박아 진지 공사의 기초를 마련하고 있다.

그리고 야구장 내에 수용된 민간인들 중 몇몇은 외부가 보이는 곳을 찾아 멍하니 그걸 구경한다. 그 사내도 그런 구경꾼 중 하나였다. 매우 눈에 띄는 구경꾼.

잠실 쉘터 내에서 그는 여러모로 이질적인 존재였다. 체격부터가 남달랐다. 190센티미터의 키, 130킬로그램에 달하는 몸무게는 쉘터 어느 곳에 가더라도 사람들의 눈길을 끈다. 물론 결코 우호적인 시선은 아니다. 수용소의 열악한 환경 속에서 뚱뚱하다는 것은 곧 죄악처럼 취급 받는다.

그렇게 크니 옷차림 역시 남들과 달랐다. 대부분의 수용자들이 입고 있는 트레이닝복은 그에게 맞지 않는다. 혹시 더 큰 사이즈를 구할 수 있겠느냐고, 최대한 예의 바르게 물어봐도 카운터의 군인들은 인상을 찌푸리며 고개를 저을 뿐이다.

그래서 그는 찢어지고 땀과 먼지에 찌들어 이제 거의 넝마에 가까운 양복을 입고 산다. 교묘한 라인으로 신체적 단점을 적절히 보정해 주던 이탈리안 슈트가 한 달도 안 돼서 노숙자의 옷처럼 전락했다.

냄새도 이질적이다. 그가 근처에 가면 사람들은 코를 막는다. 땀이 많아 체취가 강한 것뿐인데, 그걸 이해해 주지 못하고 괴물을 대하듯 하는 사람들을 볼 때마다 그의 기분도 불쾌해진다.

정작 온갖 냄새 때문에 숨쉬기가 괴로운 것은 오히려 그 자신인데… 그러니 자연스레 사람의 왕래가 적은 구석진 곳에 자리를 잡아야 했다.

그리고 가장 결정적으로 그는 눈동자의 색깔이 다른 수용자들과 달랐다. 어머니로부터 물려받은 밝은 파란색 눈동자는 그의 고향에서 그리 특별하지 않지만, 여기 이 동양의 이국에서는 그것이 피부색과 더불어 그를 이 수용소 내의 이방인으로 도드라지게 만든다.

42세의 타일러 젠킨스는 잠실 쉘터에서 외로운 이방인이었다.

"제기랄……."

젠킨스는 꼬르륵, 소리가 나는 배를 꽉 움켜쥐고서 낮게 욕설을 내뱉었다. 버릇처럼 내야석 꼭대기까지 올라와 외부의 풍경과 하늘을 보고 서 있지만, 우울함은 그대로다. 무심하게 빛나는 파란 하늘을 향해 젠킨스가 중얼거렸다.

"오늘도 소식이 없는 건가? 지치는데 말이지."

지난 이틀 동안 쉬지 않고 내린 비 때문에 축축하고 무거워진 공기 속에는 여러 가지 냄새들이 잔뜩 섞여 있다. 이곳에서 지내는 동안 내내 지겹게 맡아야 했던 경유 냄새, 제대로 씻지 못한 사람들에게서 풍겨 나오는 고약한 체취, 그리고 급식소의 환풍기를 통해 배출되는 음식 냄새. 그 음식 냄새가 그를 우울하고 비참하게 만든다.

흙탕물처럼 뿌연 짜디짠 갈색 스프와, 소이 소스로 범벅이 된 형편없는 가공육들, 거기에 마늘 냄새가 섞여 있다. 그런데 우습게도 그것이 미치도록 먹고 싶다. 평소의 그였다면 거들떠보지도 않을 그런 형편없는 요리들이…….

문제는 그가 이미 한 시간 전에 그 음식들을 먹었다는 데 있다.

대체 누가 정했는지, 이 수용소에서는 모든 사람들에게 동일한 양으로 매끼 식사를 제공한다. 100파운드도 나가지 않을 것 같은 바짝 마른 여자애들과 한때 체중이 320파운드에 달했던 그가 똑같은 양을 배급 받아야 한다니! 세상에 이렇게 불합리한 일이 또 있단 말인가.

"보시다시피 저는 다른 사람들보다 크고 몸무게도 많이 나갑니다. 당연히 더 많은 칼로리가 필요해요. 폐가 되지 않는다면 밥을 몇 번 더 퍼 주실 수 있겠습니까?"

…라고 최대한 예의를 갖춰 부탁도 해봤다. 물론 영어로. 그것이 그가 사용할 줄 아는 유일한 언어니까. 그 방법은 통하지 않았다. 못 알아들은 건가 싶어 이제는 무례함을 무릅쓰고 'Rice! more! please! hungry' 따위의 단어들만 나열한다. 그러면 군인들은 인심 쓴다는 듯 밥을 반 주걱 더 얹어 준다.

애초에 식판의 크기가 작아서 그보다 더 담을 수도 없다. 팔찌를 대고 급식대로 입장하는 시스템이라 두 번 줄을 서는 것도 안 된다.

한마디로 이곳에 온 이후 그는 늘 배가 고팠다. 식사를 마치고 나온 직후에조차도! 하루에 한 봉지 지급되는 건빵은 한입거리도 안 된다.

"후후후."

젠킨스는 냉소적으로 웃으며 자신의 손가락과 팔목을 바라봤다. 처음 구조되어 왔을 때에는 파텍 필립 시계와 플래티넘 반지로 치장되어 있었건만, 지금은 아무런 장신구도 없이 허전하다.

그것들 외에도 그가 지니고 있던 많은 값비싼 물건들이 너무도 헐값에 싸구려 음식들과 맞바꾸어졌다. 생각해 보면 쓴웃음만 난다.

물론 아깝다거나 억울하다거나 하는 의미는 아니다. 그런 것쯤이야 은행이 제 기능을 회복하기만 한다면 얼마든지 다시 사도 그만이다. 그저 더 이상 간식거리와 교환할 물건을 갖고 있지 못하다는, 그 엄혹한 현실이 가슴 아플 뿐이다.

그의 외양은 끔찍해졌다. 헤어 드레서의 손길을 보름 이상 받지 못한 머리는 듬성듬성 빠지고 엉클어져서 거울을 보기가 두려울 만큼 형편없고, 렌즈 모퉁이가 깨진 안경 때문에 그 초라함은 몇 배나 증폭되어 있다. 과거의 그를 아는 사람이 지금 이런 모습을 본다면 도저히 믿지 못할 것이다.

“아, 씨발, 노린내. 냄새 존나게 나네.”

근처를 지나던 두 명의 청년이 그를 쳐다보며 뭐라고 떠든다. 한국어를 전혀 모르지만, 그 어휘들 속에 경멸의 의미가 담겨 있다는 것은 확실하다. 분하지만 젠킨스는 노려보거나 대거리를 하지 않았다. 싸움이 벌어진다면 이방인인 그의 편을 들어줄 사람은 없을 테니까.

“속 쓰려. 그런데 너도 이제 줄어든 식사량에 익숙할 때가 되지 않았나?”

젠킨스는 배를 쓸어 비어 있는 위장을 달래며 먼 하늘로 시선을 돌렸다. 구름의 모양을 살피는 일에 싫증이 나자 그는 공사하는 군인들의 동선 관리에 관심을 가지려고 노력했다. 생각을 다른 곳으로 돌리면 이 굶주림을 좀 잊을 수 있을까 해서다. 그러나 그의 시도는 이내 실패로 돌아갔다.

“2파운드짜리 스테이크… 거기에 으깬 감자.”

그의 단골 식당 메뉴가 눈앞에 아른거린다. 그 진한 버터 향기가 코끝에서 느껴지는 것 같다.

와인… 거기에는 샤토 마고가 잘 어울리는데…….

꾸르륵!

배에서는 또 난리가 났다. 젠킨스는 스스로를 힐난했다.

너는 이럴 자격이 없어! 저 사람들을 봐! 저 지치고 우울해진 사람들을! 이 뻔뻔한 개자식! 이렇게 되었는데도 그런 욕망을 가진다고?

물론 그런 자책을 해봐야 기분이 나아지는 데에는 아무런 긍정적인 효과를 거둘 수 없다. 그저 자존감에 상처만 줄 뿐이다. 그리고 사실 그의 진심도 아니다.

"결국 이걸 팔아야 하나……."

젠킨스는 안주머니를 뒤적거려 만년필을 꺼냈다. 다른 모든 사치품들을 다 팔 동안 이 만년필을 간직하고 있던 이유는, 이것이 아마 지금은 사망했을 아내의 선물이기 때문이다.

아내의 마지막 선물.

젠킨스는 금으로 정교하게 장식된 만년필을 물끄러미 바라봤다.

지난봄, 함께 도쿄로 여행을 갔을 때 로라가 몰래 사놓았던 물건이다. '매년 결혼기념일 카드는 이 만년필로 써줘요' 부탁하던 그녀의 목소리가 아직도 생생하다. 하지만 그는 굶주렸고, 카드를 받을 로라는 이미 세상에 없다.

…없을 것이다.

"나중에 다시 되찾으면 돼."

가망이 없는 말로 스스로를 속인 젠킨스는 24시간 언제나 열려 있는 암시장으로 향했다.

"크크, 이 아저씨 또 왔네? 씨발, 뭐가 이렇게 줄줄이 계속 나와? 그렇게 팔아먹고도 아직 팔 게 또 남았어?"

"크크크, 그러게. 얘, 그젠가 어제 목걸이랑 바꿔서 건빵 한 박스 가지고 가지 않았냐? 와, 벌써 그 많은 걸 다 처먹었어? 참 너도 이젠 완전히 거지 꼬라지구나. 첨엔 대가리에 기름도 바르고 번쩍번쩍하더니… 크크크, 헤이! 와썹 맨! 웰컴! 웰컴!"

그를 기억하는 사내 두 놈이 낄낄거리며 인사를 한다. 팔을 벌려 인사를 하는 녀석이 손목에 차고 있는 물건은 며칠 전까지 젠킨스의 것이던 시계다.

놈들의 곁에는 아직 십 대로 보이는 계집애들이 핫팬츠와 탱크톱만 입은 채 쪼그려 앉아 있다. 발아래에는 저것들이 몸을 팔아 수집해 온 게 분명한, 허접한 물건들이 쌓여 있다. 젠킨스는 어색한 미소와 함께 건빵 박스를 가리켰다.

"오! 건빵! 그거 좋은 거지. 맛도 있고, 배도 부르고! 근데 뭘 내놓을 건데? 쇼우 미! 쇼우 미! 왓 유 갓?"

"…이건 한정판이라서 100개밖에는 존재하지 않는 거야. 정말 귀한 거지."

놈들이 알아듣지 못한다는 걸 알면서도 구구절절 설명을 하게 된다. 그만큼 간절하다. 하지만 놈들의 반응은 싸늘했다.

"뭐야, 씨발? 이 새끼, 볼펜 가지고 왔어. 떽! 야, 인마! 이젠 공부할 일이 없어요. 세상이 싹 다 좆 됐거든!"

"크크큭."

놈들의 비웃음이 당혹스럽다. 젠킨스는 열심히 만년필의 가치를 역설했다.

이건 '마키에' 라고 일본 전통의 금 세공법이야… 그중에서도 최고의 장인이 만들어낸 예술이라…….

"노! 이 새끼야! 어디서 씨발, 아무 짝에도 쓸모없는 볼펜 쪼가리를 가지고 와서. 거지 같은 새끼가. 그런 거 말고 시계나 목걸이 이런 거 없어? 야, 노 모어 골드? 응? 골드! 와치!"

"야, 그냥 받고 건빵 한 두어 봉지 줘서 보내라. 냄새나서 머리 아파지려고 한다."

두 놈이 뭐라고 떠들어 대더니 건빵 두 봉지를 집는다. 그러고는 선심 쓴다는 표정으로 만년필을 달라는 손짓을 한다. 젠킨스는 고개를 저었다.

이건… 아내의 유품이다. 그렇게 헐값에 넘길 수는 없다.

"박스… 박스째 줘. 제발."

"됐어, 꺼져! 안 팔아, 개새끼야!"

녀석은 만년필을 올려놓은 젠킨스의 손을 사납게 후려쳤다.

탁, 아내의 유품이 바닥에 나뒹군다. 젠킨스는 얼른 그걸 줍고, 놈을 노려봤다.

벌레 같은 하찮은 놈이… 며칠 전까지만 해도 내 구두나 핥았을 천한 밑바닥 놈들이…….

"어쭈, 이 씨발 새끼가 꼬나보네? 뭐, 꼬와? 꼬우면 덤벼! 컴온! 이 개새끼야!"

놈의 그 역겨운 얼굴에 주먹을 날릴 만한 배짱도, 기술도 젠킨스에게는 없다. 그가 이 세상에 가지고 태어난 무기는 무력이 아니라 뇌의 기능과 인맥이었다.

젠킨스는 분한 마음을 꾹 삼키며 돌아섰다. 거래는 결렬되고 자존심은 상처를 입었는데, 여전히 배는 고프다. 이래저래 지친 젠킨스는 자신의 돗자리가 깔린 야구장 구석으로 쓸쓸히 돌아왔다. 컴컴한 그늘 아래에는 아무도 없다. 애초에 그런 자리를 골랐고, 다른 사람들도 냄새 때문에 그를 피했으니까.

괜찮아, 괜찮아… 너는 저런 것들보다 몇 백 배나 뛰어난 인간이야. 잊어버려. 그리고 잠들어. 자야 해. 다음 식사 시간이 올 때까지 자는 게 가장 덜 괴로운 방법이야… 그리고 조금만 더 참아. 이 고생을 영원히 계속해야 하는 건 아니야…….

그렇게 스스로를 달래며 딱딱한 바닥에 몸을 뉘었을 때, 그의 눈앞에 문제의 꼬마가 나타났다. 이제 만으로 두 살이나 세 살 정도 되었을 어린 사내애가 부모의 보호도 없이 혼자서 뛰어다닌다. 시끄럽게 꽥꽥! 소리를 지르면서.

젠킨스는 눈을 떼지 못하고 그 꼬마의 움직임을 따라 고개를 돌렸다. 귀엽다거나 사랑스러워서가 아니었다. 그 젠장 맞을 꼬마 녀석이 커다란 과자 봉지를 들고 있기 때문이다. 달콤하고 맛이 좋은 과자가 잔뜩 들어 있는 봉지.

"좋겠구나, 꼬마야."

처음에는 그저 부럽다는 생각만 들었다. 그러다 불현듯 근처에 아무도 없다는 사실을 깨달았다. 아무도 없다. 그와 저 과자를 든 꼬마 외에는…….

벌떡 몸을 일으킨 젠킨스는 혹시 이쪽에 시선을 두는 사람이 있나 싶어 주변을 둘러봤다.

…없다!

저걸 빼앗아 먹겠다고? 미쳤어? 재는 보호를 받아야 할 어린이라고! 아무것도 모르는 어린이!

거의 퇴화되어 있는 그의 양심이 그래도 한 번 반항을 해본다. 젠킨스는 자신의 양심을 비웃었다.

'이 멍청아, 바로 그 '아무것도 모르는' 이라는 게 가장 매력적인 부분인 거야. 후후후.'

저 꼬마의 부족한 어휘로는 과자를 빼앗아 먹은 게 자신이라는 걸 아무에게도 하소연할 수 없을 것이다. 아니, 어쩌면 빼앗을 필요조차 없을지도 모른다.

그래, 맞아. 아이니까 그냥 순순히 과자 봉지를 넘겨줄 가능성도 있어. 가치를 모른다고. 쟤는 저걸 다 먹지도 못해…….

젠킨스가 스스로의 비열하고 한심한 계획을 합리화시키는 데는 몇 초도 필요하지 않았다.

"이리 오렴. 그래, 착하지. 이리 와."

젠킨스는 가능한 한 친절한 미소를 지으면서 아이에게 손짓을 했다. 어지간히 부산스러운 놈이라서 주의를 끌기까지 꽤나 시간이 걸렸다. 마침내 젠킨스를 인지한 아이가 아무런 의심 없이 다가온다. 젠킨스의 굵고 통통한 손에 땀이 솟는다. 긴장되는 순간이다.

"이리 줘. 응? 착하지? 그거 이리 줘."

아이가 3피트 정도의 간격을 남기고 더 가까이 오지 않는 바람에 젠킨스는 자리에서 일어나 녀석에게 다가갔다. 이미 그의 시선은 과자 봉지에만 고정되어 있다. 주변의 상황 같은 건 눈에 들어오지 않았다.

"꼬마야, 아저씨가 그거 한 번만 만져 볼게. 응? 줘봐."

아이는 쉽사리 과자 봉지를 넘기지 않고 오히려 뒷걸음질을 쳤다. 젠킨스는 다급해지고 더 간절해졌다. 광적인 집착 때문에 입가에는 침이 고이고, 눈엔 핏발이 선다.

"내놔. 제발! 놓으라고!"

젠킨스는 과자 봉지의 끝을 잡고 서서히 당겼다. 이 빌어먹을 꼬마가 울음을 터뜨리지 않을 거라는 보장만 있다면 그냥 확 잡아채고 싶은 심정이다.

턱—!

그 순간, 자신의 팔목을 잡는 가냘픈 하얀 손.

헉, 젠킨스는 심장이 멎는 것 같았다.

우리밖에 없었는데… 꼬마와 나밖에 없었는데…….

젠킨스는 공포에 사로잡힌 채 고개를 들었다. 긴 검은 머리의 소녀가 무표정한 얼굴로 자신을 내려다보고 있다. 젠킨스는 그 소녀가 누구인지 안다. 야구장의 스코어보드 옆에는 음료수를 광고하는 그녀의 사진이 붙어 있다.

곧바로 이성을 찾은 젠킨스는 과자 봉지에서 손을 뗐다. 그러자 소녀도 그의 팔목을 놓아주었다. 그러곤 곧바로 아이를 들어 올렸다.

"이렇게 멀리까지 왔어? 어이구, 종민이 잘 걷네. 자아, 이제 누나랑 엄마한테 가자아~"

아이를 어르는 소녀를 향해 젠킨스는 미리 준비해 두었던 변명을 필사적으로 늘어놓았다.

"베이비, 큐트. 마이 선, 띵크. 베이비, 호프."

젠킨스는 뻔뻔한 얼굴로 외마디 소리들을 나열했다. 영어를 할 줄 모르는 것들과 사느라 변명조차 궁색한 단어 나열로만 해야 해서 그게 좀 불편하지만, 그래도 의미는 충분히 전달되었을 것이다.

자신은 과자를 빼앗으려던 게 아니다. 아기가 너무 귀엽고 예뻐서 어르려던 것뿐이다.

하지만 소녀는 아무 대꾸도 하지 않았다. 아이를 안고 인파 속으로 사라질 때까지 소녀는 뒤를 돌아보지 않았다. 마치 젠킨스가 그 자리에 존재하지 않는 사람인 것처럼 행동한다. 자신이 납득시키지 못했다는 것 때문에 불안감을 느낀 젠킨스의 목소리가 커진다.

"아기가 귀여워서 웃은 것뿐이야! 과자를 건드린 건 장난을 친 거니까 그걸 가지고 무슨 도둑놈 취급하지 말라고! 너 설마 아기라는 영어 단어도 모르는 바보냐? 혹시? 나를 소아성애자 취급하려고? 아니야! 그런 게 아니라고! 야! 대답을 해! 나를 보고 대답을 하라고! 이 천박한 것아! 비록 지금 내 꼴이 이래도, 나는 네까짓 것들이 그렇게 깔봐도 되는, 그런 사람이 아니야! 너희들과는 비교도 할 수 없는, 중요하고 특별한 사람이라고! 어차피 너는 내가 무슨 말을 하는지 하나도 못 알아듣겠지만!"

온갖 개소리를 다 지껄이고 목에 핏대를 세워도 소녀는 돌아보지 않았다. 그녀의 종잇장처럼 날씬한 몸매가 사람들에 가려져 보이지 않게 되자 젠킨스의 불안감은 더욱더 커졌다.

"젠장… 타일러, 너답지 않게 무슨 멍청한 짓을 한 거야… 오, 하느님."

두려움이 온몸을 감싸고 짓누른다. 젠킨스의 자아는 겨자씨만큼 작게 줄어들었다. 혹시 저 멍청한 여자애가 돌아가서 내가 소아성애자라는 소문을 퍼뜨리기라도 한다면?

끔찍한 상상이 떠오른다.

아이를 건드린, 더러운 이방인을 때려죽이기 위해 몰려드는 사람들… 가뜩이나 온갖 스트레스 때문에 날카로워져 있던 사람들이 자신을 분노의 분출구로 삼아 몽둥이를 휘두르는 하는 상상… 이 보잘것없는 것들에게 맞아 죽는 자신의 모습…….

"어쩌지?"

초조함 때문에 자신의 투실투실한 뺨을 문질러 대면서도 젠킨스는 그 자리에 그대로 앉아 있었다. 어차피 숨거나 달아나지 못한다는 걸 알기 때문이다. 이 수용소 내에 그와 비슷한 사람은 단 하나도 없으니까.

꾸르륵, 그 상황에서도 여전히 제 기능을 충실히 하는 위장이 비었다는 신호를 보낸다.

제발 닥쳐! 난 지금 너 때문에 위기에 처해 있다고!

젠킨스는 자신의 위장을 향해 원망을 퍼부었다.

"엇!"

5분쯤 뒤, 소녀가 다시 찾아왔다. 혼자서. 예상치 못한 일이었다. 젠킨스는 자신도 모르게 몸을 벌떡 일으켰다. 그러고는 가식적인 미소를 지으며 최선을 다해 또 외마디 단어들을 늘어놓기 시작했다.

이 여자아이라도 알아들을 수 있고, 자신에 대한 인식을 바꿀 수 있는, 그런 수준의 단어들.

"아임 굿 가이. 투 키즈 파더. 노멀. 아이 러브 코리아. 코리안 피플 프랜드! 김치, 불고기 베스트."

"제발 그렇게 단어들만 나열하지 좀 마요. 사람 무시하는 것 같아서 열 받으니까."

엄지를 치켜세우고 '킴취, 풀코기'를 발음하던 젠킨스의 입이 멈췄다. 그녀가 하는 말을 너무도 분명하게 알아들을 수 있었기 때문이다. 영어다, 그것도 아주 유창한. 얼떨떨한 젠킨스에게 소녀가 과자를 내밀었다.

"자요, 이건 아까 그 아이를 밀어 넘어뜨리지 않아줘서 고맙다는 의미의 선물이에요. 또는 아저씨에게 인간으로서 최소한의 자존심을 지켜 달라는 부탁이라고 생각하셔도 되고요. 뭐가 됐든 다시는 아이들 가까이 가서 그 애들이 가진 음식을 빼앗으려고 하지 마세요."

젠킨스는 과자 봉지를 받아 들고 얼떨떨해진 채 물었다.

"동부에서 왔구나… 뉴저지?"

"제가 동부에서… 더 정확히 하자면 플로리다지만, 어쨌든 거기 살았다는 것 따위보다 아저씨 본인에게 몇 배나 더 중요한 사실을 알려 드릴게요. 여기에는 아저씨가 하는, 그 차별적이고 못된 말들을 알아듣는 사람이 저 하나만 있는 게 아니에요. 사람들이 화내주기를 바라는 게 아니라면 제발 다시는 그러지 말아주세요. 제가 무슨 말 하고 싶은 건지 아시죠, 텍사스에서 오신 '대단하신' 아저씨?"

"알아듣는 사람이 많다고? 그런데 왜 다들 아무 반응을 하지 않는 거야?"

"그야 귀찮으니까, 남의 일에 신경 쓰고 싶지 않은 거겠죠. 하지만 어느 순간 화가 많이 난다면 그때는 이야기가 다를 거예요."

"그, 그건… 좀 공정하지 못하구나. 사람은 누구나 남들이 모른다고 생각할 때 아무 소리나 하게 마련이잖니. 말하자면 머릿속으로 생각을 하는 거랑 비슷한 거지. 아무리 천사 같은 가면을 쓰고 있는 사람이라도 머릿속으로는 꽤나 나쁜 생각들을 하기 마련이니까……."

"그럼 이제 그 나쁜 생각이 아주 선명한 소리로 표현되고 있고, 그걸 다 알아듣는 사람들이 있다는 걸 아셨네요."

젠킨스는 초조하게 과자 봉지를 주무르다가 결국 뜯었다. 자존심이 상하지만, 이 건방진 말투의 소녀에게 과자 봉지를 되돌려 줄 여유가 그에게는 없었다. 젠킨스가 과자를 우걱거리며 말했다.

"그런데 말이지… 어린 소녀에게 과자를 얻어먹는 이 시점에 이런 말을 하는 게 좀 설득력이 없어 보일 거라는 건 안다만, 내가 특별하고 중요한 사람이라는 건 명백한 사실이야. 내 정체를 알게 된다면 이 스타디움 안에 있는 모든 인간들이 앞다투어 머리를 조아릴걸? 물론 내가 이야기해 주지는 않겠지만."

"후우~ 저는 단지 아저씨가 겨우 과자 한 봉지 때문에 화난 사람들에게 맞아 죽는 걸 보고 싶지 않았던 것뿐인데, 이제 보니 그것조차도 굉장히 무리한 바람이었나 보네요."

고개를 저으며 돌아서려는 소녀에게 젠킨스가 다급하게 말했다.

"농담이야, 농담. 여기 있는 보름 만에 처음으로 영어를 할 줄 아는 사람과 만난 게 너무 좋아서 한 농담이라고! 알겠어, 알겠어. 잘난 척을 하지 말라는 거잖아. 그래, 그건 받아들일게. 네가 화를 내고 가버리기 전에 내게 과자를 선물한 고마운 사람의 이름 정도는 알고 싶구나. 난 타일러 젠킨스라고 한다."

잠시 머뭇거리던 소녀는 아주 우아하고 아름다운 미소와 함께 까딱 고개를 숙였다.

"…테라입니다."

그러고는 곧바로 돌아서려는 테라에게 젠킨스가 말했다.

"테라 양, 우리가 만나게 된 계기는 그다지 아름답다고 할 수 없겠지만, 어쨌든 이렇게 이야기를 나눌 수 있게 되어 영광이야. 나도 광고를 볼 줄 아니까 네가 슈퍼스타라는 것도 알고, 군인들이 너를 보면 좋아서 미칠 지경이라는 것도 알지. 그리고 네 개인 사물함 속에는 저 젊은 군인들이 바친 엄청난 양의 간식거리가 있다는 사실도……. 그래서 말인데, 앞으로도 내가 계속 얌전하고 매너 있게 굴면 매일 이렇게 과자를 얻어먹을 수 있을까? 너도 알다시피 이 수용소에서 주는 식사만으로 버티기에는 내 몸이 너무 크거든."

"아뇨, 과자는 이번 한 번만 드리는 거예요. 매정하게 잔소리만 하고 싶지 않았거든요. 정 힘드시면 다이어트를 위한 조언은 해드릴 수 있어요. 물론 그건 아저씨가 음식 때문에 자존심을 버려야 하는 이 상황에 지고 싶지 않을 때의 이야기겠죠."

테라가 의외로 냉담하게 나오자 젠킨스는 이마의 땀을 닦으며 더듬거렸다.

"그… 좋아, 이, 이러면 공정하지 않을까? 앞으로 네가 매일 과자를 가져다주면 내가 그걸 기록해 두었다가 이 좀비 사태가 정리된 이후에 네게 현금으로 대가를 지불한다면 말이야. 과자 1그램을 금 1그램의 가격으로 계산해 줄게. 약속할 수 있어. 어떠냐? 매력적인 제안이잖아. 부작용이 없는 마이더스가 되는 셈이라고."

"저를 도둑이나 사기꾼으로 만드시려는 건가요? 그런 짓은 하지 않아요. 좀비 사태가 정리되기만 하면 제게도 필요한 만큼의 돈은 있고요. 젠킨스 씨, 제가 계속 아저씨께 호의를 가지고 있을 수 있게 해주세요."

"너는 그렇게 여유로울 수 있겠지! 왜냐면 너한테는 다 먹지도 못할 양의 엄청난 과자가 있고, 음료수가 있고! 또 필요한 건 뭐든지 있으니까! 하지만 우리 둘을 봐라! 무게가 백 파운드도 나가지 않을 너는 그렇게 많은 음식을 가지고 있고, 삼백 파운드에 가까운 나는 아무것도 없단 말이야! 이건 너무 불공평해! 공정하지도 않고! 비인도적이야! 이러면 안 된다고!"

젠킨스는 억울함을 강조하고 극적 효과를 부여하기 위해 두 팔을 쫙 벌렸다. 하지만 테라는 조금도 흔들리지 않았다.

"노동자들의 반년 치 봉급보다 비싼 값을 치르며 그 키톤 양복을 맞추셨을 때도 그런 생각을 하셨나요? 아저씨는 이 세상이 불공평하다는 걸 누구보다도 잘 알던 사람이잖아요."

말을 마친 테라가 돌아서서 걸어간다. 보통 이쯤 되면 아니꼽고 치사해서라도 협상은 결렬되기 마련이다. 하지만 젠킨스는 절박했고, 이 수용소에서 가장 부유한 자본가와 마주하는, 아주 흔치 않은 기회를 잡은 상태였다. 그러니 쉽게 포기할 수는 없는 노릇이었다.

그리고 젠킨스는 안다, 목표까지 닿는 과정이 비굴하다거나 비윤리적이라고 해서 그 열매가 가진 달콤함이 훼손되는 법은 없다는 것을. 젠킨스는 비대한 몸을 끌고 테라를 앞질러 가서 다시 말을 걸었다.

"박애주의자인 줄 알았더니, 자본주의자였구나. 그러면서 동시에 금을 사랑하지 않는, 이상한 자본주의자. 좋아, 그러면 뭘 지불해야 내가 이 굶주린 배를 채울 수 있겠니?"

"젠킨스 씨, 치사하게 굴고 싶지는 않지만, 이 과자들은 파는 물건이 아니에요. 많은 군인 오빠들의 호의거든요."

"호의라… 아름다운 말이야. 이렇게 생각해 보자. 만약에 나도 너에게 호의를 베푼다면, 그러면 네가 가지고 있는 그 많은 달콤하고 짭짤한 호의들을 우리가 일정 부분 공유할 수도 있지 않을까? 예를 들어 세상이 모르고 나만 아는 비밀을 네게만 몰래 알려준다거나 하는 식으로 말이지. 다행히 너와 나는 대화가 가능하잖아. 이 수많은 좀비들이 애초에 왜 만들어졌는지 같은 이야기는 어떨까?"

테라는 슬슬 귀찮아졌다. 이 미국인 남자… 배가 고픈 것은 알겠지만, 이 정도로 집요할 줄은 몰랐다. 그리고 슬슬 광인이 아닐까 하는 의심마저 들기 시작했다.

"미안하지만 젠킨스 씨, 전 관심이 없어요. 계속 이렇게 길을 막으시면 화낼 거예요."

"제발 화내지 말고 들어봐. 그럼 좀비에게 물리고도 죽지 않은 사람의 이야기에도 관심이 없다고 할 거니? 아닐 텐데? 관심이 있을 텐데?"

응? 테라는 뜨끔해서 자신도 모르게 왼쪽 발가락을 내려다보았다. 아직도 상처가 다 아물지 않은 새끼발가락.

이 남자 뭐지? 설마 지금 이게 내 이야기인가? 어디까지 알고 있는 거지?

테라는 두근거리는 가슴을 진정시키며 애써 태연을 가장했다.

"그런 사람이… 정말로 있다고요?"

"이제야 흥미를 보여주는구나. 후후후, 응, 있고말고. 지금 사람들은 좀비에 물린 피해자들을 무조건 죽이지. 또는 죽도록 방치하거나. 그렇게 하는 이유는 한 가지 확고한 믿음 때문이지. 좀비에 물리면 100퍼센트 전염된다는 가설에 대한 믿음 말이야. 그 가설은 대부분 옳지만, 몇몇 예외적인 경우가 있단다. 좀비에 물린 후에도 죽지도, 전염되지도 않는 사람. 이런 건 사람들이 전혀 모르는 이야기지. 어때? 이 정도라면 과자 한 봉지의 값어치로 충분하지 않을까?"

테라의 표정에서 흥미를 읽어낸 젠킨스는 말을 끌며 털북숭이 손을 비볐다. 자신의 이야기는 아닌 것 같아 테라는 안도했다. 그런데 정말로 궁금한 이야기이기는 하다.

좀비에 물리면 변한다는 건 누구나 확실히 알고 있는 사실이다. 그러나 그녀는 시몬에게 물리고도 아직까지 변하지도, 죽지도 않고 멀쩡히 살아 있다.

대체 그 차이는 무엇 때문에 만들어지는 걸까?

조금이라도 더 잘 알고 싶었지만, 누구에게도 털어놓을 수 없던 비밀을 지금 이 남자가 대화의 장으로 끌어낸 것이다. 게다가 자기가 그것에 대해 잘 알고 있다고 주장한다.

그냥 아무 거짓말이나 막 늘어놓는 걸까, 아니면 정말로 뭔가 알고 있는 걸까…….

잠시 생각에 잠겼던 테라가 고개를 끄덕였다. 과자 몇 봉지를 더 주고 이야기를 들어본 후에 판단을 해도 늦지 않을 거라는 결론이다.

"좋아요, 여기에서 기다리세요. 과자를 가져오죠."

거래를 성사시켜 신이 난 젠킨스는 테라의 등에 대고 떠들어 댔다.

"많이 가져와야 해! 여러 가지 맛으로! 나는 위가 크고, 신기한 이야기는 넘치니까."

4

잠시 후, 테라는 다용도 비닐봉지에 몇 가지 과자와 음료수를 가지고 돌아왔다. 얼굴이 상기된 걸 보니 걸음을 서두른 게 분명하다.

"자, 과자를 가지고 왔어요. 이야기를 계속해 주세요."

테라가 내미는 작은 과자 봉지를 뜯어 입에 가져가면서 젠킨스는 생각했다.

한 번에 다 주지 않는군. 이 아이도 어지간히 약다. 하지만 그래도 저 과자가 전부 내 배 속에 들어갈 거라는 사실엔 변함이 없지…….

그런 생각을 하며 만족한 웃음을 짓던 젠킨스의 시야에 테라의 잘린 발가락이 들어왔다.

"세상에 이렇게 예쁜 발이… 대체 어쩌다가 이렇게 다친 거지?"

"제 발가락이 아니라 다른 것에 관해서 말해주신다고 했었잖아요."

테라가 단호하게 주제 변경을 막자, 젠킨스도 납득한다는 표정을 지었다.

"네 말이 맞아. 우리는 좀비들에게 물리고 나서도 여전히 살아 있는 사람들 이야기를 하고 있었지. 어디에서부터 시작할까… 좀비를 중심으로 생각하자면 말이지, 이 세상에는 크게 두 가지 부류의 사람들이 있단다. 녀석들에게 물렸을 때 변하는 사람과 그렇지 않은 사람. 물론 전자가 압도적으로 많아. 비율로 따지자면 대략 10,000대 1 정도라고 생각하면 될 거다. 유전자와 관련된 문제라서 자세하게 이야기하자면 엄청 길어질 테니, 그냥 결론만 말하는 거야. 그런데도 목이 마르는군. 그 음료수 좀 마셔도 될까?"

테라에게서 주스 팩을 받은 젠킨스는 빨대를 쪽쪽 빨면서 말을 계속했다.

"만 명 중 한 명 있는 면역자들도 항체의 종류에 따라서 또 세 종류로 나눌 수가 있단다. 사실 여기가 재미있는 부분이지. 첫 번째 경우는 면역이 단발성인 경우야. 가장 쉽게 이해하자면, 말벌에 쏘이는 것과 비슷하다고 생각하면 돼. 처음 한 번 물렸을 때에는 괜찮아. 하지만 그때 독성이 강한 항체가 형성되기 때문에 나중에 다시 한 번 더 물리면 그때는 과다 면역에 의해 즉사하고 좀비로 변하게 되는 거지. 그게 첫 번째 경우고, 항체 중에서는 가장 흔해. 어떤 집단에서는 이런 유전자 유형을 아나필락시스 진이라고도 부르지……. 이번엔 짭짤한 맛 과자를 주면 좋겠는데."

테라는 작은 포테이토칩 봉지를 건넸다. 젠킨스의 큰 손으로는 서너 번 집으면 다 없어질 정도 양밖에 안 된다.

"자, 이제 두 번째 경우야. 이런 유전자는 더욱 낮은 확률로 발견돼. 10만분의 1 정도 확률이니까 정말 귀한 것처럼 여겨지지만, 동시에 인류 전체의 관점에서 보자면 6만 명 이상이 존재하는 것이기도 하지. 처음 물렸을 때 무사하다는 점에서는 좀 전에 말했던 아나필락시스 진과 같아. 그런데 항체가 형성되면서 차이가 발생해. 이 두 번째 경우의 항체에는 '아나' 즉, 반대가 없고, '필락시스' … 그러니까 방어만 있는 거야. 이 필락시스 진들은 한 번 좀비에 물린 뒤에 항체를 갖게 되고, 쇼크를 일으키지 않으니까 그 뒤에 아무리 몇 차례든 좀비에 물려도 무사해. 물론 급소를 물린다거나 과다 출혈이 생기면 죽겠지."

젠킨스의 이야기를 들으며 테라는 곰곰이 생각에 잠겼다.

나는 그 둘 중 어느 편일까? 독성이 있는 항체가 생긴 걸까, 아니면 이제부터는 좀비들에게 물려도 무사한 걸까? 아니, 애초에 이 이야기를 어느 정도나 신뢰할 수 있는 걸까?

그런 그녀의 고민을 모르는 젠킨스는 과자를 씹으며 설명을 계속했다.

"자, 이제 이 이야기의 하이라이트로 들어가 볼까? 아나필락시스 진과 필락시스 진은 모두 좀비 사회에서 꽤나 유용한 유전자들이야. 적어도 한 번의 재생 티켓을 가지고 있는 거니까 말이지. 하지만 거시적 관점에서 보자면 둘 다 그다지 쓸모가 없어. 왜냐하면 그 두 유전자에게서 만들어진 항체는 다른 사람의 몸에 주입되었을 때 효력을 발휘하지 않거든. 다시 말해서 자기들만 좋은 거고, 구세주가 되어주지는 못한다는 거지. 지금도 지구 어딘가에서는 아나필락시스 진이나 필락시스 진을 발견한 멍청이들이 항체를 만든답시고 열등한 머리들을 쥐어짜고 있겠지만, 그건 아무 소용 없는 헛고생일 뿐이야. 절대로 안 된다고! 하지만 세 번째 유형의 유전자는 좀 이야기가 달라. 우리는… 이런 젠장, 내가 우리라고 말해 버렸구나. 뭐, 어때? 이쯤 되면 내가 관련이 있다는 것쯤 너도 짐작할 수 있겠지. 우리는 이 유전자를 '널 키드' 라고 불러. N, U, L, L, 키드. 좀비 세상에서 유일한 축복이자 구원이지."

테라는 고개를 갸웃거렸다.

"축복의 유전자라고 하면서 어째서 아무 가치가 없다는 의미의 이름을 붙여요? 그리고 이번에는 Gene이 아니라 Kid네요?"

"그건 너무나 귀해서 실은 존재하지 않는 것과 다를 바가 없다는 의미지. 널의 어원을 따지고 들어가면 제로라는 뜻도 있으니까. 그리고 내 설명을 다 듣고 나면 그런 이름이 적절하다는 걸 깨닫게 될 거야. 자, 설명을 시작해 보자. 널 키드들은 수학적 가설로만 존재했어. 이 연구의 방대한 데이터를 모두 가지고 있는 슈퍼컴퓨터들이 1억분의 1 확률로 널 키드가 존재할 것이라는 가설을 내놓았을 때, 우리의 분위기는 반신반의였거든. 전 세계에 단 60명뿐이라니. 뭔가 허황되기까지 한 느낌의 숫자 아니냐. 하지만 몇 년 뒤, 조지아의 앱테크나야라는 도시에서 널 키드의 실재 존재가 처음으로 확인되었던 거야. 그건 정말 놀라운 일이었지."

"잠깐만요. 몇 년 전에 이미 좀비에 대한 연구가 방대한 데이터를 가지고 있었다고요? 좀비가 발생한 지 이제 겨우 보름 정도가 지났을 뿐인데요?"

테라가 당황해하며 말을 끊고 묻자 젠킨스는 만족한 웃음을 지었다. '자, 과자를 다오' 하는 식으로 손을 벌리며 젠킨스가 말했다.

"그것 봐, 점점 네가 모르는 이야기들이 나오잖아. 게다가 홍

미롭기까지 하고 말이야. 이런 대단한 정보들을 고작 과자 몇 봉지를 주면서 들을 수 있다니, 네가 얼마나 행운아인지 알겠지? 후후후, 이번엔 그 초콜릿이 좋겠구나."

젠킨스는 점점 아까의 그 오만한 표정으로 돌아가 탐욕스럽게 음식을 먹으며 말을 이었다.

"널 키드와 다른 면역 유전자들을 구분하는 가장 큰 특징은 항체를 다른 사람들에게 나눠 줄 수 있다는 점이지. 그리고 더 매력적인 것은 널 키드가 좀비들과 사람, 양쪽 모두에게서 동족으로 인식될 수 있다는 데 있어. 무슨 말인지 알겠어? 널 키드는 단순히 좀비 박테리아에 대한 항체를 가지고 있는 게 아니야. 일단 첫 번째 접촉을 하고 항체가 만들어지면 좀비들은 더 이상 널 키드를 공격하지 않아. 자신들과 동류라고 판단하기 때문이지. 하지만 널 키드는 어디까지나 사람인 거야. 상상을 해봐. 백만, 아니, 천만의 좀비들이 운집해서 파도처럼 움직이고 있는데, 그 한가운데에서 아무런 두려움도 없이 역방향으로 좀비들을 헤치며 걸어가는 널 키드의 모습을……. 모세가 홍해를 가르며 걸었던 것보다 더 멋진 장관일 거라고 확신한다. 널 키드는 좀비 세상에서 가장 강력한 무기이자 동시에 구원자인 거지."

젠킨스는 고개를 젖힌 채 자신의 말에 빠져 환상을 보는 것 같은 표정을 지었다. 테라의 심장박동이 빨라진다. 그녀는 그가 했던 말들을 되짚어봤다. 그러고는 물었다.

"그러면 널 키드에게서 얻은 항체를 주입 받은 사람은 어떻게 되나요? 모두 다 널 키드처럼 될 수 있어요? 그러니까… 좀비에게 보이지 않고, 물리지도 않는, 그런 안전한 상태로 바뀔 수 있냐는 뜻이에요."

"그렇게 간단하지는 않아. 널 키드의 항체는 분명 사람들에게 면역 체계를 만들어줘. 원래대로라면 좀비에 물리는 순간 죽어버렸을 인간이 두 번째 삶의 기회를 얻는 거지. 하지만 그 후에 아나필락시스 진이 될지, 필락시스 진이 될지, 또는 정말로 또 다른 널 키드가 될지는 그저 확률에 의해 결정되는 것뿐이야. 그리고 그때에도 널 키드의 확률은 지극히, 아주 무시해도 좋을 정도로 낮다는 것만은 확실하지."

"그렇다는 건… 그 널 키드라는 존재는, 계속 피를 뽑혀야 하겠네요. 항체를 구할 수 있는 유일한 방법이니까. 아니면 제가 모르는 어떤 다른 길이 있나요? 최초에 한 번만 항체를 추출하면 그다음엔 인공적으로 만들어낼 수 있는, 그런?"

젠킨스는 고개를 저었다.

"인공적인 제조법 같은 건 없어. 혈청에서 추출해 내는 게 유일한 방법이야. 네 말대로 널 키드의 피는 굉장히 중요한 자원이 맞아. 그러니 추출할 수 있는 만큼 최대한 추출해야 하고."

"그 널 키드가 있는데 왜 아직 좀비 사태가 개선되지 않는 거죠? 조지아의 어떤 도시에서 찾았다면서요? 그럼 항체를 만들 수 있는 충분한 시간이 있었을 것 같은데. 백신이라든가."

젠킨스가 피식거리며 웃었다. 자조가 섞인 웃음이었다.

"그게 이 이야기에서 비극적인 부분이지. 좀비는 자신의 동류를 공격하지도, 죽이지도 않지만, 인간은 긴 역사 동안 자신의 동류들을 계속해서 죽여왔거든. 여러 가지 이유 때문에 엄청난 숫자를 말이지……. 어쩌면 그게 우리가 가진 가장 두드러진 특성인지도 몰라."

"설마, 지금 그 귀하고 위대한 닐 키드가 죽었다는 말을 하려는 건가요? 그래서 이 모든 이론들이 다 물거품이 되었다는, 그런 이야기로 흘러가는 거냐고요? 그렇다면 전설과 별로 다를 바가 없어지는데요?"

테라가 의심스럽다는 눈초리로 젠킨스를 보며 물었다. 젠킨스는 아주 당당한 표정으로 대답했다.

"닐 키드의 행방과 그 원인에 대한 이야기는 내일 또 과자를 먹으면서 들려주면 어떨까? 너 정도 영리하고 사람들을 많이 만나본 아이라면 대화의 상대가 거짓말을 하는 건지, 아니면 믿겨지지 않는 진실을 말하고 있는지 정도는 분간할 수 있다고 생각한다. 어때? 지금 네가 들은 나의 이야기가 단순히 과자에 미친 어떤 중년 뚱보가 먹을 것을 얻어내기 위해 아무렇게나 막 지어낸 거짓말이라고 여겨지나? 그렇지 않을걸?"

"모르겠어요. 전… 전 솔직히 혼란스러워요. 만약에 젠킨스 씨가 정말 그 모든 놀라운 비밀들을 알고 있는 사람이라면, 왜 여기에서 제게 과자를 달라고 하고 있는지부터 모르겠어요. 정말 그런 사람이라면 지금 훨씬 더 중요한 일을 하고 있어야 하는 것 아닌가요?"

테라가 힘없이 중얼거리는 걸 들으며 젠킨스의 얼굴에는 점점 화색이 돌았다.

"그것 봐. 너도 이제는 내가 중요한 사람이라는 걸 인정하잖니? 내가 미친 차별주의자라서 그런 소리를 한 게 아니라니까?"

자신만만하게 운을 뗀 젠킨스는 입술 주변에 묻은 음식 부스러기들을 혀로 날름거리며 테라의 몸을 위아래로 훑어보았다.

"어때? 내 이야기를 더 듣고 싶은가, 테라 양? 널 키드와 항체와 인류의 미래 같은 것 말이야."

"네."

한꺼번에 너무 많은 새로운 이야기들을 듣고 고민에 빠진 테라는 별생각 없이 고개를 끄덕였다. 그러자 젠킨스가 한 발짝 가까이 다가서며 은근한 목소리로 속삭였다.

"근데 어쩌지? 나는 이제 슬슬 배가 부른 것 같아. 그러니 별로 더 이야기하고 싶은 기분이 아니구나. 후후후, 물론 네가 내 입술을 움직일 수 있는 방법은 아직 있지. 내가 지난 보름 동안 꾹 참았던 건 배고픔만은 아니었거든. 그리고 너는 정말 매력적인 외모를 가지고 있어. 동양의 신비라는 게 이런 걸까 싶은, 그런 모습이야. 후후후, 내가 무슨 말 하는지 알지? 음, 아마 잘 알 거다. 너는 영리한 아이니까."

테라는 믿을 수 없다는 표정을 지으며 눈살을 찌푸렸다.

"진심이세요? 아니면 이것도 아까처럼 말이 통하는 사람과 만난 기쁨 때문에 나오는 농담인가요? 진심이라면 저 화낼 거예요."

"그저 농담으로만 원하기에는 네가 너무나 아름답구나. 후후후, 발끈하는, 그런 모습마저도 말이지."

느릿느릿 징그러운 말투로 그런 소리들을 지껄이며 젠킨스는 점점 더 테라에게 가까이 다가갔다. 그러고는 손을 뻗어 테라의 어깨를 쓸어보려 했다.

그의 손이 테라의 몸에 닫기 직전…….

찰싹—

테라의 작고 하얀 손이 젠킨스의 손등을 때렸다. 물리적으로 아프다거나 한 건 아니지만, 가슴 저 안쪽이 흠칫 놀라게 만드는 매서움이 있었다. 아까 아이의 과자를 빼앗으려 할 때 저지했던, 그 손길과도 유사한 느낌이다.

젠킨스는 깜짝 놀라 황급하게 손을 뒤로 물렸다. 그러고 나자 곧바로 수치심과 분노가 동시에 밀려왔다.

감히 이 쪼그만 계집아이가 나를 거부하고 위협해?

"젠킨스 씨."

젠킨스의 감정이 폭발하기 직전에 테라가 나지막한 목소리로 그의 이름을 불렀다. 이유는 알 수 없지만, 대단히 위압적으로 느껴진다. 젠킨스는 기가 죽어 한 걸음 물러나면서도 마지막 무기를 꺼냈다.

"우정을 쌓고 싶지 않다면 좋다. 강요할 생각은 없어. 하지만 이제 내 이야기를 더 들을 수 있다고 기대하지도 마. 이렇게 중요한 정보를 고작 과자 몇 봉지에 넘겨받으려는 너는 정말 비양심인 거야. 이런 건 부당한 거래라고."

"아뇨, 당신은 앞으로도 계속 말하실 수밖에 없을 거예요. 알고 있는 걸 전부 다 말이죠. 제가 정당한 거래가 되도록 해드릴게요."

테라는 눈빛 하나 변하지 않은 채 평온하게 말했다. 젠킨스의 욕망이 다시 부푼다.

"그럼 내 제안을 받아들인다는 의미냐? 더 깊은 우정을 준다는 뜻이지?"

"당신의 생명은 우리의 우정보다 훨씬 값어치 있는 게 아닐까요? 상상해 보세요. 지금 당장이라도 저기 저 군인들에게 다가가서 내가 몇 마디만 속삭이면 당신이 어떻게 될는지."

테라는 까만 눈동자를 돌려서 근처를 순찰하고 있는 군인들을 가리키며 말을 이었다.

"저 외국인이 나를 협박하고 욕보이려 했다… 정도면 충분하겠지만, 저는 거기에 눈물도 몇 방울 곁들일 생각이에요. 그러면 군인 오빠들의 분노도 훨씬 커질 테니까요. 어때요, 젠킨스 씨. 제가 무슨 말을 하는지 아시겠죠? 아마 잘 알 거예요. 아저씨가 그렇게 대단하고 영리한 분이라면."

자신이 사용한 표현을 고스란히 되돌려 받아치는 테라의 당돌한 얼굴을 보면서, 젠킨스는 상대방을 너무 얕잡아 봤음을 깨달았다. 확실히 실수였다. 하지만 이미 되돌리기에는 너무 늦었다. 당황하고 있는 젠킨스를 향해 테라가 또박또박 말했다.

"안심하세요. 앞으로도 오늘처럼 당신이 배가 고프다고 하면 나는 이야기를 듣고 당신은 과자를 먹을 수 있을 거예요. 하지만 젠킨스 씨, 당신이 확실히 기억해야 할 것은 한 가지예요. 절대 거짓말은 하지 마세요. 아까 당신이 말했듯이 난 상대가 거짓말을 하고 있다는 것 정도는 파악할 수 있으니까요. 이해하셨죠?"

젠킨스는 힘없이 고개를 끄덕였다. 잠시 옛날 생각을 하다가 들떴지만, 이제 다시 초라하고 힘없는 이방인의 신분으로 돌아왔다. 아무도 그의 편을 들어주지 않는 외로운 이방인으로.

⁂ ⁂ ⁂

젠킨스와 헤어진 후, 테라는 천천히 3루 측 내야석 쪽을 향해 걸음을 옮겼다. 원래대로라면 주부와 아이들로 둘러싸인 그녀의 성으로 돌아가야 하겠지만, 지금은 아무의 방해도 받지 않고 혼자서 생각을 좀 하고 싶었다.

"하아~"

꾹꾹 참아왔던 한숨이 터져 나오자 그것을 기점으로 팔다리가 가볍게 떨리기 시작했다. 흥분과 기대, 두려움과 쾌감이 한꺼번에 밀려온 탓이다.

지난 14일, 시몬에게 물렸던, 그래서 스스로 발가락을 잘랐던 그날 이후 처음으로 자신에 대해 조금이나마 알게 됐다. 아무에게도 물어보지 못하고 누구에게서도 듣지 못했던 이야기, 좀비에 물리고도 살아남는 사람들…….

자신과 같은, 그런 사람들이 존재했던 것이다. 자신이 기이한 돌연변이이거나 좀비의 피를 몸 안에 숨기고 살아가야 하는 괴물이 아니라, 확률적으로 존재하는 어떤 유형에 속한다는 걸 알게 된 것만으로도 조금은 구원을 받은 것 같다.

드라마에서 흔히 보았던 출생의 비밀을 알게 된 사람의 기분이 이런 것일까?

잘린 발가락을 내려다보는 그녀의 눈에는 눈물이 맺혀 있다.

그동안 내내 테라는 두려웠었다. 자신의 핏줄을 타고 돌아다니는 더러운 좀비의 세균이 언제든지 번식을 시작할 수 있다는 생각 때문에 남몰래 떨었었다.

자신의 까만 눈동자가 흰 막으로 덮이고, 그 혐오스러운 괴물들처럼 변하는 악몽도 여러 번 꾸었다. 그리고 그 악몽은 언제나, 머리가 펑! 하고 터져서 죽은 격리장의 그 중년 여자와 오버랩되며 끝을 맺곤 했다. 이제 그 두려움을 벗어버려도 된다.

"다행이야, 다행이야, 잘됐어……."

내야석의 상단에 앉아 눈물을 훔친 테라는 자신의 가냘픈 허벅지를 두 손으로 쓸며 연신 안도의 말을 중얼거렸다. 이제 겨우 평범한 사람들과 비슷해졌다. 좀비에게 감염되어 썩어가고 있을 내부 장기 어딘가에 대해 불안해하지 않아도 된다. 젠킨스의 말이 사실이기만 한다면.

거짓말처럼 보이지는 않지만, 젠킨스의 이야기들은 솔직히…황당했다. 몇 년 동안 좀비에 관해 연구했다는 것부터가 애초에 말이 되지 않는다.

게다가 만분의 일이니, 십만분의 일이니, 일억분의 일이니 하는 단위들도 너무 어마어마하다. 평소였다면 테라 역시 코웃음을 치고 말 이야기다. 하지만 바로 그녀 자신이 좀비에 물리고도 살아남은 당사자가 아닌가.

게다가 젠킨스를 만나기 전까지 그녀는 좀비 면역에 대해 이야기하는 사람을 본 적이 없다. 모두들 물리면 그것이 곧 끝이라고만 생각하고 있었으니까.

테라는 일단 젠킨스의 이야기를 믿기로 했다. 아니, 믿고 싶었다. 그의 말이 사실이라고 인정해 버리면 두려움과 걱정으로부터 해방될 수 있다.

'그럼 나는 그 세 가지 유형의 면역 유전자 중 어떤 것이었을까?'

우습게도 아나필락시스 진은 아니었으면 좋겠다는 욕심이 든다. 단 한 번이라도 면역이 작용했다는 것에 그저 감사해야 맞겠지만, 이왕이면 앞으로도 계속 좀비가 될 걱정이 없었으면 하고 바라게 되는 것이다.

혹시… 널 키드일 가능성도 있는 걸까? 1억분의 1에 든다고?

그것이 아주 희박한 가능성이라는 걸 인정하면서도 테라는 잠시 상상을 해봤다. 엄마, 아빠에게, 그리고 제니에게 자신의 피를 나누어 주는 상상…….

그러나 곧 격리 시설에서 난리를 치던 그 중년 여자 좀비의 생생한 기억이 떠오르면서 그 행복한 상상은 깨져 버렸다. 자신과 수정 언니를 향해 팔을 휘저어 대던 좀비의 모습이 아직도 선명하게 뇌리에 각인되어 있다.

그래, 맞아… 좀비의 눈에 보였잖아. 그러니 널 키드는 아니겠지.

예상치 못했던 자신의 욕심을 깨닫고 테라는 옅은 미소를 지었다.

'욕심쟁이네, 나… 후후.'

내일은 젠킨스에게 아나필락시스 진과 필락시스 진을 어떻게 구분할 수 있는지에 대해 물어봐야겠다고 생각하며 테라는 먼 하늘로 고개를 돌렸다. 노을로 물든 하늘이 점점 붉어지다가 어둑함 저편으로 잠겨간다. 자주 보던 풍경이지만, 오늘은 그 아름다움이 각별하게 느껴져서 테라는 한동안 자리를 떠나지 않았다.

2장

걷히는 안개

1

다음 날, 아침 일찍부터 젠킨스는 테라가 지정한 장소에서 불안한 표정으로 서성였다. 대부분의 사람들은 아직 아침 식사 배급을 받기도 전일 만큼 이른 시간이지만, 그는 이미 자신의 몫을 먹어 치운 뒤였다.

테라는 그가 기다리고 있을 것을 알면서도 의도적으로 천천히 아침을 먹고, 아이들과 조금 시간을 보낸 뒤에야 사물함으로 가서 과자들을 챙겼다.

"이만큼만 가져가야지."

과자의 양도 어제보다 약간 줄여 담았다. 길지 않은 시간 동안이지만 그의 행태를 보고 테라가 내린 결론은, 젠킨스의 위장은 적당히 비어 있는 편이 낫다는 것이다.

어제 그가 처음 치근덕거렸을 때에는 제니의 흉내를 내서 겁을 줬지만, 협박은 테라의 전문 분야가 아니다. 매번 성공하리라는 보장이 없다. 그러니 성욕에까지 신경이 미치지 않을 정도로 식욕을 활성화시켜 둘 필요가 있다.

"늦었구나. 후우~ 계속 기다렸는데… 혹시 어제 내가 했던 말들을 오해해서 안 오는 건 아닌지 걱정하고 있었다. 오, 크래커를 가지고 왔네? 마침 딱 그게 먹고 싶던 참이었거든."

아침이어서 아직 그리 덥지 않은데도 젠킨스는 끊임없이 땀을 흘리고 입가를 손으로 닦았다. 절제라는 게 사라진 그의 지금 모습은, 내부의 무언가가 버터처럼 계속 줄줄 녹아 흘러내리는 것 같은 이미지다.

"아무 데라도 가서 좀 앉으면 어떨까? 기다리느라고 계속 서 있었더니 허리가 아파."

젠킨스의 제안에 테라는 고개를 끄덕여 줬다. 사람들이 오가는 곳에서 이 이방인과 함께 서 있으며 눈길을 끄는 건 그녀 역시도 원하지 않는 바였다. 물론 이 욕망덩어리와 으슥한 곳에서 단둘이 있는 건 더 싫다.

그래서 그들이 택한 장소는 내야석의 한구석. 두 사람은 의자 하나를 사이에 두고 앉아 시선을 그라운드에 둔 채 이야기를 나눴다.

"어제 마지막으로 했던 이야기는 조지아의 널 키드에 관한 것이었지? 오늘도 거기에서부터 시작하면 될까?"

"아뇨. 그보다 아나필락시스 진과 필락시스 진에 대해 먼저 듣고 싶어요. 그 두 유형을 어떻게 구분할 수 있는지 말이에요."

테라는 비어 있는 의자 팔걸이에 조그만 크래커 봉지를 올려놓았고, 젠킨스는 얼른 그걸 집었다. 거래가 개시되었다.

"널 키드가 아니라? 그건 또 의외구나. 사람들은 대부분 구세주에게 더 관심이 많은데. 뭐, 내겐 상관이 없는 일이다만……."

젠킨스는 크래커를 두 개씩 겹쳐 입안으로 욱여넣으며 이야기를 계속했다.

"두 유형 모두 항체가 생길 때 두통이 발생한다는 점에서는 같아. 어지럽거나 메스껍거나, 심하게는 정신을 잃는 경우도 있지. 말 그대로 몸 전체의 모든 세포들이 좀비 박테리아와 전쟁을 치르는 것이니까 짧은 시간에 엄청난 에너지가 소모되거든."

테라는 그 기분을 안다. 스스로 발가락을 자르고 방 안으로 들어가던 중에 핑글 돈다는 기분이 들었었고, 곧바로 기절해서 꽤 한참이 지난 후에야 깨어날 수 있었다. 그 당시에는 발가락을 자른 쇼크 때문이라고만 생각했는데, 그게 아니었던 모양이다.

"거기까지는 동일하지만, 필락시스 진의 경우에는 하루 이상, 심장의 박동이 빨라지고 체온이 올라가지. 한쪽 눈의 실핏줄이 터져서 흰자가 붉게 물드는 경우도 보고되기는 했지만, 그건 보편적인 특성은 아니야. 물론 더 정확하게 분류하기 위해서는 혈청을 확보해서 항체를 살펴봐야겠지."

테라는 자신의 기억을 더듬어봤다.

눈의 혈관이 터진 적은 없었다. 그렇다면 심장박동은? 그건 모르겠다. 체온도 마찬가지고.

워낙 더운 여름날이었고, 당장 생존의 위협을 받고 있었기 때문에 그런 사소한 문제에는 신경도 쓰지 않았었다.

결국 검사를 받아보기 전에는 알 수 없다는 건가…….

단서는 여러 가지 얻었지만, 자신이 두 유형 중 어디에 속하는가 하는 수수께끼는 풀리지 않았다. 답답하다. 그렇게 고민을 하던 테라는 문득 이상한 점을 깨달았다.

"잠시만요, 젠킨스 씨."

크래커 한 줄을 다 먹어 치우면서도 열심히 떠벌이던 젠킨스가 고개를 돌린다.

"응? 왜 그러지?"

"저기… 이런 것들을 다 어떻게 아는 거죠? 단순히 컴퓨터로 계산을 해서 알 수 있는 정보가 아니잖아요. 감염이 된 후의 반응이라든가 하는 것들은 실제 눈으로 보지 않고는 말할 수 없는 이야기인 것 같은데요."

테라의 질문에 젠킨스는 잠시 입을 다물고 통통한 손가락으로 의자 팔걸이를 두드렸다. 그러고는 이어 말했다.

"음… 이 시점에서 우리가 대화를 더 진행하기 전에 먼저 입장을 정리해야 할 필요가 있을 것 같다."

"무슨 뜻인가요?"

"어제 너는 나에게 한 가지 조항을 달았지. 거짓말을 하지 말라는 것 말이야. 나는 그렇게 하겠다고 합의를 했고. 그런데 말이지, 지금 네가 물어본 질문 같은 경우에는 어제의 그 계약과 나의 인간으로서의 기본권이 서로 충돌을 일으키도록 한단 말이지."

"어떤 기본권이요?"

"스스로에게 불리하게 작용할지 모르는 진술을 거부할 수 있는 권리지. 왜, 알잖아? 형사 드라마에서 범인에게 수갑을 채울 때 미란다 원칙을 고지해 주는 형태로 대중매체에서도 수없이 재생산되었으니까."

젠킨스는 뻔뻔한 표정으로 어깨를 으쓱한 채 에둘렀고, 테라는 이마를 찌푸리며 물었다.

"장황한 수식어는 빼고, 좀 더 직접적으로 말해봐요. 무슨 말인지 못 알아듣겠어요, 도스토예프스키 씨."

"후~ 좋아. 뭐, 이런 거지. 너는 진실을 듣고 싶어 해. 그래서 나에게 이 과자를 미끼로 주고 있지. 아, 물론 너의 행동을 비하하려는 건 아니야. 우리가 서로 선의에 기반을 두고 충실히 계약을 이행하고 있다는 의미지. 그런데 말이야, 내가 너의 궁금증을 만족시키기 위해 최선을 다해 내놓은 진실한 답변 때문에 나에 대한 너의 가치판단이 부정적으로 변하게 될지 모른다는 우려가 생긴다면, 그때 나는 어떤 선택을 해야 할까? 계약이 파기될지도 모르는 부담을 안고서라도 너에게 진실을 말하는 게 옳을까, 아니면 왜곡된 말로 위기를 모면해 보려는 시도를 해야 옳을까? 젠장, 말이 또 길어졌군. 다시 정리하자. 그래, 이런 질문으로 대체하지. 테라 양, 너의 윤리 의식은 호기심보다 강한가, 아니면 그 반대인가?"

테라는 잠시 고민했다.

대체 무슨 죄를 얼마나 지었기에 이 남자는 이렇게까지 엉덩이를 빼는 걸까?

"빨간 알약을 선택한다면 끔찍한 이야기를 해주실 모양이네요……."

"음, 아주 끔찍하다고 할 수 있겠지. 의사 결정권자들을 제외한다면, 우리 회사의 법무팀 중에서도 극히 제한된 인원만이 사건의 전말을 파악하고 있으니까. 만약 네가 원하지 않거나 마음의 준비가 미비한 상황이라면 우리는 이 주제를 살짝 덮어두고 다음 스텝으로 넘어갈 수 있어. 서로가 상처 받지 않고 이야기와 과자를 계속 교환할 수 있도록 말이야."

그렇게 대답하는 젠킨스의 표정에서 죄의식이나 부끄러움은 전혀 읽을 수 없었다. 몇 초 정도 뜸을 들이던 테라가 무겁게 입을 뗐다.

"제 생각에… 지금 제 호기심은 윤리 의식보다 강한 것 같아요."

"좋아, 아주 마음에 들어. 진실이라는 것에는 선악의 판단이 결코 줄 수 없는 쾌감이 있거든. 그러면 지금부터 내가 하는 이야기 때문에 나에게 불이익이 생기지 않으리라는 약속을 받은 거지? 네가 나를 범죄자라고 군인들에게 신고하거나, 나에 대한 혐오감 때문에 과자를 다 챙겨서 가버리거나 하지 않을 거라고 믿어도 될까?"

"네, 약속하겠어요. 그러니까 진실을 말하세요."

테라가 고개를 끄덕이자 젠킨스는 만족한 미소를 지으며 비어 있는 의자의 팔걸이를 두들겼다. 테라는 초코파이 두 개를 올려놓았다.

"그런 약속들에도 불구하고 이제부터는 행동의 주체를 '나'나 '우리'가 아니라, 회사의 이름으로 할 계획이야. 그렇게 하는 게 나에 대한 경멸을 완화시켜 줄 거라고 믿으니까……. JL이라는 회사가 있어. 꽤나 유명한 회사지. 그리고 만약 그 이름을 별로 들어본 적이 없는 사람이라고 해도 실제로는 이미 JL의 상품을 구입하거나 사용해 본 경험이 있을 거다. 꽤 많은 약과 의료 기계를 만드는 곳이니까. 병원도 운영하고 있지. 최근에 뉴스에서 가장 크게 다뤄졌던 거라고 하면……."

"…의수였죠. 기억나요."

테라가 멍해진 표정으로 대답했다. 젠킨스는 꽤나 의외라는 반응을 보인다.

"오호, 테라 양이 의료 산업에 관심을 가지고 있을 줄은 몰랐는데……."

"구조 중에 두 손을 잃은 소방관 아저씨께 한국 JL이 최신 의수를 선물했었거든요. 그 행사에 저와 제니가 초대를 받아서 의수를 낀 소방관 아저씨와 악수를 하고 함께 게임을 했었어요. 아무렇게나 섞여 나오는 달걀과 쇠공을 다른 접시로 옮기는 게

임이었죠. 그때 놀랐었어요. 의수인데도 꽤나 정교한 작업을 빠르게 하시는 걸 보고서."

"그랬군. 뭐, 당연한 이야기지. 팔의 신경과 전기신호를 주고받으며 작동하니까, 조금만 익숙해지면 기능 면에서는 진짜 자신의 신체와 큰 차이가 없을 거야. 어쨌거나 너도 알고 있는 그 JL이 지금부터 들려줄 이야기의 주체다. 좀비 면역 체계에 대한 연구가 어느 특정 단계를 넘어선 시점부터 JL은 살아 있는 인체를 사용했어. 좀비 박테리아는 동물이나 인간의 몸에서 떼어낸 세포에서는 전혀 반응을 하지 않기 때문이지. 그러니까 네가 들었던 그 모든 정보들은 전부 인체 실험을 통해 얻은 지식의 일부란다. 신뢰할 만한 이야기라는 뜻이지."

거기까지 이야기하고 젠킨스는 잠시 말을 끊은 채 한 자리 건너에 있는 테라의 눈치를 살폈다. 테라는 믿기 어려웠다.

"말이 안 돼요. 필락시스 진의 경우는 10만분의 1 확률로 발견된다면서요? 그러면 10만 명 이상을 좀비에게 물리도록 했다는 건데, 그게 가능할 리가 없잖아요. 10만이면 작은 도시 하나의 전체 인구라고요."

"말이 돼. 첫째, 유럽이나 미국에서 10만 명이 사라진다면 엄청난 문제가 되겠지만, 분쟁 지역에서 매일 5천 명 정도가 모습을 감추는 건 그리 대단한 뉴스가 아니지. 전쟁으로 어수선한 나라에서는 난민이 발생하기 마련이고, 사람들은… 아무리 문명화된 현대인들이라 해도 다른 대륙의 난민들이 어떻게 되었는지에 대해 그렇게 많은 관심을 보이지 않거든. 예를 들어볼까? 넌 소말리아 난민의 수가 얼마나 되는지 알고 있나?"

테라는 입을 다물 수밖에 없었다. 젠킨스가 이야기해 주기 전까지 그런 난민들이 존재한다는 사실조차 인식하지 못하고 있었으니까.

"…그러네요. 젠킨스 씨의 말이 맞아요. 전혀 몰라요."

"당연한 거야. 언론에서 다루지 않는 일은 일어나지 않은 거나 마찬가지니까. 한창 많을 때였던 2013년의 경우에는 정착지를 구하지 못한 난민의 수가 102만이 넘었어. 소말리아 한 나라에서 탈출한 사람만! 그중에 52퍼센트가 17세 이하였고, 정착한 건 15퍼센트 내외에 불과해. 그 외에도 난민은 엄청나게 많은 국가와 지역에서 계속 발생하지. 그러니 10만 같은 건 그리 큰 숫자가 아니야. 말이 되는 둘째 이유는, 샘플 선택의 과정이야. JL 정도 되는 기업이 수만의 사람들을 일렬로 줄 세운 다음 좀비들에게 물리도록 하는, 그런 미련한 방법을 택하지는 않지. 일단 난민촌에서 혈액 샘플을 먼저 채취하는 거야. 명분이야 얼마든지 그럴듯하게 댈 수 있는 거잖아. 의료 지원 차원에서의 건강검진이든, 전염병 검사든 말이야. 그렇게 채취한 혈액에서 적혈구 표면의 항원을 검사하면… 음, 거기에는 대략 340가지 정도의 항원이 있거든. 하여간 그걸 분석하면 대강은 알 수 있지. 이 혈액의 주인에게서 항체가 생겨날 수 있는지 아닌지 말이야. 그러면서 항체 형성 가능한 대상들만 따로 모으지. 브로커를 통해서 망명시켜 준다고 속이면 실험 대상들은 자발적으로 열심히 이동하니까."

"세상에… 그 불쌍한 사람들을……."

"어? 테라 양, 분명히 이야기했잖아. 귀하의 호기심이 윤리의식보다 강하다고. 계속 그런 눈으로 나를 보면 나는 거짓말을 꾸며낼 수밖에 없어."

젠킨스의 말이 맞다. 테라는 다른 곳으로 시선을 돌리면서 분노와 소름을 가라앉혔다. 지금 자신이 화를 낸다고 해서 실험체로 이용당한 난민들이 살아 돌아오는 것도 아니고, 그 비극이 없던 일이 되지도 않는다.

그리고 무엇보다도 테라는 면역체에 대해 더 알고 싶었다. 자신이 어느 쪽에 속하는 것인지 판단하기 위해서는 많은 정보가 필요하다. 그런데 그 정보는 역겨운 이야기들 속에 묻혀 있다.

테라는 음료수 팩을 건네는 것으로 자신이 진정되었음을 알려줬다. 젠킨스는 다시 평온한 목소리로 이야기를 이어갔다.

"물론 혈액검사의 정확도라는 게 30퍼센트 정도밖에는 되지 않기 때문에 때로는 실험 대상이 연구자들의 기대를 배신하는 경우도 있어. 항체가 생길 것이라고 생각해서 박테리아를 주입했는데, 심장이 멈췄다가 좀비가 돼버리는 거지."

"그렇게 만들어진 좀비들은 어떻게 됐나요?"

테라는 끔찍한 이야기를 들을 준비를 하기 위해서 눈살을 찌푸리며 물었다.

쪼로록—

음료수를 단번에 다 들이마신 뒤, 젠킨스가 대답했다.

"대부분… 배에 실었어."

“배요? 갑자기 배가 왜? 의미가 잘 연결이 안 돼요.”

테라가 고개를 갸웃거리며 물었다. 아차, 하는 표정을 짓고 있던 젠킨스는 잠시 망설이다 입을 열었다.

“보트들인데… 그것에 관해 설명을 하자면 이야기의 흐름이 엉망으로 흐트러질 수밖에 없으니 일단은 작은 배가 잔뜩 있었다고 해두지. 그리고 지금 느낀 걸 말하자면, 아예 연구가 시작되던 시점으로 돌아가서 거기서부터 차근차근 시간의 순서대로 사건을 짚어가는 게 어떨까? 이렇게 중구난방으로 이야기하다 보면 오해가 발생할 확률이 더 높아질 것 같아서 하는 말이야.”

“표현은 거창하지만, 결국은 젠킨스 씨 본인의 입장을 옹호하고, 조금이라도 책임을 덜기 위해서 이야기를 포장하려는 것뿐이잖아요.”

“뭐… 완전히 아니라고 하기는 어렵군. 하지만 현명한 사람이라면 사건의 결과뿐 아니라 그 원인도 함께 알고 싶어 할 거라 생각하는데…….”

말을 잠시 끊고 테라의 눈치를 살피던 젠킨스는 그녀의 표정에서 동의를 읽어내고 차분히 이야기를 이어갔다.

“내가 이 긴 고백을 시작하기 전에 전제해 두고 싶은 건 딱 하나야. JL이 물론 천사는 아니지만, 그렇다고 해서 인류 멸망을 위해 존재하는 조직도 아니었어. 세상이 이 지경이 되어버린 건… 결코 의도했던 결과가 아니었다는 거지. 이만큼이나 다수의 사람이 무작위로 죽는 일은 그 어떤 기업이라고 해도 원하지 않으니까 말이야. 내가 하고 싶은 말을 알겠나? 대부분의 JL 직원과 그 가족들 역시 이 잔혹한 비극의 무대 위에 서 있었다고. 배후가 아니라. 그 점에서는 나도 예외가 아니지."

젠킨스는 엉망으로 구겨지고 찢어진 양복을 손으로 훑으며 자신도 피해자라는 사실을 환기시킨다. 그의 입가에 묻은 싸구려 크래커 부스러기와 제멋대로 헝클어져 있는 머리카락을 보고 있자니 테라도 인정할 수밖에 없었다.

글로벌 회사의 간부로 화려한 삶을 누리던 이 남자는, 7월이 시작되기 전 자신이 이런 신세가 되리라는 걸 상상이나 해봤을까…….

테라의 눈빛에서 동의를 확인한 젠킨스는 다시 시선을 야구장 쪽으로 돌린 뒤, 이야기를 시작했다.

"세상의 꽤 많은 일들은 우연한 접촉을 그 시작점으로 두지. 그리고 그 접촉이 의지를 수반한 행위의 결과로서 이루어질 때에 사람들은 그걸 발견이라고 불러. SPO는 그런 발견을 위해 존재하는 장소라고 할 수 있지. 아, SPO라는 건 남극점에 위치한 남극 관측소의 줄임말이야. 영하 55도 이하의 기온에서 수천 년 이상의 시간 동안 외부의 영향을 받지 않은 채 보존되어 왔던 무언가를 발견하기 위해 세계 여러 나라에서 파견된 연구원들이 바쁘게 경쟁하는 곳이지. 상상이 가나, 테라 양? 영하 55도의 세계란 말이야. 바이러스가 생존할 수 없어서 아무도 감기에 걸리지 않는, 그런 아이러니한 곳이라고."

말을 끊은 젠킨스가 의자를 통통, 두드려 과자를 달라고 한다. 초코파이 한 개를 놓으며 테라가 선을 그었다.

"이렇게 누구나 알 수 있는 이야기를 길게 끈다면 더 이상은 과자를 드리지 않을 거예요. 비밀스런 그 '무언가' 가 나오기 전까지는요."

"후후후, 냉정하고 계산적이군. 뭐, 좋아. 나도 그러려는 의도는 없었으니까. 이제부터는 누구나 아는 이야기 따위 더 이상 없어. 믿어도 돼. 그러니까 그게 아마 내 기억이 정확하다면… 2010년 3월 20일이었어. 네 명의 영국 연구팀이 스노우 캣을 타고… 스노우 캣이 뭔지 아나? 설원에서 달리기 위해 만든 무한궤도 장착 차량이지. 왜, 영화 〈샤이닝〉에서 잭 니콜슨이 그것의 엔진을 부수잖아. 그 광기 어린 표정, 섬뜩했지."

테라가 아무런 반응을 보이지 않자 젠킨스는 고개를 끄덕였다.

"음… 모르는 모양이군. 하긴 옛날 영화니까. 하여간 그걸 타고 그들의 기지에서 북서쪽으로 10킬로미터 떨어진 지점까지 이동했다가 돌아와. 그게 이 이야기의 시작점이지. 외출 자체의 목적은 일상적인 탐사였지만, 그리 주목할 만한 건 아니었어. 어차피 낮이 급격하게 짧아지는 시기였기 때문에 외부 활동 시간도 길지 않았고, 그저 미리 설치해 둔 장비를 회수하는 정도였지. 그날 외출했던 네 명의 연구원 중 한 사람인 폴 휴슬리라는 지질학자가 얼음을 파고 단층 속에 넣어뒀던 장비였어. 그날 네 사람의 일지에 별다른 기록은 남겨져 있지 않아. 뭔가 새로운 걸 접촉했다는 메모도 없고. 그리고 그 일주일 뒤부터 긴 밤이 찾아오지. 자그마치 여섯 달 동안이나 밤만 계속되는 긴 겨울 말이야. 이게 지구라고 하면 이게 태양인데……."

젠킨스는 주먹 두 개로 지구와 태양의 각도를 설명하려 들었다. 테라는 아무래도 상관없다는 손짓을 하며 이야기를 진행시켰다. 좀비와는 무관한 잡설처럼 느껴졌기 때문이다.

"여섯 달의 길고 어두운 겨울이 지나간 뒤 9월에 다시 해가 떠올랐을 때, 영국 연구팀들 전원은 그 기분 좋은 첫 햇볕을 쬐려고 기지 밖으로 나오지. 그리고 빛을 쐬고 돌아온 휴슬리는 40여 분 뒤, 갑자기 의식을 잃고 쓰러졌어. 1분 내외 만에 다시 정신을 차렸고, 기지 내에 상주하던 의사로부터 간단한 진단을 받았지. 아무런 이상을 감지하지 못했지만, 그래도 모르는 일이라고 생각한 의사는 그에게 외부로 가서 정밀 진단을 받으라고 조언해. 휴슬리 자신도 그것에 동의했고. 아무래도 흡연자다 보니 신경 쓰이는 부분이 있었을 테지. 그래서 휴슬리는 열흘 동안 기지를 벗어나 뉴질랜드의 병원에서 검진을 받고 돌아와. 아주 건강하다는 보증과 함께. 그리고 멀쩡하게 잘 지냈어. 보름이 지날 때까지는 그랬지. 자, 시간이 얼마나 지났는지 알겠어?"

젠킨스의 질문을 받은 테라는 머릿속으로 계산을 해봤다. 여섯 달, 열흘, 보름, 그리고 또 그전의 며칠…….

"일곱 달인가요?"

"응, 맞아. 일곱 달이 넘는 시간이 지났어. 우리가 첫 접촉이라고 간주하는 그 3월 20일로부터 계산한다면 말이야. 놀랍지 않아? 지금 좀비들에게 감염되면 변하는 시간이 얼마나 될까? 아마 아무리 길어도 너덧 시간을 넘기지 않을 거야. 짧으면 1, 20분 안에도 변할지 모르지. 그런데 그때 휴슬리는 무려 일곱 달을 생존해 있었던 거야. 보균자로서 말이야."

"잠깐만요, 젠킨스 씨. 어째 굉장히 신뢰하기 어려운 말들이 막 지나간 것 같은데요? 얼마나 될까라고요? 아마라고요? 무슨 소리를 하시는 거예요? 어제는 저한테 좀비에 관한 최고 권위자인 것처럼 말씀하셨잖아요. 그런데 지금은 그저 누군가에게 전해 들은 이야기를 하는 사람처럼 어휘를 사용하고 계시네요. 물린 사람이 얼마 만에 좀비로 변하는지도 몰라요?"

당황한 테라가 말을 끊으며 묻자 젠킨스는 뒤를 힐끔 돌아본 뒤, 오히려 그녀의 무지를 동정한다는 듯한 어조로 평온하게 대꾸했다.

"기생하는 원핵생물에 대해 잘 모르면 그렇게 생각할 수도 있지. 그것들은 주변 환경과 숙주의 양에 따라 번식의 방법과 속도를 변화시킨단 말이야. 그렇게 하지 않으면 너무 빨리 숙주를 죽여서 번식이 이루어질 수 없게 되어버리니까 그런 특성을 가진 것들만 도태되지 않고 살아남는 거지. 좀비 박테리아도 마찬가지야. 햇볕이 없고 고립된 환경 속에서 좀비 박테리아는 숙주를 아주 천천히 변이시켰다고. 발병의 시기도 아주 늦추고, 게다가 이놈은 스스로의 존재를 숨기기까지 했지. 그러니 JL의 실험실에서 기록되었던 변화의 속도와 이렇게 사람들로 넘쳐나는 대도시에서 좀비로 변하는 시간은 다를 수밖에 없어. 대도시 쪽의 박테리아가 훨씬 더 빠르고 활발하게 활동하겠지."

"그럼 젠킨스 씨가 마지막으로 기억하는 좀비로 변하는 시간이, 지금 우리가 아는 것보다 훨씬 느렸다는 말씀인가요?"

"엄청난 차이가 있지. 배에 실었던 샘플들의 기대치는 빠르면 여섯 시간, 늦으면 이틀 만에 새 숙주를 좀비로 변화시키는 거였어. 그 정도면 딱 좋을 거라고 예상했었지. 당연하잖아. 이렇게 눈 깜짝할 사이에 변해 버리면 그 증식의 속도를 걷잡을 수가 없으니까."

2

배에 싣다… 기대치… 예상… 딱 좋다… 증식의 속도…….

젠킨스가 아무렇지도 않게 흘리는 단어들이 테라의 피부에 소름이 돋게 한다. 이제 알겠다. JL은 단순히 좀비 백신을 만들던 곳이 아니었다. 아니, 오히려 좀비들을 양산해서 풀어놓았던 놈들이다.

이 대규모의 확산은… JL이라는 회사의 의도적 행위였던 것이다. 이놈들이 범인이었다.

헉, 가벼운 탄성이 테라의 입에서 터져 나오자 그녀의 마음을 알아챈 젠킨스가 다급하게 손을 젓는다.

"제발 그렇게 미리 판단해서 나를 돌로 쳐 죽이겠다는 눈빛으로 노려보지 말아줘. 아까 말했잖아, 이 나라에 좀비들이 퍼진 것은 적어도 JL의 공식적인 의지가 아니었어. 어떤 똥멍청이가 자신들이 달아날 구석도 만들지 않은 채 좀비를 풀겠느냐고. 하아~ 참, 대체 같은 말을 몇 번이나 반복해야 믿어줄 건가? 그 정도의 신뢰도 없이 무작정 나에게 진실을 말하라고 했던 거야?"

젠킨스의 다급한 만류에도 불구하고 테라는 입술을 꽉 깨문 채 그를 노려보았다. 도무지 진정이 되지 않는다. 바로 눈앞에 엄청나게 탐욕스러운 악마가 앉아 있다. 어떻게 이 사악한 존재를 용서할 수 있을까?

흥분한 테라가 그 자리에서 일어날지 말지를 고민하고 있을 때, 젠킨스가 말을 덧붙였다.

"이런 상황에서 누군가를 미워하고, 희생양으로 삼아 벌을 내리고자 하는 욕망이 강해진다는 건 알아. 사람들은 보통 자신이 상대보다 도덕적 우위에 있다고 판단하면 대상을 폄하하고 혐오하는 것으로 우월감을 느끼려고 하니까. 게다가 나는 그 희생양이 되기에 여러모로 적합한 조건을 갖추고 있지. 하지만 그걸 실행으로 옮긴다고 해서 달라지는 게 뭔지 생각해 봐. 없어. 그런 일차원적인 행위보다는 무엇이 우리에게 도움이 될 수 있는가를 생각해야 돼. 그러니까 우리가 지금 이렇게 대화를 하고 있는 것 아닌가. 나는 네가 가진 풍부한 음식을 통해 생존할 수 있기를 원하고, 너는 내가 알고 있는 이 지식들이 간절하게 필요해. 암, 그 누구보다도 간절하지. 그러니까 우리는 서로 도와야 해. 서로가 필요한 사람들이란 말이야."

"하… 내가 젠킨스 씨의 지식을 그 누구보다도 간절하게 필요로 한다고요? 대체 뭘 보고 그런 생각을 하게 됐죠?"

테라가 분노와 경멸을 담아 냉소하고 있을 때, 젠킨스는 태연히 그녀의 잘린 발가락을 가리켰다.

"이거지."

덜컹, 심장이 흔들리는 소리가 들리는 것만 같다. 정곡을 찔린 테라는 숨조차 제대로 내쉬지 못하고 얼어붙은 채 젠킨스의 그 뻔뻔한 얼굴을 바라보았다. 두 볼이 붉게 달아오른다.

…언제부터 눈치를 채고 있었던 걸까?

당혹스러워하는 테라와 달리 젠킨스는 표정 하나 바뀌지 않은 채로 담담하게 말을 이었다.

"어제는 과자에 눈이 돌아가서 아무 주제나 막 던졌지만, 이 징그럽고도 딱딱한 이야기를 들으러 오늘도 또 나타나 줄 거라고 기대하기는 어려웠지. 좀비 면역자? 세 가지 유형? 생각해 봐. 누가 그런 소리를 믿어주겠어? 인간이란 자신의 상식을 넘는 주장에 대해 쉽게 신뢰를 보내지 않는 법이거든. 그리고 여기 있는 모든 사람들이 경험한 것은 좀비에게 물린 이들이 변해 가는 끔찍한 광경뿐이야. 면역 같은 건 허상처럼 느껴진다고. 왜? 자기 주변에서 변하지 않는 사람을 본 적이 없으니까. 하지만 테라 양, 귀하는 별 의심 없이 이 이방인의 이야기에 귀를 기울였지. 이상한 일이었어. 게다가 오늘은… 널 키드에 관해 말하려는 걸 만류하고 굳이 아나필락시스 진과 필락시스 진의 차이에 대해 먼저 듣고 싶어 하더란 말이야. 둘 다 항체를 다른 사람에게 전파시키지 못한다는데도 그게 굳이 궁금했다? 후후후, 이 모든 게 의미하는 바는 하나뿐이지."

그랬나… 그렇게나 표가 났던 건가.

테라는 이마의 땀을 닦아냈다. 성급해서 마음을 읽혀 버리다니… 욕심을 드러내는 일에 좀 더 신중해야 했다. 뒤늦은 후회가 밀려온다. 기세가 꺾인 그녀가 의자에 깊숙이 기대앉자 젠킨스의 목소리는 더욱 차분해졌다.

"테라 양, 운이 좋았어. 물리고도 살아남았으니 말이야. 그렇지? 그리고 그 후에도 좀비들에게 공격을 받을 뻔했겠지. 그러니까 자신이 널 키드일 가능성을 아예 배제해 버렸던 거고. 후후후, 사람들에게는 그 상처, 어떻게 생겼다고 둘러댔나? 응? 불쌍해라. 그동안 얼마나 많은 고민과 공포의 시간을 보냈을까? 아무에게도 말을 못한 채 속으로만 끙끙 앓으면서. 혹시 입을 잘못 놀렸다가는 돌팔매질을 당해서 죽게 될까 봐 두려웠겠지. 후후후."

"그런 이야기… 사람들에게 해봐야 믿지 않을 거예요. 그러니까 저를 협박할 생각은 관두는 게 좋아요."

테라는 떨리는 가슴을 진정시키며 최대한 당당한 어조로 젠킨스에게 말했다. 그것이 그녀가 할 수 있는 저항의 전부였다. 젠킨스는 그녀의 말에 동의한다는 듯 고개를 끄덕였다.

"협박 같은 건 하지 않아. 그래봐야 나에게 아무것도 생기지 않으니까. 난 그저 테라 양이 차분하게 이 이야기의 마지막까지 함께 되짚어가 주기를 바랄 뿐이야. 내가 중요한 사람이던 시절의 이야기를 말이야. 지금처럼 보상으로 과자를 챙겨 주면서……. 사실 그 정도의 가치는 충분하다고 생각하는데? 그리고 혹시 모를 일이지, 이 이야기 끝에 정말로 구원의 힌트가 숨어 있을 수도. 나 같은 관찰자는 절대 알아챌 수 없는, 아주 작은 단서가 실제 좀비 면역자에게는 엄청 중요한 정보가 되어줄 수도 있는 거잖아? 어때, 서로 비밀을 가진 사람들끼리 좀 차분하게 대화를 나눌 준비가 되었나?"

손바닥을 비비며 다음 이야기를 준비하는 젠킨스의 모습에서는 언뜻언뜻 광기마저 내비친다. 테라가 가볍게 입술을 떨며 물었다.

"저는 솔직히… 당신이 왜 이렇게까지 그 이야기를 하고 싶어 하는 건지 그 이유를 모르겠어요. 이쯤 됐으면 그냥 나에 대한 비밀을 지키는 대가로 과자를 달라고 흥정할 수도 있을 텐데……. 젠킨스 씨, 대체 뭘 바라고 있는 건가요?"

"좋은 지적이야. 어젯밤 나도 같은 의문을 가졌었지. 왜 나는 그까짓 과자 부스러기의 대가로 나 자신을 파괴할 수도 있는 고백을 이렇게 열심히 하고 있는 걸까? 진실과 거짓을 적절하게 섞어서 적당히 둘러대지 않고 말이야. 그런데 그에 대한 대답은 의외로 아주 간단한 거였어. 그 생각을 하던 중에 나는 잠이 들었지. 이 수용소에 와서 처음으로 아주 편안하게… 그 지긋지긋한 자기혐오에 빠지지도 않고, 마음을 뒤흔드는 후회와 압박감에 신음하지도 않고, 아주 편안하게 잠이 들었던 말이야. 바로 그거였어. 나는 그동안 혼자만 담아놓고 있기에는 너무 벅찬 비밀을 이 뇌 안에 꼭꼭 파묻어두고 억압해 왔던 거야. 미다스 왕의 당나귀 귀를 본 이발사처럼 말이지. 단 한 사람이지만 누군가와 그걸 공유했다는 것만으로도 나는 숨쉬기가 한결 편해졌어. 이 정도면 대답이 된 건가?"

거짓말 같지는 않았다. 무슨 음흉한 꿍꿍이가 있어 보이지도 않고……. 그런 거라면 대화를 이어가도 될 것이다. 그리고 어제의 대화 후 마음이 홀가분해졌다는 면에서는 테라도 같았다. 테라가 천천히 고개를 끄덕이자 젠킨스는 만족한 미소를 지으며 이야기를 계속했다.

"좋아, 다시 SPO 영국 기지의 휴슬리에게 돌아가 보자고. 뉴질랜드에서 귀환한 휴슬리는 보름 동안 정상적인 연구 활동을 지속했어. 그건 그가 쓴 일지가 증명하는 거니까 알 수 있지. 그리고 16일째 아침, 긴급 의료 지원 요청이 들어왔어. 휴슬리의 심장박동이 비정상적으로 느려졌다는 내용이었지. 칠레의 푼타아레나스에서 곧바로 의료팀을 실은 경비행기가 출발했고, 가사 상태에 빠진 그를 싣고 돌아와. 병원에 도착한 뒤, 두 시간 만에 휴슬리의 심장은 완전히 멎지. 그런데… 뭐, 여기서부터는 상상할 수 있지? 사망 판정을 받은 휴슬리가 다시 움직이기 시작한 거야. 바이탈 사인이 쭉 평평한 가로줄을 긋는 채로 말이지. 담당 의사는 처음에는 기기 이상이라고 생각해서 다른 심전도 측정기를 연결했어. 그리고 맥도 짚어봤겠지. 하지만 실제로 휴슬리는 심장이 전혀 뛰지 않으면서 신체 활동을 하고 있었던 거야. 의사는 재빨리 병실의 문을 봉쇄하고 전화 한 통을 걸었어. 그 놀라운 발견을 가장 비싼 값에, 그리고 확실하게 사 줄 상대를 알고 있었으니까. 물론 그건 JL이었지. 그 병원의 실제 소유주이기도 했고."

"되살아난 휴슬리가 아무도 공격하지 않았나요? 그 의사나 다른 간호사들도 모두 무사하지 못했을 것 같은데요."

"음… 타당한 의문이야. 지금의 좀비에 대해서만 기억하고 있는 사람이라면 누구나 그렇게 생각할 수밖에 없지. 빠르고, 호전적이고, 강한 힘을 가진… 그런 좀비를 떠올리고 있을 테니까. 하지만 당시 휴슬리의 모습은 좀 달랐어. 그 자료 화면을 보여줄 수 없는 게 아쉽군. 되살아난 휴슬리에 대해 내가 아까 '움직였다' 고 표현을 해서 그런 오해를 부추긴 경향도 없다고는 할 수 없겠군. 실제 그 움직임이라는 건 마치 경련과 비슷했어. 왜, 이런 것 있잖아."

젠킨스는 두 팔과 두 다리를 곧게 뻗은 채 덜덜 떨어 댔다. 그러다가 이내 얼굴이 빨갛게 달아올라서 숨을 몰아쉬었다. 그 정도의 운동도 거구의 그에겐 꽤나 힘이 든 모양이다.

"헤에~ 헤에~ 무슨 말인지 알겠지? 심장도, 폐도 기능하지 않는 상태에서 감전된 사람처럼 계속 몸을 떨어 대는 휴슬리를 보자마자 JL의 고위층 멤버들은 자신들이 미지의 영역 안으로 발을 들여놓았다는 걸 알 수 있었지. 무한한 가능성의 혁명적인 세계 말이야. 그들은 곧바로 온갖 핑계를 대서 영국 기지의 모든 멤버들과 뉴질랜드 병원의 담당 의료진을 차례차례 불러들이고, 각종 검사를 실시했어. 그리고 할 수 있으면 그들을 JL의 직원으로 스카우트했지. 물론 대놓고 감시하기 위한 조처였지만. 그렇게 거의 모든 자료들을 독점하고 연구를 진행하면서 JL은 좀비 박테리아에 대해 조금씩 알아 나가게 되었어. 그런데 문제는… 같은 기간 동안 좀비 박테리아 역시 인간의 몸에 대해 파악해 가고 있었던 거야. 그것도 JL의 첨단 연구진보다 훨씬 더 빠른 속도로!"

젠킨스는 아이들에게 귀신 이야기를 해줄 때처럼 눈을 동그랗게 뜨고 과장된 표정을 지었다. 테라는 미간을 찡그린 채 몸을 뒤로 기울이며 고개를 저었다.

"놀라게 하는 건 싫어요. 그러니까 괜히 극적인 효과를 넣거나, 갑자기 달려들면서 왁! 하고 고함을 지르는 건 하지 마세요."

"후후후, 그런 부탁은 휴슬리에게 했으면 좋았을걸. 바로 그런 일이 휴슬리의 병실에서 일어났거든. JL의 연구실로 옮겨진 지 두 달이 지난 시점이었어. 계속 경련만 하고 있던 휴슬리가 갑자기 몸을 벌떡 일으켰지. 새로운 증상을 발견한 연구원들이 반색을 하고 다가가려는 순간, 휴슬리는 날아올랐어. 말 그대로 날아올랐지. 그리고 순식간에 방에 있던 세 명의 연구원과 차후에 지원을 하러 들어갔던 네 명의 연구원 모두를 공격해서 적어도 한 차례 이상씩 물어뜯었지. 박테리아가 인간의 몸에 대한 파악을 끝냈던 거야. 계속 경련하듯 흔들면서 근육의 양과 이완, 수축하는 방향, 관절의 기능 따위를 알아가고 있었던 거지. 그 결과, 휴슬리는 지금의 우리가 아는 좀비들처럼 아주 훌륭한 운동 능력을 선보였어. 감각과 신경의 도움이 없이 그 모든 걸 해냈다고! 연구원들은 일단 피 흘리는 동료를 부축하고 그 방에서 달아났어. 휴슬리는 왼쪽 다리가 침대에 고정되어 있었기 때문에 그들이 달아나는 걸 제지하지 못했지. 관절을 잘라줄 만큼 날카로운 구속 장치가 아니었거든."

"그래서 그 연구원들은 얼마 만에 좀비로 변했나요?"

지친 목소리의 테라가 물었다. 타인들의 과거를 듣는 것만으로도 그들이 겪었던 경악과 공포, 아픔이 고스란히 전달되는 것 같아 견디기가 힘이 든다. 반면, 젠킨스의 목소리는 점점 더 기세를 높이는 중이다.

"개인들마다 다소 차이는 있었지만, 고열에 시달리던 희생자들은 대개 두 달 정도 만에 심장이 정지했어. JL은 연구소 전체를 폐쇄하고 해당 기관에 출입했던 인원 전부를 격리했지만, 더 이상의 전이는 없었지. 공기 전염이 아니었다는 걸 확인하게 된 JL은 휴슬리와 7인의 연구원에게 동물실험을 시작했어. 쥐나 토끼 같은 작은 동물들에게 아무런 관심을 보이지 않자 점점 대상이 대형화되었고, 비슷한 종을 동원했지. 하지만 좀비들은 유인원에게조차 전혀 반응하지 않았어. 오로지 인간을 마주하고 있을 때만 흥분하며 공격성을 드러냈지. 그러니 어쩌겠어, 인간을 원하면 인간을 주는 수밖에. 자원은 꽤나 풍부했지. 작년의 경우라면 난민의 수만 천삼백만 정도였으니까… 굳이 애써가며 다른 대상자들을 물색하지 않아도 될 정도였고."

"지금 숫자를 잘못 말하신 거 아닌가요? 아까는 백만이라고 했으면서 지금은 천삼백만 명이라뇨. 순식간에 열 배가 넘게 늘었다고요."

"아니, 말이 바뀐 건 없어. 소말리아의 난민이 백만이라고 했지. 전 세계 난민을 다 따지면 천삼백만. 물론 그 수가 점점 늘면 늘었지, 줄어들지는 않아. 그 절반 정도가 미얀마나 아프가니스탄 같은 아시아 출신, 삼분의 일 정도가 아프리카… 저기 말이지, 테라 양. 이제 슬슬 내 이야기를 신뢰하면서 들을 때도 됐잖아? 하여간 그런 대상들 중에서 혈액검사 결과에 따라 선별한 소수들만을 연구소로 이동시켰고, 그들을 통해서 여러 가지 의미 있는 발견을 할 수 있었지. 그 동그란 초콜릿 파이 더 있나?"

테라는 초코파이 두 개를 다시 팔걸이에 올려놓았고, 젠킨스는 만족한 미소를 지으며 크게 한입을 베어 물었다. 테라로서는 보는 것만으로도 질릴 만큼 빠르게, 많이 먹어 댄다. 그것도 아침 식사를 마친 지 얼마 지나지 않은 시간에, 이 역겨운 이야기를 하면서. 통통한 손가락에 묻은 것까지 쪽쪽 빨아먹고 있는 젠킨스에게 테라가 물었다.

"그 많은 사람들이 전부 조지아의 그 연구소에서 실험의 희생자가 된 건가요? 그리고 칠레에서 보고된 첫 희생자를 조지아까지 옮겨갔던 이유는 또 뭐죠? 지구의 양 끝이라고도 할 수 있을 만큼 먼데요."

"그럴 리가… 그렇게 하면 이동 거리도 너무 멀고, 대기 시간이 길어지니까 효율도 떨어지지. 그래서 난민들의 위치에서 가까운 연구소를 우선해서 분산 수용했지. 콜롬비아, 과테말라, 필리핀, 인도네시아, 조지아, 우크라이나, 러시아, 이탈리아, 에리트레아… 뭐, 다양했어."

하아~ 듣는 것만으로도 아득해지는 기분이 들어서 테라는 잠시 눈을 감았다. 사람을 희생시키기 위해 만들어진 시설이 그렇게나 많았다니, 그것도 전 세계 여러 나라에…….

그중에는 테라가 최근 방문했던 나라도 포함되어 있다. 그 희생이 일어났던 장소 곁을 자신이 지났을지 모른다는 생각이 들자 구역질이 난다.

"대체 뭘 위해서 그렇게까지……."

"그 목적이라… 테라 양, 귀하가 이 귀한 과자들을 투자해 가면서 나의 그로테스크한 이야기들을 꾹 참으며 듣고 있는 것은 어떤 이유일까? 거시적으로 보자면 JL이 천문학적인 비용을 지불하며 그 연구를 진행했던 것도 그것과 크게 다르지 않다네. JL은 미지의 무언가를 만났고, 일단 그 끝에 무엇이 있는지 보고 싶었던 거야. 그래야만 그것으로 뭘 할 수 있는지도 알 수 있으니까. 사실 애초부터 용도라고 하면 단 한 가지뿐이지만……. '신은 생명을 만들고, 우리는 더 건강한 삶을 만듭니다?' 그런 건 다 개소리지. 이게 JL의 슬로건이지만, 어떤 회사도 그런 걸 위해서 일하지는 않아. 목표는 언제나 돈이지. 그 누구도 확보해 본 적이 없는 엄청난 액수의 돈. JL은 좀비들이 역사상 최고의 판매 사원이 되어줄 거라고 예상했었지. 효율은 엄청나면서 동시에 복지도, 급료도, 장비도 요구하지 않는, 그런 판매 사원 말이야. 물론 널 키드를 찾기 전에는 아무것도 준비되는 게 없으니 낙관만 할 수 있는 입장은 아니었지만……."

읍, 테라는 치솟는 구역질을 가까스로 참았다. 슬슬 견디기 힘든 부분을 향해 이야기가 치닫고 있다.

"…끔찍한 이야기네요. 그러니까 좀비를 퍼뜨리고 백신을 판매하려고 했다, 이런 말인가요? 그렇게까지 하고 싶었어요? 다른 사람들의 생명을 희생시켜 가며 실험을 하고, 그 후에도 또 수많은 희생자를 만들어서 그 공포를 무기로 삼아 약을 팔고……. 어떻게 인간이 그렇게까지 잔인할 수 있는 건지 모르겠네요. 나치도 아니고……."

테라의 날 선 공격에도 젠킨스는 별로 부끄러워하는 기색이 없었다.

"냉혹하게 들리겠지만, 인간은 대부분의 경우 다른 존재의 희생을 통해서 이득을 얻어. 그리고 그걸 합리화시키거나 애써 외면하지. 그 점에서는 테라 양도 크게 다를 바가 없을 거라고 생각하는데? 세상이 평화롭던 시절, 아침마다 마시던 한 잔의 커피만 예로 들어도 그렇지. 커피를 마시면서 콜롬비아나 에티오피아에서 커피를 수확했을 노동자들의 열악한 노동환경이나 풍족하지 못한 삶에 대해 고민하던 사람이 몇이나 되겠어? 인정해. 인간이란 타인의 고통에 둔감한 존재고, 그래서 자신의 고통을 타인에게 미룰 수 있기를 바란다고. 정도의 차이가 있을 뿐, 본질적으로는 크게 다르지 않아."

"그렇지 않아요! 저는……."

벌떡 일어나서 '저는 달라요!' 라고 항변하려던 테라는 곧 입을 다물어 버렸다. 물린 것을 알면서도 그녀는 아이들과 여자들에 둘러싸인 곳에서 생활했다. 아무도 그녀에게 변하지 않을 것이라는 확답을 해준 적이 없고, 면역자라는 것의 존재를 전혀 모르고 있을 때에도 그렇게 처신했던 것이다.

만약 어느 날 갑자기 자신이 변해 버리면 주변에 있는 가장 약한 존재들을 공격할지도 모른다는 걸 빤히 알면서… 오로지 자신의 안전을 위해…….

거기까지 생각이 미치자 테라는 더 이상 논리를 펴기가 어려워졌다. 힘없이 다시 의자에 앉는 테라를 보며 젠킨스는 꺼억, 하고 트림을 했다. 테라는 이마를 짚으며 중얼거렸다.

"…좀 쉽게요. 과자를 먹고 싶으면 드세요. 하지만 이야기는 잠깐 멈춰요. 너무 잔인하고 괴로운 이야기라서 계속 듣고 있기가 무척 힘이 들어요."

젠킨스는 사양하지 않고 멸균우유와 건빵 봉지를 집어갔다. 건빵을 우물거리던 젠킨스가 테라의 발가락에 관심을 보이며 물었다.

"그 발가락은 누구에게 언제 물린 건가? 상처를 직접 좀 보고 싶은데, 붕대를 걷어봐 줄 수 있을까?"

테라는 고개를 들어 젠킨스를 노려보았다. 그러고는 말했다.

"알려 드리고 싶지 않아요. 나를 연구의 대상으로 보지 마세요."

"혹시 도울 수 있을지도 모르잖아. 그리고 누가 알겠어? 어쩌면 이렇게 아름다운 대스타께서 진정한 구세주인 널 키드일 수도 있는 것 아니야? 후후후, 그러면 정말 기가 막힌 일 아닌가. 미녀의 피라……. '겉모습만 아름다운 것이 아닙니다. 혈관 속을 흐르는 피까지도 아름답습니다' 이 카피를 사용하면 다른 널 키드의 항체보다 네 항체가 몇 배나 비싸도 사람들은 그걸 살

텐데 말이야. 후후후후."

"널 키드가 아니에요. 확실히 아니니까 관심 끊으라고요."

"그건 아쉽군… 왜 그걸 확신하게 되었지? 좀비들이 공격하던가? 어디서? 내 기억에 테라 양은 꽤나 초기부터 이 수용소에 있었는데… 좀비들을 대면할 기회 자체가 없었을 거라고."

테라는 대답하지 않았다. 그의 이야기에 관심이 없는 건 아니지만… 젠킨스라는 인간을, 그리고 그가 몸담았던 JL이라는 회사를 혐오하고 있다. 게다가 이 잔인하고 이기적인 사람이 자신을 이용하려 드는 것도 원치 않는다. 아무런 단서도 제공하지 않을 것이다.

응? 응? 어때? 정말로 물리고 난 뒤, 좀비와 단둘이서 대면한 적이 있나?

젠킨스는 계속해서 집요하게 질문을 던지고 있다. 이럴 때는 차라리 이쪽에서 대화의 주도권을 쥔 채 상대방이 계속 대답만 하도록 하는 편이 낫다.

후우~ 테라는 다시 좀비 연대기를 듣기로 마음먹고 물었다.

"돈이라고는 하지만, 널 키드의 존재를 발견한 게 얼마 되지 않았다면서요? 그럼 그 이전에는 항체도, 백신도 없었다는 의미 아닌가요?"

"맞아. JL에겐 상품 '만' 없었지. 판로도, 소비자도, 대량생산할 수 있는 설비도 다 준비되어 있었는데 말이야. 그거야말로 기업에게는 최적의 조건이었다고 할까? 물건을 확보하는 그 순간, 판매를 시작할 수 있다는 건 행복한 일이지. 이해가 가지 않는다면 그 반대의 경우를 상상해 보면 될 거야. 상품은 갖춰졌는데 마케팅이나 유통망의 부족으로 그것이 소비자의 선택을 받지 못하는 경우를 말이야. 잘 모를 테지만, 시장에는 그렇게 잊히는 상품들이 엄청나게 많거든. 그중에는 아주 빼어난 상품들도 있고."

아니, 나도 잘 알아요…….

테라는 속으로 중얼거렸다. 데뷔 후 얼마 지나지 않아 태양그룹의 작은 회장이 그녀들을 점찍었을 때, 소속사 사장은 완곡하게 거절했었다.

허허, 회장님, 얘네 아직 미성년자들입니다. 좀만 더 기다려주시죠…….

아하! 그렇구나. 애들이 어려서 안 되는 거구나…….

작은 회장은 미소를 지으며 고개를 끄덕였다고 한다.

그리고 곧바로 노골적이면서도 집요한 괴롭힘이 시작되었다. 아무도 그녀들의 음악을 틀어주지 않았고, 방송과 인터넷에서 핑크 펀치라는 네 글자는 사라졌다. 그녀들에 관한 게시물에는 조직적인 악성 리플과 욕설이 달렸다.

수청을 거절하고 채 한 달이 지나기도 전에 핑크 펀치뿐 아니라 소속사 전체 모든 연예인의 스케줄 표에는 아무런 일정도 적혀 있지 않게 되었다. 더럽고 치사한 일이었다.

톡톡.

상념에 잠겨 있던 테라는 젠킨스가 의자를 두들기는 소리에 정신을 차리고 자신을 위해 남겨두었던 캔 음료 하나를 올려주며 물었다.

"그 상품이라는 건… 좀비들에 대한 항체를 말하는 거겠죠? 개발되었나요?"

이것이 이 소름 끼치는 대화를 지금까지 끌고 온 이유였다.

상품화된 항체라는 건 존재하는 것일까? 만약 존재한다면 어떻게 그걸 손에 넣을 수 있는 걸까?

테라의 질문에 젠킨스는 가볍게 너털웃음을 웃었다. 그러고는 정색을 한 채 입을 열었다.

"하하하, 그건 자본주의를 우습게 보는 질문이군. 자본은 끊임없는 증식을 목표로 해. 증식할 수단이 사라지는 순간, 소멸하기 시작한단 의미지. 항체라… 물론 그것도 팔 계획이었어. 하지만 그건 끝이 선명하게 보이는 시장이 아닌가. 전 세계 인구가 모두 그 항체를 하나씩 구입한다고 해도 60억 개로 판매가 마감돼. JL이 목표로 삼았던 연구는 그보다 훨씬 더 거대하고 오래도록 지속되는 시장을 만들어내는 것이었지. JL은 모든 항체가 필락시스 진처럼 영구적으로 작용하면서도 아나필락시스 진처럼 두 번째 접촉부터 쇼크를 일으킬 수 있기를 바랐어. 그리고 그 쇼크를 억제할 수 있는 약을 개발하기 위해 노력했지. 약의 효능은 24시간으로 한정시키려 했고. 그렇게 하면 항체를 구입한 모든 구매자가 살아 있는 동안 평생 JL의 충성스런 소비자가 되는 거니까 말이야."

"거창한 이야기지만, 실제 개발에는 이르지 못했다는 것이라 들리네요. 목표로 했다, 노력했다, 바랐다… 전부 이룬 게 아니라

꿈꿨던 것들에 관해 이야기하는 거잖아요. 결국… 실패했군요?"

그렇게 말하면서도 테라는 자신의 의견이 부정당하기를 원했다. '아니, 이제 곧 백신을 실은 비행기가 올걸?' 따위의 당돌하고 자신만만한 대답이 돌아와 주기를 바랐다. 그래야만 이 지긋지긋한 좀비 세상도 끝이 나는 거니까.

하지만 그녀의 기대와 달리 젠킨스는 깊은 한숨을 내쉬었다. 그러고는 갑자기 식욕이 사라졌다는 듯, 먹던 것을 놓고 얼굴을 쓸어내린다. 지금까지의 자신만만하고 야심 찬 태도와는 꽤 큰 차이가 있는 행동이었다.

3

"그래… 실패했어. 완전히 망했지. 대실패라고 할까?"

젠킨스가 멍하니 하늘을 올려다보며 중얼거렸다.

"하지만 그 실패의 원인은 연구 능력의 부족 같은 게 아니었어. 계속 좀비에만 관심을 가지고 집중하느라 인간에게 무관심하고 소홀했던 게 문제였지. 우리는 인간에 대해서 너무도 무지했던 거야."

"그게 무슨 소리예요?"

"올해 봄이었어. 널 키드를 확보한 덕에 앱테크나야의 연구소에서 드디어 백신과 쇼크 억제제의 대량생산이 가능해졌을 때, 아주 작은 사고가 일어났어. 합선으로 인해 화재가 발생했는데, 그곳은 실험체로 사용하다 폐기하기로 결정한 좀비들을 보관하던 창고였지. 그까짓 것들이야 다 타버리든 말든 큰 상관이 없고, 자체적으로 진화할 능력도 충분했는데, 누군가 신고를 한 거야. 출동한 소방관들이 셔터를 여는 바람에 좀비들이 풀려나 버린 거지. 젠장! 그야말로 난리가 났어. 도시 하나가 홀랑 뒤집혀 버렸지. 그러나 그때까지만 해도 부수적인 피해는 2에서 3만 정도에 불과했어. 도시 경계를 막고, 좀비들을 모두 처리해 버리면 끝나는 일이었으니까. 하지만 갑자기 러시아가… 확실히 밝혀진 증거는 없지만 여러 가지 정황상 러시아였다고 생각하는데… 미사일을 발사해 버렸어. 어떤 매뉴얼에 기반을 둔 결정이었는지 그건 지금도 모르겠어. 하여간 도시와 그 인근 전역이 허망하게 날아가 버렸지. 완전히… 한순간에 잿더미가 되어버린 거야. 젠장, 닐 키드가… JL의 100년을 책임질 미래가 거기에 있었는데…….”

어지간히 분한지 젠킨스는 회상을 하는 내내 턱을 쥐어뜯었다. 테라는 그의 말이 이해가 가지 않았다.

“닐 키드가 그렇게 죽어버렸다는 건 알겠어요. 그래서 더 이상 백신의 대량생산이 어렵다는 것도 이해했고요. 하지만 그렇다고 해도 갑자기 왜 한국이 좀비들의 공격 대상이 된 건지, 그 부분이 연결이 안 돼요.”

하, 젠킨스는 답답하다는 듯 테라를 돌아보았다. 그리고는 말했다.

“이 나라만 이런 꼴이 된 게 아니야. 전 세계야. 전 세계가 거의 동시에 좀비들의 공격을 받은 거라고.”

전 세계라는 단어를 듣는 순간, 테라의 뇌리에는 엄마와 아빠의 얼굴이 스쳐 지나갔다. 펜사콜라의 집과 해변의 전경이 그 바로 뒤를 이어 떠올랐다. 가슴속에 품고 있던 단 하나의 희망과 바람.

설마…….

테라가 떨리는 목소리로 물었다.

"지금… 여기만 이런 게 아니라고요? 미국도, 미국도 같은 상황이란 말이에요?"

"미국, 러시아, 중국, 프랑스, 영국, 브라질, 일본, 호주… 또 어느 나라가 궁금해? 물어봐. 얼마든지 대답해 주지. 어차피 대답은 똑같으니까. 전부 같은 꼴이야. 모조리 좀비들에게 덮여 버렸다고."

"왜, 왜요?"

테라가 울상을 지으며 물었고, 역시 찌푸린 얼굴로 젠킨스가 대답했다.

"사랑이야. 빌어먹을 사랑 때문이지."

그의 대답을 선뜻 이해할 수 없는 테라가 멍하니 쳐다보자, 젠킨스는 한숨을 내쉬었다.

"사람이란 게 원래 한없이 잔인해질 수 있는 동물이라는 걸 모르지는 않았어. JL도 그 잔인함이라는 측면에서는 누구에게도 뒤지지 않을 조직이었으니까. 하지만 동시에 인간에게는 합리성이라는 게 있잖아. JL에서 중요 임무를 맡을 정도면 더욱 그렇지. 그러니까 잔인함의 이유도, 그 잔혹성이 만들어낸 결과의 범위도 어느 정도 예측이 가능한 거고. 그런데 이건… 그런 상식의 한계를 넘어선 일이었어. 그렇게 합리적이라고 믿었던 인간이 순식간에 이성을 잃는 경우는 사랑밖에는 없지. 역사적으로 늘 그랬어. 하지만 규모가 달라. 이번 일에 비하면 트로이 전쟁을 일으킨 헬레네와 파리스의 도주는 그냥 불장난 수준도 안 돼. 핵심적인 관계자가 아무도 증언하지 않을 테니까 이게 공식적으로 논의되는 일은 없겠지만, 이번 좀비 사태는 인류의 역사상 사랑이라는 이름으로 행해진 가장 미친 짓일 거야."

격한 감정에 도취된 젠킨스는 땀을 뻘뻘 흘리며 연극배우 같은 톤으로 떠들어 댔다. 그의 목소리가 점점 높아지면서 그들을 돌아보는 시선이 늘어난다. 원래부터 눈길을 끄는 조합인데다가 거기에 소음이 더해지니 흥미를 끌기에 충분한 것이다.

테라는 굳은 표정으로 다른 방향을 돌아보며 낮게 속삭였다.

"목소리 좀 낮춰요, 젠킨스 씨. 사람들이 다 쳐다보잖아요. 중범죄를 고백하고 싶은 거예요? 화난 사람들에게 끌려가서 맞아 죽기를 원하는 거냐고요?"

흠, 그렇군.

젠킨스는 바람 빠진 풍선처럼 어깨를 축 늘어뜨리더니, 다시 목소리를 원래대로 낮췄다. 너무 급격한 감정 변화라서 슬슬 정상적인 사람이라 보기 어려워진다. 그가 만약 한 번 더 목소리를 높이면 일단 이 자리를 떠나야겠다고 테라는 생각했다.

"넋두리도 아니고, 무슨 말인지 하나도 모르겠어요. 사랑? 누가 사랑을 했다는 건가요?"

"세상이 멸망하도록 다이얼을 최대로 돌린 사람이지. 뿜! JL 사업의 큰 그림을 아는 사람 중 하나였어."

"이렇게 계속 수수께끼 놀이를 하고 싶은 거라면, 저는 이제 이 대화를 그만둘 거예요. 그러니까 알아들을 수 있도록 차근차근 이야기해 줘요."

"어떤 다이얼이 있다고 가정해 보자고. 0부터 맥스까지의 눈금이 있는, 그런 다이얼이지. 물론 비유적인 거야. 하여튼 이 다이얼을 아주 살짝, 눈금 하나만큼을 돌리면 한 사람이 좀비에게 죽는 거야. 좀 더 과감하게 돌리면 그때는 다수의 사람들이 죽을 테고, 더 확 돌리면 여러 지역에서 더 많은 사람들이 희생되겠지. 맥스까지 돌아간다면 그때는… 인류 문명의 위기가 오는 거고 말이야. 바로 지금처럼."

손을 허공에 뻗어 다이얼을 돌리는 시늉을 하는 젠킨스에게 테라가 물었다.

"사람이 죽는 다이얼이라니, 그런 걸 대체 왜 만들었다는 거예요?"

"사업의 어두운 단면이지. 아무도 알고 싶어 하지 않는 단면. 자, JL은 우연한 발견으로 좀비 박테리아에 대해 알게 됐어. 그것이 강한 전염성을 가지고 있으며 현존하는 그 어떤 약으로도 치유나 예방이 불가능하다는 것도 알았고, 널 키드를 통해 상품도 개발했지. 그러면 그다음엔 이 병의 존재와 그 위험성에 대해 알려야 하겠지? 그래야 공포에 질린 사람들이 백신을 맞고 쇼크 억제제를 매일 복용할 테니까. 그런데 어떻게 알리지? '우리 연구소에 좀비가 있습니다' 라고 할 수는 없는 노릇이잖아. 그리고 그래봐야 아무도 무서워하지 않아. 철창 안에 있는 호랑이를 무서워하지는 않는 법이니까. 그럼 어떻게 알리는 것이 가장 효과적이면서도 사람들의 소비 심리를 자극할 수 있는 걸까? 아이돌 스타들은 자신을 상품화할 때 어떤 전략을 사용하나?"

젠킨스는 생각을 해보라는 듯 집게손가락으로 자신의 머리를 톡톡, 두드린다. 테라는 그런 그의 얼굴을 빤히 쳐다보았다. 엄청난 죄인인 주제에 반성은커녕 오히려 자만심을 부리고 있는 이 건방진 남자. 과연 그의 말을 계속 들어줄 만한 가치가 있는 것일까?

"좀비를 풀어놓았다는 말이잖아요. 아무도 몰래, 사람들이 무서워하도록."

"그래, 맞아. 역시 영리하군. 하지만 실제로 어려운 문제는 그다음 단계부터지. 과연 몇 개체를 어디에 풀어놓는 것이 가장 효과적인 동시에 JL의 이익을 극대화할 수 있을까? 한꺼번에 인류의 반 이상이 좀비로 변해 버린다면 공포야 말할 것도 없겠지만, 그 줄어든 사람들의 수만큼 JL의 이익도 감소하는 거니까 말이야. 그래서 JL은 널 키드를 발견하기 이전부터 시나리오를 짜뒀어. 백신과 쇼크 억제제의 대량생산이 가능해진 이후에 어떻게 일을 벌일 것인가 하는 시나리오였고, 그에 맞춰 준비도 진행했지."

"약이 있는지 없는지도 모르면서 독을 풀 계획부터 세웠다고요?"

"응, 맞아. 두 가지 작업을 병행한 거지. 사실 시간과의 싸움이었으니까."

젠킨스는 당연하다는 반응이다. 테라는 이해할 수가 없었다.

"무슨 시간이요? 경쟁자 자체가 아예 없었는데."

"아니, 정확하게 말하자면, 경쟁자가 있는지 없는지 그걸 몰랐지. 우리는 3월 20일 이후 휴슬리와 관련한 대부분의 사람들을 확보했었어. 하지만 휴슬리가 정밀 검진을 위해 뉴질랜드로 이동하면서 발생했던 열흘간의 공백. 그때, 기지 외부에서 머물던 그가 얼마나 많은 사람들과 접촉을 가졌는지 전혀 파악할 수 없었으니까. 그게 가장 두렵고도 골치 아픈 문제였지. 혹시 또 다른 휴슬리가 있는 건 아닐까? 경쟁사에서 이미 좀비를, 혹은 면역자까지도 확보하고 있으면 어쩌지? 불안할 수밖에 없었어. 만에 하나 백신의 특허 등록을 빼앗긴다면 그건 곧 이 거대한 시장에서의 도태를 의미하는 거였으니까 말이야."

"대단하네요. 그 망상이 우릴 이 지경으로 몰고 왔어요."

테라가 비꼬자 젠킨스는 살찐 볼을 흔들며 부인했다.

"그렇지 않아. 계획은 단순하면서도 우수했어. 이 계획대로만 실행되었다면 우리 둘 중 누구도 이런 곳에서 이런 꼴로 이야기를 나누고 있지 않았을 거야. 들어봐. 먼저 아주 인구밀도가 낮은, 별로 알려지지 않은 지역에 좀비를 한 개체만 푸는 거야. 아프리카나 서아시아의 시골 마을 정도면 적당하겠지. 남태평양의 작은 섬이라고 해도 괜찮아. 그러면 당연히 그 지역 내에 좀비들이 확산될 테고, 얼마 지나지 않아 뉴스에 소개가 되겠지. 굉장히 자극적이고 선정적인 뉴스잖아. 좀비라니! 사람의 생살을 물어뜯고, 신체가 훼손되어도 죽지 않는 좀비!"

홍이 나서 몸짓을 곁들이며 언성을 높이던 젠킨스는 테라의 냉담한 시선을 느꼈는지, 다시 차분한 어조로 돌아가 말을 이었다.

"하지만 그렇게 인구가 적은 곳에서 그런 일이 있어봐야 곧 진압이 될 거고, 사람들은 금방 그 일을 잊게 되지. 나중에는 누군가 상기시켜 줘야 비로소 '아, 맞아. 그런 일이 있었지' 하며 겨우 기억이 날 정도로……. 제3세계라는 곳에서는 온갖 이상한 일들이 일어나기 마련이니까. 바로 그때가 두 번째 포인트야. 서구 사회에서 좀비라는 단어가 여전히 낯설기는 하지만 더 이상 허구로만은 느껴지지 않을 때, 두 번째 좀비 투입이 시작되는 거지. 두 번째 타깃은 많은 사람들에게 널리 알려진, 문명이 발달한 장소여야 했어. 생활수준과 인구밀도가 높은, 그러면서도 지리적으로는 매우 단절되어 있는 곳, 동시에 국제적 항공망의 허브가 아닌 곳. 예를 들자면 코르시카나 카프리, 혹은 산토리니 정도? 하여간 지정학적으로는 유럽의 어딘가로 정해야 할 필요가 있었지. 타인들의 공포를 쉽게 동일시하고 겁을 먹는 미국인들과 달리, 유럽인들은 냉담하고 낙천적인 면이 있어서 문제가 그들의 내부에서 발생하는 경우에만 적극적인 반응을 보이거든. 일단 그런 곳에 좀비들을 풀어놓고, 제보를 이쪽에서 먼저 하자는 계획이었어. 좀비가 첫 감염자 셋 이상을 내는 순간 익명으로……. 그러면 공항이나 항만 폐쇄가 이루어질 테고,

대륙 전체로까지 확산이 이어지지는 않을 테니까."

"바보 같은 계획이에요. 그렇게 신고를 하더라도 경찰이 출동하는 동안에 좀비들은 엄청나게 늘어나 버릴걸요? 통제가 안 된다고요."

"지역 봉쇄만 선행된다면 좀비가 늘어나는 건 나쁘지 않은 일이야. 사태를 완전히 정리하는 데 시간이 걸릴수록 사람들의 관심과 걱정도 커질 테니까. 그리고 아까 말했듯이, 당시에는 좀비 박테리아에 감염된 사람들이 좀비로 변하기까지 꽤 오랜 시간이 걸렸다고. 그러니 우리가 경험했던 것 같은 급격한 증식은 일어나지 않았을 거야. 적어도 시나리오상으로는 그랬어."

"그 시나리오 참 대단하네요. 아직 며칠 지나지도 않았는데 세상을 이 모양으로 만들었으니. 끝에 가면 어떻게 되나요? 살아남는 주인공이 있기는 한 거예요?"

테라는 진심으로 원망을 담아 물었다. 젠킨스도 그 부분에 이르러서는 적잖이 기가 죽은 모습이다.

"시나리오와 무관하게 일이 흘러가 버렸어. 러시아의 미사일 공격으로 잿더미가 된 앱테크나야 연구소에서 널 키드만 사망한 게 아니었거든. 수백 명의 JL 직원들이 죽었지. 그리고 그중에는 본사에서 파견된 안나 크리핀이라는 여자의 이름도 포함되어 있었어."

"또 이름이 나오네요. 이제 다 기억하기도 힘들어요. 저와는 무관한 사람들이잖아요."

"테라 양에게는 그럴 테지. JL의 간부들도 비슷하게 생각했어.

적당한 지위의 중간 간부를 통해 가족들에게 사망 소식을 통보하고, 소송이 발생하지 않도록 보상금을 지급하고, 그런 정도의 프로세스면 충분하다고 생각했지. 그런 다음 안나 크리핀의 데이터베이스에 '업무 중 재해로 사망' 이렇게 기입하면 모든 게 깔끔하게 끝이 난다고 믿었지. 젠장, 조금만 더 관심이 있었더라면 좋았을 텐데……. 하지만 한 사람, 앤드루 코링턴에게 그 사건은 그렇게 정리될 일이 아니었지. 세상의 끝이었으니까."

"또, 또 새 이름이잖아요. 그만해요. JL의 직원들 이름을 전부 알려줄 작정인가요?"

이야기가 늘어지는 것 같아 짜증을 내는 테라에게 젠킨스가 히죽거리며 말했다.

"기억하지 않아도 돼. 하지만 나라면 적어도 이름 정도는 알고 싶을 것 같아서 말해준 것뿐이야. 줄곧 궁금해했을 텐데, 아닌가? 아름답던 세상을 이렇게 만든, 그 개 같은 놈이 누구인지."

"그, 그럼 그 사람이……."

테라의 눈이 흔들린다. 젠킨스는 의미심장한 표정으로 고개를 끄덕였다.

"음, 그래, 맞아. 다이얼을 맥스까지 돌려 버린 놈이 바로 그 개자식이야."

"왜? 대체 왜 그런 무지막지한 짓을……."

"7월 11일. 여기 시간으로 자정이 다 되었을 때, JL의 간부들에게 다급한 전화가 걸려왔어. 앤드루 코링턴이 안나 크리핀과 깊이 사귀는 관계였다는 걸 아는 사람이 있었느냐고 묻는 전화였지. 대부분의 대답이 뭐였을 것 같아? 'No' 조차도 아니었어. '안나 누구? 그게 누군데?' 였다고. 사람들은 설명을 듣고 나서야 안나 크리핀이 앱테크나야에서 사망한 직원이었다는 걸 알게 되었고, 곧바로 패닉에 빠졌지. 앤드루 코링턴이 다이얼 담당자였기 때문에 무슨 미친 짓을 할지 두려워졌거든. 앤드루와 친분이 있던 사람들은 곧바로 그에게 전화를 걸었지만, 받지 않았어. 물론 그 시각에 본사에서는 무장한 경비대원들을 긴급 파견해서 앤드루가 있던 뉴욕 사무실을 점거했지. 하지만 그때는 이미 늦은 후였어. 늦어도 너무 한참 늦었지. 잠긴 문을 부수고 안으로 들어간 경비대는 권총 자살한 앤드루의 시체를 확보했어. 그리고 그의 사무실 전면 유리에 커다랗게 적힌 문장 하나를 발견했지."

"무슨 문장인데요?"

"너흰 전부 좆 됐어!!!"

'느낌표가 세 개였다고 했어' 라며 젠킨스는 비지땀과 과자 부스러기로 엉망이 된 얼굴을 쓸어내리고 한숨을 내쉰 뒤 말을 이었다.

"그게 무슨 뜻인지 알았지. 앤드루는 안나를 죽인 세상에게 똑같이 파멸로 복수를 하기로 했던 거야. 하지만 대처하기란 쉽지 않았지. 컴퓨터는 다 박살이 난 상태였고, 데이터 자체를 삭제해 버리는 바람에 모든 걸 수작업으로 확인해야 했거든. JL의 최고위 간부들이 네 시간이 넘게 물 한 모금 제대로 못 마시고 사방에 전화를 돌리는 원시적인 방법으로 알아낸 것은, 이미 예전에 다이얼이 끝까지 완전히 돌아갔고, 돌이킬 수 있는 단계를 넘었다는 거였어. 전 세계에 좀비를 풀어버린 거지. 한꺼번에."

"…말도 안 돼요. 한 사람이 전 세계를 멸망시킬 수 있었다고요? 그것도 아무도 모르게? 그런 일이 가능할 리가 없잖아요. 중간에 누군가는… 일이 이상하게 돌아간다는 보고를 했어야 하는 거 아닌가요? 그게 논리에 맞아요."

너무 믿기지 않는 이야기여서 테라는 고개를 저을 수밖에 없었다. 젠킨스는 무슨 말을 하는 건지 안다는 표정을 지으며 이렇게 물었다.

"테라 양, 엄청나게 큰 이득을 안겨줄 것이라 기대되는 불법적인 일을 도모할 때, 가장 신경이 쓰이는 부분이 뭔지 아나?"

"몰라요, 그런 거. 평생 불법적인 일은 꾸며본 적도 없어요. 그보다 지금 갑자기 주제를 바꾼……."

"이 세상에 불법적인 일을 해보지 않은 사람은 없어. 하지만 누군가 물어보면 다들 일단 자기는 죄가 없다고 주장하지. 왜냐면 대부분 혼자서 몰래 그 짓을 저질렀으니 남들은 알 리가 없다고 생각하는 거야. 아무도 보지 않을 때, 아무 증거도 남지 않게… 그게 불법을 저지르는 사람들의 기본적인 전제 조건이니까. 바로 그거야. 그게 가장 신경이 쓰이는 부분이지. 비밀 유지. 아는 사람이 많아지면 막아야 하는 입의 개수도 늘어나니까."

속삭이는 듯한 어조로 그렇게 말한 젠킨스는 다시 비통한 얼굴로 과거의 일들을 회상하기 시작했다.

"JL도 마찬가지였어. 좀비 박테리아에 관한 연구 자체는 불법이 아니야. 하지만 살아 있는 사람을 샘플로 사용한다면, 그때는 이야기가 달라지지. 그리고 그 좀비들을 일부러 사람들이 사는 도시에 풀어놓는 건 훨씬 더 무서운 범죄고. 그러니까 이 그림 전체의 윤곽을 아는 사람의 수는 적으면 적을수록 좋은 거야. 예를 들자면 이런 거지. 혈액검사팀은 이 박테리아가 뭔지 정체도 모르는 상태로 항체에 대한 검사만 해. 반대로 샘플 조사팀은 적합 판정을 받은 난민들을 데려오기만 하는 거지. 데려오는 목적도 모르고, 이 사람들이 향후 어떤 취급을 받게 될 것인지 따위도 몰라. 알고 싶어 하지도 않지. 모르는 편이 여러모로 유리하니까. 그래서 전체 큰 그림이 어떤 형태인지를 아는 사람은 극히 소수라고. JL의 직원들 중 오직 13명만이 그걸 알고 있었지."

"그런데요?"

"그럴 경우의 가장 큰 문제는 뭔가 하면, 어떤 지시를 따를 때 그것이 무슨 결과를 유발할지 대부분의 구성원들이 모른다는 거야. 그저 명령을 수행했는지 아닌지 하는 것만이 중요해지는 거지. 예를 들어서 내가 이 버튼을 3초에 한 번씩 누르도록 명령을 받았다고 가정해 보잔 말이야. 나는 시간을 지켜서 버튼을 누르지. 3초, 삑— 또 3초, 삑— 그렇게 하는 동안에 나는 조금도 불안하지 않고 버튼을 누른 뒤의 결과에 대해서도 궁금해하지 않아. 왜냐면 누군가 계획을 짠 사람이 어련히 알아서 이 작업을 배정했겠는가 하는 믿음이 있기 때문이지. 기업의 합리성을 믿는 거야. JL의 다이얼도 마찬가지의 원리로 작동했을 뿐이야. 아주 세부적으로 나눠어서, 하지만 누구도 전체의 구도는 파악할 수 없도록."

테라는 세차게 고개를 저었다.

"…무슨 말을 하는 건지 모르겠어요. 제가 물은 건 세상이 좀비로 뒤덮일 때까지 왜 아무도 그걸 말리지 않았느냐는 거예요. 결국은 자신들도 무사하지 못할 거잖아요. 죽을 걸 알면서 왜 그런 짓을 하느냐고요."

진정해, 진정해.

젠킨스는 테라에게 격앙된 감정을 가라앉히라는 손짓을 하며 설명을 계속했다.

"잘 봐, 이런 식이야. 과테말라의 한 연구소에서 좀비가 된 샘플을 냉동 보관해. 그리고 기계가 좀비를 냉동 컨테이너로 옮기지. 컨테이너에는 라벨이 붙어. 며칠 후, 운송팀에서는 라벨의 바코드를 찍은 뒤, 기계에 뜨는 행선지로 컨테이너를 배달해. 이 사람들은 안에 들은 게 뭔지도 모른다고. 그리고 한 창고에 컨테이너가 보관돼. 또 며칠 뒤, 전산으로 컨테이너 전원을 끄고 문을 열라는 명령이 와. 여기까지 수많은 사람들이 개입되지만, 그들 중 아무도 불안을 느낄 사람은 없어. 분업화 사회에서 그건 당연한 거야. 앤드루처럼 전체적 맥락을 아는 극소수가 아니라면 대부분의 사람들은 자신이 명령 받은 그 업무만을 그저 수행할 뿐이지."

결국에는 자기가 죽게 되는 명령인지도 모르고 아무 생각 없이 성실하게 따랐던 사람들…….

멍해진 테라가 물었다.

"우리나라도… 한국도 그렇게 당한 거예요? 먼 외국에서 좀비가 들어 있는 컨테이너를 가지고 와서 보관하다가 어느 날 갑자기 그 문을 열어버린 건가요?"

"음… 한국이나 동아시아의 국가들 같은 경우에는 컨테이너보다 작은 배로 접근하는 편이 더 용이했을 거야. 컨테이너선이 공해상을 돌며 시간과 조류에 맞춰 동력을 끈 배를 띄우는 거지. 그러면 알아서 천천히 해안으로 접근하고, 거기에서 접촉이 이루어질 테니까. 트럭에 실어 이동시키는 건 유럽 내륙이나 미주에 최적화된 방식이었고."

"왜 그렇게 많은 좀비들이 필요했어요? 아까 시나리오에서는 좁은 섬 같은 곳에 소수의 좀비만 풀 계획이었잖아요. 전 세계가 아니라."

"그거야 뭐, 일종의 보험이었지. 백신의 판매가 부진할 경우에 대해서도 대비했어야 하니까. 언제 어디든 좀비를 투입할 수 있어야 한다고 생각했어. 백신의 판매가 예상만큼 활발히 이뤄지지 않는 지역에는 말이야. 또 백신의 판매가 활발한 곳에서도 좀비들을 가끔 풀어놓을 필요가 있었어. 좀비에게 팔다리를 잃은 사람의 수가 많아질수록 의수를 비롯한 의료 신체 산업은 호황을 누릴 테니까."

젠킨스는 수학 공식을 설명하듯 별다른 죄의식이나 미안한 감정이 없이 덤덤하게 중얼거렸다.

아… 테라는 깊은 한숨을 몰아쉬었다. 그라운드 쪽으로 시선을 돌린 테라는 작업을 하는 군인들을 물끄러미 바라보았다. 다들 초췌한 표정에 지친 기색이 역력하다. 자신들을 이 지옥에 몰아넣은 주범 중에 하나가 바로 여기에 앉아 있다는 걸 알면 저들은 어떤 표정을 지을까?

믿기지가 않는다. 다른 사람들의 목숨을 파리 목숨처럼 다루던 한 여자가 난데없는 폭격에 사망을 했고, 그 죽음에 대한 복수를 하겠다고 그 여자의 연인은 전 세계에 사형선고를 내려 버렸다니…….

차라리 JL의 계획이 성공했더라면, 그렇게 됐더라면 그래도 이보다는 안전한 세상이 되지 않았을까?

옳지 않은 일이라는 건 알지만, 차라리 그렇게라도 되었더라면 하는 망상이 머릿속을 스친다. 고개를 푹 숙인 테라가 기어들어가는 목소리로 물었다.

"왜? 왜… 연구소를 좀 더… 안전한 나라에 짓지 않았나요? 미국이나 북유럽이나 영국 같은 곳에… 그런 곳이었다면 그렇게 사람들이 밀집한 도시로 미사일을 날리거나 하지는 않았을 텐데… 왜 그렇게 몸서리쳐지게 무서운 일을 하면서 준비를 그렇게 허술하게 했나요?"

"안전한 나라는… 곤란해. 법과 원칙이 철저히 지켜지는 곳에서는 여러 제약이 많거든. 그런 데에서 위험한 연구를 하다 보면 여러모로 귀찮아지고 아슬아슬해지는 경우가 생기니까, JL로서는 당연히 그렇지 않은 나라들을 찾아 좀비 연구소를 건설할 수밖에 없었지."

법과 원칙을 피해 다닐 게 아니라 지켰어야지…….

테라는 눈물이 살짝 고인 커다란 눈으로 젠킨스를 노려보았다. 젠킨스는 그 시선에도 아랑곳하지 않고 빈 비닐 봉투를 뒤적거리며 '과자를 더 가져오지 그랬어' 따위의 말들을 지껄이고 있다.

이제는 이 사람이 뻔뻔한 건지, 아니면 정신이 이상해진 건지조차 잘 구분이 되지 않는다. 하긴 세계를 정복할 거라고 믿고 있다가 그 직전에 이렇게 거지꼴이 되었으니 미쳐 버렸다고 해도 이상할 건 없다.

크래커 봉지에 남은 부스러기들을 손가락으로 찍어 먹고 있는 젠킨스에게 테라가 물었다.

"계속 교묘하게 주어를 바꿔서 말했지만, 젠킨스 씨도 그 앤드루라는 사람처럼 대단한 열세 명 중 하나였죠? 세상을 쥐락펴락하는 계획을 세우던 사람들 말이에요. 비록 몇 시간인지, 한 나절인지는 모르겠지만, 그래도 이렇게 될 거라는 걸 미리 알고 있었잖아요? 그런데 지금 왜 여기에 있어요? 여기는 당신네 나라도 아니고, 좀비들로부터 지켜줄 안전한 벙커 같은 것도 없는데……."

흠, 젠킨스가 초코파이 봉지를 혀로 핥으며 대답했다.

"그걸 뭐라고 부르는 게 더 적합한지 모르겠군. 희망이라고 하자니 너무 계산적이지 않은 것 같고, 기댓값이라고 하자니 그러기에는 지나치게 낮은 수치였다는 걸 알고 있으면서도 뛰어든 거니까 비합리적이고… 어쨌든 남은 열두 명은 그들이 할 수 있는 뭔가를 통해 혹시라도 이 사태를 개선할 수 있지 않을까, 모든 걸 원점으로 돌리지는 못해도 적어도 앤드루가 기대했던 것보다 피해를 최소화시킬 수 있지 않을까 하는… 그런 생각을 했던 거지. 안간힘이라고 불러도 좋겠군. 그들은 그런 안간힘을 써보려고 했던 거야. 자신이 가지고 있는 힘을 최대한 동원해 보려는 노력이라고나 할까? 같은 회사라고는 해도 다들 저마다 히든카드를 숨기고 있었으니, 그것이라도 어떻게 써볼 수 있지 않을까 하는 기대였지."

"또 빙 돌려서 애매모호한 말들로 진실을 감추시네요. 정확히 뭘 했다는 대답은 아니잖아요."

"붕대 한 번을 안 풀어 보여주는 소녀에 비하면 이 정도는 정말 진실하고 최선을 다한 답변이었다고 생각해. 하지만 더 쉽게 알아들을 수 있도록 도와주지. 왜냐면 나는 앞으로도 한동안 계속 너의 호감을 필요로 하니까. 그리고 나의 대답을 듣고 나면 너의 호감도가 올라갈 것이라고 확신해. 한국에도 JL의 연구소가 있어. 요새화시킬 수 있는 조건을 갖추고 있는 연구소지. 지리적으로도 그렇고, 외부에 의존하지 않고 일정 기간 모든 것을 자급할 수 있는, 그런 조건 말이야. 다량은 아니지만, 널 키드의 혈청도 확보하고 있어. 쇼크 억제제도."

테라의 가슴이 두근거린다.

백신… 쇼크 억제제… 정말 그런 것이 있다면 얼마나 좋을까…….

좀비로 변할까 봐 두려워서 악몽 속에 살고 있는 수많은 사람들이 해방된다.

그리고… 그걸 갖고 제니를 찾으러 갈 수만 있다면…….

하지만 너무 꿈같은 이야기다.

이 사람, 과자를 더 얻어내고 싶어서 이런 말을 하는 걸까?

자기 입으로 나의 호감이 필요하다고 고백을 한데다가 뼛속까지 장사꾼인 사람이니까 그 정도 속이는 건 대단한 일도 아닐 것 같다.

"거짓말… 허풍이죠?"

"하하하, 허풍? JL은 이 종말 상황을 만들기로 하고 그 시나리오를 썼던 기업이야. 가장 최악의 시나리오 버전 중에는 이만큼은 아니지만 그래도 꽤나 심각한 것도 있었고, 당연히 거기에 대처하는 매뉴얼도 존재했지. 그 개자식 앤드루가 다이얼 담당이었다면, 나는 그 매뉴얼을 책임지고 있었으니까. 여기에 있는 연구소는 만일의 돌발 상황을 위한 나의 히든카드였어. 사회의 대대적 혼란이라는 조건이 발동하는 것과 동시에 그곳도 외부와의 모든 관계를 끊고 자급에 들어갔을 테지. 물론 거기까지 도착하기 전에 좀비들이 너무 많아져서 그 매뉴얼 담당자마저 이 꼴이 되어버렸지만."

그 말을 하면서도 젠킨스는 별로 기죽은 모습이 아니었다. 아직 희망을 가지고 있는 사람의 자신감이 보인다. 테라는 그의 자신감이 광기가 아니라 논리적인 근거에 바탕을 둔 것이기를 바랐다. 이 지옥을 만든 범인 중의 한 사람에게 뭔가를 바라야 한다는 것이 굉장히 신경을 거슬리게 하지만, 그래도 그가 현재

이 나라 전체에서 좀비를 가장 오랫동안 연구해 온 사람인 것이다.

"그… 연구소가 어디에 있는 거예요? 정말 있다면 알려주세요."

"오, 하느님. 너무하는 거 아닌가, 테라 양? 그건 지금 내가 가지고 있는 유일한 히든카드를 홀랑 까라고 요구하는 거잖아. 안 돼, 알려줄 수 없어. 물론 앞으로 우리 대부분의 삶은 상당히 외로워질 테니까 테라 양처럼 아름다운 인연이 나와 함께하기를 원한다면 기꺼이 동행으로 삼아는 주겠지만. 그리고 위치를 안다고 해도 이쪽에서는 못 가. 요새화시킬 수 있는 독립적인 장소라니까? 서울 복판에 있는 우리가 자력으로 거기까지 도달할 수 있을 리가 없지."

"그럼 뭐예요? 그저 배나 채우면서 다가오는 죽음을 기다리겠다는 건가요? 안간힘을 써보겠다고 투쟁심을 불사르던 때와는 너무 다른 태도잖아요."

테라가 불안한 목소리로 물었을 때, 젠킨스는 근처를 지나는 사람들이 늘어난 것과 그들이 향하는 방향을 주목하고 있었다. 그러더니 벌떡 일어나 주변을 두리번거렸다.

"이런 젠장, 지금 저 사람들 식당 가는 거지? 점심시간이 시작됐나 봐! 빨리 가서 앞줄에 서야 조금이라도 밥을 더 받을 수 있는데! 테라 양, 지금 몇 시야? 시계를 건빵이랑 바꿔 버렸더니 이럴 때 영 불편하다니까. 이거… 돼지고기 냄새 아닌가? 오!"

임수정이 건대 쉘터로 떠날 때 선물로 줬기 때문에 테라에게도 시계는 없다. 그리고 점심시간 같은 건 중요하지도 않다. 그들은 조금 전까지 한국 어딘가에 있을 구원의 땅, 백신이 있는 연구소에 대해 이야기하고 있었으니까.

하지만 젠킨스의 영혼은 이미 급식소에 가 있었다. 전광판 상단의 디지털시계를 보고 12시가 넘은 것을 확인한 젠킨스는 식당을 향해 잰걸음으로 걸어가며 말을 남겼다.

"이따가 아까 거기에서 또 만나. 그땐 과자를 좀 넉넉하게 가져와 주면 좋겠어. 아, 그리고 연구소에서도 내가 이 나라에 와 있다는 걸 알아. 그러니까 나를 데려갈 준비가 되면 저 하늘을 통해 신호를 보내올 거야. 누구라도 놓칠 수 없는 확실한 신호니까 걱정하지 않아도 돼."

"…하늘에서 신호가? 그게 무슨……."

테라는 눈살을 찌푸렸다. 지금까지 자신이 대화를 나눈 게 제정신인 사람이었는지조차도 의심스러워지는 말이었다.

이 사람, 미친 건가? 마음이 약해져서 미치광이가 아무렇게나 지껄인 소리에 홀렸던 걸까?

하지만 젠킨스는 자신만만한 표정으로 하늘을 향해 손가락질하며 같은 말을 한 번 더 반복했다.

"하늘을 봐! 거기에서 신호가 올 거라고! 나를 부르는 신호가!"

3장
무지개

1

"준비됐어? 당긴다?"

삼식이가 고개를 끄덕이자 보안관은 양손에 힘을 꽉 주고 굵은 로프를 당겼다. 도로 표지판 파이프를 도르래 삼아 걸린 로프가 당겨지자 커다란 욕조가 머리 위로 쭉쭉 올라간다.

자동차 지붕 위에 올라서 있던 삼식이와 유빈은 욕조가 한쪽으로 기울어 자빠지지 않도록 양쪽에서 중심을 잡았다. 보안관이 한 번씩 줄을 잡아당길 때마다 땀에 젖어 밀착된 티셔츠를 통해 그의 팽팽한 역삼각형 등 근육이 드러난다.

"얘, 저것 좀 봐. 저 자식, 저거……."

뒤쪽에서 페인트와 희석제 통을 끌어 나르던 태권소녀가 제니의 옆구리를 툭툭, 친다. 제니는 이마의 땀을 훔치며 고개를 끄덕였다.

"아, 네… 보안관 오빠, 근육 진짜 장난 아니죠. 하하, 언니… 저런 취향이었네요? 우락부락, 울퉁불퉁."

"…갖고 싶다."

보안관의 등에 시선을 고정시킨 태권소녀가 멍하니 입을 벌린 채 중얼거린다. 너무 의외라는 표정을 지으며 제니가 장난스럽게 받아쳤다.

"하! 지금 그거, 설마 보안관 오빠한테 공개 구애하는 거예요? 제가 다리 놔드릴까요? 그렇지만 의외인데요? 매일 쏘아붙이기만 하던 언니가 며칠 만에 이렇게 적극적으로 변할 줄은……."

"아, 아니야! 무슨 소리 하는 거야, 바보! 저 근육 말한 거야. 저런 광배근, 나도 정말 갖고 싶었어. 저게 다 펀치력이거든. 그런데 저만큼 큰 근육은 쉽게 못 얻어. 자, 봐봐. 나도 나름 열심히 한다고 했는데, 이게 한계야."

태권소녀는 양팔과 등에 힘을 준 채 몸을 돌리며 제니에게 만져 보라고 한다.

하하, 제니는 쑥스러워하면서도 선의를 거절하기 어려워 태권소녀의 등을 살짝살짝 눌렀다. 꽤나 탄탄하면서도 동시에 탄력이 있다. 과연 운동을 오래한 사람의 몸이라는 생각이 드는, 그런 등이었다.

"너희 뭐해? 그 페인트 파란색만 골라둔 거 맞아?"

첫 번째 욕조를 버스 위에 고정시키고, 거기에 채울 내용물을 가지러 온 유빈이 호기심이 가득한 눈으로 태권소녀와 제니를 번갈아 본다. 제니가 밝게 웃으며 대답해 줬다.

"하하, 혜주 언니가요, 오빠를 한 방에 눕힐 수 있었던 강한 펀치력의 원천이 자기 등 근육이었다고 자랑했어요. 그래서 만져 봤더니, 정말 고무공 같은 거 있죠?"

네, 네, 그렇겠지요. 하하, 저도 맞을 때 고무망치에 맞는 기분이 들더라고요.

유빈은 체념한 듯 고개를 끄덕이며 페인트 통과 희석제를 양손에 들었다.

"이게 정말 효과가 있을까? 이렇게 고생을 해가며 페인트를 가져오고, 또 저렇게 욕조까지 끌어 올려가며 힘을 쏟을 만한 가치가 있는 건지 모르겠어."

태권소녀도 페인트를 들고 따라오면서 유빈에게 물었다. 희석제 깡통 하나만 들어도 낑낑거리는 제니와는 완력이 다르다. 다쳤던 발목도 이제 꽤나 나았는지 힘쓰는 일에 자꾸 참여하려고 한다.

"뭐, 워낙 많아서 좀비들을 얼굴로 구분할 수 없으니, 일단 색칠을 해둬야 구분하기가 편하지. 대체 몇 무리가 얼마나 자주 다니는지 정도는 알고 있어야 우리도 그다음 수를 생각할 수 있을 테니까. 페인트를 뚝뚝 떨어뜨리면서 걸어갈 테니까 나중에 어디로 갔는지도 확인해 볼 수 있고. 자, 삼식아, 받아."

유빈은 페인트 통을 들어 버스 위에서 기다리고 있던 삼식이에게 건넸다. 태권소녀도 똑같이 따라 한다. 페인트 두 통과 희석제 두 통을 받아 올려둔 삼식이가 하지 않아도 될 한마디를 중얼거렸다.

"이상하다. 왜 그렇지? 혜주가 줄 때가 받기에 더 편하네."

쿵!

그거야말로 가슴에 꽂히는 비수.

허허허, 유빈은 또 헛웃음을 흘려야 했다.

당연하지, 삼식이, 이 개새끼야! 얘가 나보다 아주 약간이기는 하지만 키도… 젠장, 키도 더 크고 팔다리도 더 기니까…….

"삼식아, 쓸데없는 소리 실실거리지 말고 욕조 좀 잡아봐! 지금 이쪽에서 고정시킬 거야! 잡았어?"

버스 안쪽으로 들어가 창문 사이로 욕조에 연결해 둔 빨랫줄을 잡아당기면서 보안관이 외쳤다. 욕조에 페인트를 부어놓고 기다리다가 행진하던 좀비들이 간단한 트랩을 건드리면 머리 위로 페인트가 쏟아지게 하는 장치를 만드는 중이다.

이것이 바로 유빈이 고안해 낸 좀비 무리 구별법. 빨강, 파랑, 초록, 노랑, 검정, 흰색… 가지각색의 페인트로 각 무리마다 색깔을 입혀놓으면, 그다음부터는 구분하는 데 어려움이 없어질 것이다.

물론 여관 욕실에서 욕조들을 몇 개나 떼어내서 그걸 여기까지 끌고 와야 했고, 200여 미터 아래쪽의 공구상에서 페인트를 털어 올 때에는 근처를 배회하던 좀비들을 다 처치해야 해서 땀도 꽤 뺐지만, 그래도 이만큼 명확하고 간단한 분류 방법은 없다.

이건 좀비들을 대상으로 하는 게 아니라면 쓸 수 없는 방법이다. 좀비들은 외부의 자극에 거의 반응을 하지 않으니까 머리 위로 페인트가 쏟아져 내려도 그걸 피하거나 멈춰 서지 않고 기꺼이 맞아줄 놈들이다.

"좀비들이 여기 자동차들 사이로 지나가는 것까지는 알겠어. 그런데 페인트는 어떻게 해서 딱 타이밍을 맞춰서 쏟아지게 할 건데?"

머리 위로 삐죽 나와 있는 욕조의 배수구를 올려다보며 태권소녀가 물었다. 유빈은 비닐 더미를 올리며 별거 아니라는 듯 대답한다.

"그거… 규영이더러 기다리고 있다가 마개를 당기라고 할 건데?"

"뭐? 걔는 끼워 넣지 마! 왜 하필 몸도 불편한 어린애를……."

"정색 좀 하지 마라. 당연히 농담이지. 버스하고 욕조에 조그만 도르래를 달 거야. 그리고 여기에 발목보다 조금 높게 줄이 걸리도록 만들어둘 거고. 그렇게 하면 여기에서 당기는 힘으로 위쪽 마개가 빠지겠지. 그러면 저기로 페인트가 좌악— 쉽지?"

삼식이에게 비닐을 넘긴 유빈은 바지 주머니에서 주먹보다 조금 작은 도르래를 꺼내 보여준다. 물론 공구상에서 가져온 것 중 하나다.

"좀 전의 비닐은 뭐야? 그건 왜 가지고 왔는데?"

"페인트를 다 부어놓은 다음에 이걸로 욕조를 덮어놔야지. 그래야 마르기도 덜하니까."

"그냥 욕조 자체가 당겨져서 확 엎어지는 편이 더 간단하고 확실한 거 아니야?"

"그러면 몇 놈한테만 묻고 말잖아. 바닥에 그냥 버려지는 양이 더 많을 거고. 우리가 바라는 건 별로 신경 써서 찾지 않아도 한눈에 어떤 놈들인지 알아볼 수 있는 거니까, 가능한 많은 놈들에게 골고루 묻혀둬야 해."

흠, 태권소녀는 보안관을 도와 빨랫줄 매듭을 묶고 있는 유빈을 빤히 쳐다봤다. 힘 좋고 싸움 잘하는 리더 뒤에 숨어서 어찌어찌 잘도 도망 다니며 운 좋게 살아남은 놈이라고만 생각했는데, 며칠 두고 보자니 그보다는 장점이 많은 녀석 같다. 생수 두 통을 써서 머리도 감고, 목욕도 시켜놓으니 거지꼴도 면했고…….

하지만 아직도 온전히 신뢰하는 것은 아니다. 그리고 이 페인트 뒤집어씌우기 작전이 정말로 그렇게 유효할 것인지에 대해서도 회의가 남았다.

"시간 얼추 흘러간 것 같은데, 호루라기 소리가 안 들리네? 재들, 망 확실히 보고 있는 것 맞아?"

매듭을 다 묶어놓은 보안관이 시계를 보며 중얼거린다. 그 소리를 듣기라도 한 것처럼 마침 길가 모텔 옥상에서 호각이 울렸다.

삐익— 삐이익—

"가자! 빨리 내려와!"

보안관이 버스 안에 기대 세워두었던 해머를 집어 들며 삼식이에게 손짓을 한다. 삼식이는 아주 가볍게 몸을 날려 옆 차의 지붕과 도로를 차례로 밟았다.

맞아, 이놈도… 운동신경이 꽤나 좋다. 입만 열지 않으면 멀쩡하다고 할 수 있는데…….

태권소녀는 삼식이의 찰랑거리는 머리카락을 보며 생각했다.

일행은 대부분의 연장을 그대로 내버려 두고 모텔 안으로 뛰어들어갔다.

드르륵—

셔터를 내린 뒤, 안에서 자물쇠를 잠가 고정을 시킨 태권소녀가 열쇠를 트레이닝복 주머니에 넣었다.

"이거야 원, 일하는 시간보다 숨어서 기다리는 시간이 더 긴 것 같아. 그렇지, 보안관?"

계단을 오르며 삼식이가 중얼거렸다. 보안관도 고개를 끄덕인다. 평균 30분도 나가 있기가 어려우니 이대로라면 코스트코를 털다가 대로 쪽에서 밀어닥치는 좀비들에게 당할 판이다.

뭔가 수를 낼 필요가 있다. 그래서 이렇게 바삐 움직이는 거고.

"우리 올라왔다, 얘들아!"

옥상 문을 연 삼식이가 두 팔을 쫙 펴며 방긋 웃어준다. 신입과 함께 망을 보고 있던 규영은 남자들을 시큰둥한 눈으로 바라보다가 뒤이어 나오는 제니와 태권소녀를 향해 해맑은 미소를 지어 보인다.

"물 좀 마시자. 우와, 여기는 더 더운 것 같네. 태양이랑 가까워서 그런 걸까?"

삼식이는 싱거운 소리를 하며 배낭을 뒤적거려 물병을 꺼냈다. 신입도 거기에 동조했다.

"내 말이… 여기에서 망보는 게 표는 안 나도 은근 고되다니까. 한순간도 집중력을 놓을 수 없잖아. 후우~ 씨발, 이 땀 좀 봐라. 수건이 푹 젖었다, 아주."

그러면서 신입은 머리에 쓰고 있던 수건을 펴 얼굴과 목을 닦고 그걸 규영의 휠체어 등받이에 걸쳤다.

"여기다가 좀 말리자. 땀이… 뭐야, 새끼야. 왜 그런 눈으로 쳐다보는 건데?"

규영은 어지간히 열 받는다는 듯 숨을 몰아쉬며 이를 악물고 신입에게 말했다.

"내가, 후우~ 나도 몸이 편치가 않으니까 웬만한 남의 허물은 굳이 말을 안 하려고 애를 쓰는 중이야. 그래서 같이 밥을 먹는 것도 뭐라고 하지 않았고, 옆에 가까이 올 때도 싫은 티를 내지 않으려고 노력했어. 근데… 근데 이건 아니잖아."

"뭐가, 인마? 수건 걸쳐 놓은 거? 물기 마르라고 그런 건데 뭘? 더러운 것도 아니고, 이 영아 땀이야. 노동의 신성한 결과라고."

신입은 수건을 다시 들어 허공에 팡팡, 털었다.

이익! 규영은 또 질색을 한다.

"씨~ 튄다고! 너무하잖아! 피부병이 있는 사람이면 자기가 좀 알아서 조심을 할 것이지! 내가 이런 말까지 해야 돼? 옮으면 어쩔 거야! 아으, 더러워. 막 가려워지는 것 같아!"

"무슨 피부병? 야, 인마! 영아 그런 거 안 키운다! 깔끔한 사람이야."

"우길 걸 우겨! 거울도 안 보냐? 보아하니까 눈썹도 다 빠지고 이제 속눈썹으로까지 옮아간 것 같은데! 얼굴에 여기저기 붉은 반점도 보이고! 무슨 병이야? 매독이지?"

"뭐? 뭐라는 거야, 이 미친 새끼가! 이, 이건 좀비들이랑 싸우다가 다친 거야! 천 마리도 넘게 죽이다가 화상 입은 영광의 상처인데, 누가 피부병이래! 저 새끼들 목숨을 내가 구한 거라고! 야! 너희가 뭐라고 말 좀 해줘!"

신입은 자신의 눈썹이 불타 없어진 거라는 걸 강조하기 위해 규영의 눈에 바짝 들이대고, 규영은 진저리를 친다. 태권소녀를 제외한 나머지들은 그걸 보고 또 한참 웃고 있다. 이런 상황에 참 웃을 일도 더럽게 많은 놈들끼리 잘도 만났다.

태권소녀는 신입을 냉담한 시선으로 노려보며 생각했다.

이놈은 정말로 독특하다. 이놈만은 아무리 좋은 면을 찾아보려 해도 어떻게 살아남은 건지 도저히 모르겠다. 잘하는 것도 없고, 열심히 하겠다는 의욕도 없는데다가, 미안해하는 마음조차도 보이지 않는다.

밤에 밖에 나가서 보초라도 서라고 하면 자긴 무서워서 어두울 때는 못 움직인다고 하고, 조금이라도 위험한 일은 절대로 하지 않을 거라면서 오히려 당당하게 큰 소리를 친다. 여자가 두 명이나 있는데, 그 앞에서……. 이쯤 되면 그 뻰뻰함이 이놈이 가지고 있는 가장 강력하고 유일한 무기인 건가 싶다.

"너, 이 새끼야. 내가 진짜 마음이 넓어서 그냥 봐주는 거다. 그거는 알아라, 응?"

툴툴거리는 신입과 삐죽거리는 규영을 좀 조용히 하도록 만들고 일행은 옥상 난간에 붙어 서서 아래쪽 도로로 진입해 오는 좀비들의 무리를 바라보았다.

확실히… 많기는 정말 많다. 기분 탓인지는 모르겠지만, 어째 날이 갈수록 더 불어나는 것 같기도 하고… 그룹을 분간할 수가 없으니, 시간 간격도 미리 계산이 안 되어서 한두 무리가 사이사이에 새로 끼어 들어온대도 그걸 알 재간이 없다.

대체 어디에서 이렇게 많은 좀비들이 모여든 걸까 하는 의문이 들다가도, 근처에 높고도 빽빽하게 솟아 있는 초고층 아파트들을 보면 단박에 수긍하게 된다. 하긴 저렇게 많은 아파트가 있으니 한 집에서 한 마리씩만 튀어나왔다고 해도 수천 마리쯤은 금방이다.

"으아, 냄새. 정말 지독하다. 근데 정말 용하네, 쟤들. 아무 생각 없을 것 같은데, 계단에서 떨어져 죽지도 않고 신기하게 평지로만 걸어 다녀."

삼식이가 한 손으로 코를 움켜쥐고 대로와 인도를 가득 메운 좀비들을 가리킨다. 유빈이 고개를 돌려 물었다.

"응? 그건 또 뭔 소리야? 계단이 어디 있어?"

"계단이야 많지. 페인트 가지러 가던 길에도 지하철역이 있더구만. 근데 저기 저놈들처럼 인도 가운데로 걸어가는 놈들은 딱 계단이랑 만나는 각인데도 거기로 굴러 떨어지지 않고 잘만 피해 다닌다는 뜻이야. 너도 지하철역 계단 아래에 좀비들 서 있는 거 못 봤잖아. 계단에 모가지 부러져 죽어 있는 놈도 없었고. 어라? 그러고 보니 경전철역이랑 번화가 사이의 지하 통로도 한산했어… 걔네, 지하 별로 안 좋아하는 건가?"

그런가…….

듣고 보니 그럴듯해서 유빈과 보안관도 기억을 되짚어봤다. 정말로 행진하다가 계단 아래로 굴러 떨어지거나 걸어 내려가 있던 놈을 별로 본 경험이 없다.

놈들이 지하로 뛰어드는 걸 본 적은 7월 14일, 좀비가 퍼진 첫날, 번화가에서 눈이 마주친 뒤 자신들을 쫓아 달려오던 그놈들뿐이었다. 그 이후에는 대부분, 거의 언제나 지하 통로는 비워져 있었다.

분위기상으로는 좀비들이 나타나기에 오히려 딱 좋은 최적의 장소인데…….

"그러네. 삼식이 말이 좀 일리가 있는 것 같은데? 혜주, 네 생각은 어때? 좀비들이 계단 내려가는 거 본 적 있어? 사람 쫓아갈 때 빼고."

잠시 고민에 잠겼던 태권소녀가 고개를 저었다.

"난, 모르겠어. 지하에는 별로 내려가 본 적도 없고, 저기 상봉역 지하 2층 정도로 들어가면 좀비들 엄청 많거든. 정말 바글바글해. 그러니 굳이 위험한 데를 갈 이유가 있겠어? 뭐 대단한 거 있다고 거기를 꾸역꾸역 들어가겠냐고. 그리고 저 멀대가 하는 말은 별로 귀담아듣고 싶지 않아. 재 입에서 나온 말 중에 싱거운 소리가 아닌 걸 들어본 적이 없어."

태권소녀는 삼식이의 면전에서 대놓고 그렇게 말했다. 물론 삼식이도 그 정도에 상처 받을 인간은 아니다. '하하, 그런 걸 유머 감각이 풍부하다고 하는 건데… 그치, 제니야?' 하고 마주 웃으며 대수롭지 않게 공격을 받아넘긴다.

비록 태권소녀의 동의는 얻어내지 못했지만, 유빈은 삼식이의 좀비 지하 회피설이 꽤나 마음에 들었다. 확률적으로 보아도 저만큼 빼곡하게 인도를 메운 채 걸어가는 놈들이라면 계단 아래로 내려가는 놈들이 20퍼센트 이상은 되어야 정상이다. 그런데 번화가에서 코너를 돌아 나가던 좀비들은 그렇게 하지 않았다. 단순한 우연이 아닌 것 같았다. 분명 뭔가 법칙이 있다.

그럼 만약에… 좀비들이 좋아하는 것과 싫어하는 것이 결합된다면? 그러면 그때 좀비들은 어떤 선택을 할까? 예를 들어 지하 2층에서 담배 연기가 올라온다거나 한다면… 그래, 그거 꽤나 흥미로운데?

"야, 무슨 생각 해? 내려가자. 좀비들 다 갔다. 빨리빨리 페인트랑 신나 섞어서 붓고, 함정 만들어놓자. 시간 별로 없어. 이 새끼들, 금방 또 올 테니까."

멍하니 생각에 잠겨 있던 유빈의 어깨를 보안관이 두드린다.

응? 어, 그래.

유빈은 장비가 든 배낭을 집어 들고 보안관을 따라 뛰었다. 태권소녀도 제니와 함께 계단 쪽으로 이동한다.

"어휴, 얘 땀 좀 봐라. 너 아직 발목 온전하지 않잖아. 좀 쉬어. 욕조들 다 올려놨겠다, 페인트 분류해 놨겠다. 이제 힘쓸 일도 거의 없어."

진땀을 흘리는 태권소녀에게 보안관이 말했다. 옥상까지 계단을 계속 오르락내리락하는 게 시큰거리는 발목에 좋을 턱이 없다. 하지만 혜주는 고개를 젓는다.

"나는 그냥 신세 지는 짓은 못해. 걱정하지 마. 한 사람 몫은 할 수 있으니까."

"어휴, 왜 이해를 못하냐? 지금은 그렇게 참아가면서 제 몫을 할 필요가 없다는 거야. 아프면 쉬고, 몸이 다 나을 때까지는 조심을 해야지."

그렇게 말하는 보안관의 팔뚝에는 아직도 다 낫지 않은 베인 상처들이 잔뜩 있고, 물집과 굳은살로 덮인 손바닥은 나무껍질 같았다.

이 고릴라… 정작 자신의 몸은 죽는지 사는지 모르고 혹사하는 주제에…….

훗, 태권소녀는 녀석이 사내답다는 생각이 들어 가볍게 웃었다.

"제니야, 얘랑 같이 옥상에 있어. 안 그래도 쟤들 둘한테만 망보라고 하는 게 영 불안했으니까. 내려오면 화낼 거야!"

보안관은 제니에게 태권소녀를 맡기고 빠르게 계단을 뛰어 내려갔다. 그러고는 잠시 후, 숨을 헐떡거리며 뛰어 올라와 손을 벌린다.

"열쇠!"

아, 내 정신 좀 봐. 열쇠를 내가 가지고 있었으면서…….

태권소녀는 미안한 표정으로 서터 열쇠를 꺼내 주었다. 보안관은 이렇다 저렇다 말없이 후다닥 다시 계단을 뛰어 내려간다.

"하… 정말 이상한 놈들이야."

순식간에 거리로 내려가 다시 작업을 시작한 세 친구를 내려다보며 태권소녀가 중얼거렸다. 절대 손해 보는 사람이 없도록 공평하게 모든 일을 분배해야만 했던 예전 동료들과 너무 다르다. 심지어 마음이 안 맞는 인철이네 무리를 몰아내고 난 후에도 끊임없이 큰 소리가 나고, 크고 작은 다툼이 있었었다. 그것도 아주 작은, 콩알 한쪽만 한 치사한 문제로 서로 얼굴을 붉히고 고성이 오갔었다.

만약 자신이나 경순이 같은 군기 반장이 없었다면 훨씬 더 잦게 시비가 일었을 것이다. 그런데 이놈들은… 저 신입이라는 놈이 정말 아~무것도 하지 않고 있어도 그냥 내버려 둔다.

"제가 말했잖아요. 멋있는 오빠들이라니까요."

세 녀석이 비정상적이기까지 한 놈들이란 가장 강력한 증거가 미소를 지으며 말을 건다. 태권소녀는 제니의 얼굴과 몸을 물끄러미 바라봤다.

어떻게… 대체 어떻게 이렇게 예쁜 애가 바로 곁에서 생글거리고 있는데 손끝 하나 건드리지 않고 참는 거지? 다들 소림사의 제자여서 동자공을 연마하고 있는 것도 아닐 텐데.

"자요, 언니. 물 좀 마셔요. 오늘도 엄청 덥네요."

제니가 배낭에서 생수병을 꺼내 건넨다. 날씨는 정말 말 그대로 푹푹 쪄 댄다. 내리쬐는 햇살의 온도도 견디기 어렵지만, 배수가 제대로 되지 않아 고인 물이 증발하면서 습도가 올라가 숨이 턱턱 막히는 것 같다. 물병을 건네받던 태권소녀는 제니의 배낭에 달랑달랑 걸려 있는 긴 밧줄과 돌막들에 눈길을 줬다.

"아, 이거요? 이거 유빈 오빠가 만들어준 거예요. 제가 힘이 약하니까 혹시 좀비 한 마리랑 마주하게 되면 이거라도 쓰라고. 전에 만들어준 1호는 불타 버렸거든요. 이건 완성도를 높인 2호 볼라. 후훗, 이렇게 돌리다가 던지면 발목을 묶어서 넘어뜨리는 거예요. 물론 쓸 일이 없으면 젤 좋겠죠."

오~ 제니가 볼라를 돌리는 시늉을 하자, 흔들리는 가슴을 보며 신입과 규영이 동시에 탄성을 낸다. 여자 둘이 올라온 이후, 두 놈 다 도로 쪽보다 옥상 위를 더 오래, 자주 보고 있다.

"야! 너희 똑바로 망 안 보고 뭐하는 거야? 저 아래 애들은 너희한테 목숨을 맡긴 거란 말이야. 안 되겠어. 망원경 내놔."

태권소녀는 신입과 규영에게서 망원경을 압수했다. 신입이 억울하다는 표정을 지으려 했지만, 태권소녀가 눈을 부라리며 주먹을 꽉 쥐어 보이자 이내 포기하고 망원경을 넘긴다.

엄한 규율은 필요하다. 적어도 이 철없는 두 녀석에게는 그렇다.

2

30여 분 뒤, 호각 소리를 듣고 뛰어 올라온 세 친구는 땀을 닦고 수분을 보충하며 난간에 기대 숨을 헐떡였다. 킁킁, 보안관이 자꾸 자신의 몸에 코를 대고 냄새를 맡아본다. 비록 잠깐이지만 뜨거운 햇살 아래에서 신나를 만졌더니, 그 독한 냄새가 아주 몸에 밴 것 같다.

"이 앞에 지나가요. 페인트 통 근처에 다 왔어."

규영이 다시 찾은 망원경을 눈에 대고 도로 쪽을 주시하고 있다. 삼식이가 일어나 규영의 머리를 쓸면서 미소를 지었다.

"트랩이라고 해야 더 있어 보이지."

규영이 질색을 하며 다시 머리단장을 하는 동안 보안관과 유빈도 일어나서 난간에 기댔다. 잠시 후, 버스 아래를 지나는 좀비들의 발목이 로프를 당긴다.

툭.

팽팽하게 당겨진 로프가 도르래에 의해 수직으로 방향이 바뀌면서 욕조 배수구에 끼워뒀던 고무마개를 잡아 뺀다.

그러자 갑자기 저항을 잃은 좀비 서너 마리가 나자빠지는 것과 동시에 짙은 파란색 페인트가 쏟아져 내렸다. 배수구에 연결해 둔 50센티 길이의 구멍 뚫린 파이프는 샤워기 역할을 제대로 수행해서 그 아래를 지나는 좀비들 전체에게 골고루 충분히 페인트 세례를 퍼부어주는 중이다.

"랄라라, 랄랄라, 랄랄랄라라! 랄라라, 랄랄라, 랄랄랄라라~"

온통 파란색으로 뒤덮인 좀비들이 버스 아래를 빠져나오자 삼식이가 스머프 주제가를 흥얼거린다. 정말이지 흰 모자만 쓰지 않은 스머프들 수십 마리가 생겨났다. 스머프 좀비들이 걸어가는 자리에는 파란색 페인트가 뚝뚝 떨어진다. 한동안은 마르지 않고 흐를 테니까 저 파란 발자국만 쫓으면 놈들이 어디로 가는지도 파악할 수 있다.

"저기도 지나간다."

반대편 차선, 두 번째 욕조를 설치해 둔 트럭 아래의 좀비들도 트랩을 건드렸다.

좌악.

파이프에서 또 파란 페인트가 쏟아져 내린다. 세 번째 욕조까지도 모두 성공적으로 색깔 입히기에 돌입했다. 이제 이 무리의 녀석들은 파랑이라는 이름으로 불릴 것이고, 다른 놈들과 헛갈릴 일은 없을 것이다. 욕조 가득 들었던 페인트는 10분 정도 계속해서 흘러내리며 충실히 임무를 수행했다.

"너무 순조로워서 이상할 지경이네. 그다음은 무슨 일을 해야 하나요, 유빈 반장니~임?"

도로를 파란색으로 물들이며 멀어져 가는 스머프들의 뒷모습을 바라보며 삼식이가 물었다. 유빈은 도로를 흥건하게 적시며 흐르는 페인트를 보면서 중얼거렸다.

"다음은… 귀찮은 게 남았어. 욕조에 남아 있는 페인트, 신나로 닦아서 흘려 버리고 그다음에 또 트랩 원위치시켜서 막아두고, 새로운 색깔 페인트 붓고… 뭐, 그런 거지. 아, 그나저나 저 바닥에 흐른 페인트는 아깝기도 하고 귀찮네. 다음에 오는 새끼들이 저거 밟고 다니면 발자국이 헛갈릴 텐데. 젠장, 다음에는 저 아래에 비닐을 깔아둬야겠다. 그거만 치우면 되도록."

"아, 신나 냄새 머리 아픈데! 마스크를 써도 존나 독해."

세 친구는 투덜거리면서도 훌훌 털고 일어나서 다시 아래로 내려갔다. '나도 도울게' 라고 나서려는 태권소녀에게 보안관이 얼굴을 바짝 들이대며 고개를 저었다.

"다리 다 나을 때까지 힘쓰지 말라니까. 그리고 우린 이런 일에 익숙해서 초짜가 없는 편이 더 편해. 손발도 잘 맞고."

"그래, 좀 쉬어. 대신 이따가 밤에 보초 서면 되잖아."

유빈도 마음의 짐을 덜도록 거든다. 응석받이라는 게 이런 과정을 거쳐서 만들어지는 건가 싶어 찜찜하면서도 태권소녀의 내심은 그런 배려가 싫지 않았다.

"너희가 정 그렇다면 뭐……."

태권소녀가 쭈뼛거리며 말을 다 끝맺기도 전에 세 친구는 또 후다닥 계단을 뛰어 내려간다. 도로로 나선 유빈과 보안관, 삼식이는 고글과 마스크, 장갑으로 무장을 단단히 하고 신나를 흘려 욕조를 대강 닦아내고, 페인트 범벅이 된 도로에 대걸레질을 했다. 욕조 아래에 두꺼운 비닐을 깐 뒤, 테이프로 단단히 고정시킬 때쯤 다시 호각이 울렸다.

"하아~ 하아~ 옘병, 계단 오르내리기가 제일 힘들었어요. 하아~"

삼식이가 숨을 몰아쉬고, 유빈도 다리를 주무른다. 보안관은 땀을 뚝뚝 떨어뜨린다. 가만히 그 꼴을 구경하고 있던 규영이 근원을 뒤흔드는 질문을 던졌다.

"근데… 왜 이렇게 기를 쓰고 여기까지 올라와? 6층이나 되는 계단을 다 꾸역꾸역. 그냥 건물 안에 들어와서 아무 데나 피해 있으면 되는 거 아니야? 2층 구석방이나 그런 데에. 다른 건물에 숨어도 되고."

띠잉~ 문화 충격을 받은 세 친구는 서로 멍하니 얼굴을 마주 봤다.

이렇게나 단순한 문제였는데, 그렇게나 힘든 방법으로 풀어 나갔다니……. 고등학교 수학 시험 때 어차피 남는 시간에 확률 주관식 문제 하나 맞아보겠다고 검은 공, 흰 공을 100개씩 빼곡하게 그려놓고 하나하나 직접 대입해 봤던 이래 가장 멍청한 짓을 한 게 아닐까…….

"끄응~ 그러네. 다음부터는 2층에 숨어 있다가 내려가야겠다. 그러니까 이제부터는 좀비가 지나간 다음에도 호각을 불어줘. 삑삑— 짧게 두 번이면 되겠다."

삼식이가 수긍을 하며 아래로 내려가려 할 때, 보안관이 단호하게 반대를 표명했다.

"아니! 난 계속 여기로 올라올 거야!"

"왜? 종아리 더 굵어지고 싶어서 그래, 보안관? 지금도 무지하게 굵은데."

"바보냐? 그야 당연히 제니가 여기 있으니까 그렇지. 잠깐씩 얼굴 한 번 보고 가는 게 얼마나 소중하고 힘이 나는데. 저기를 봐. 저 예쁜 얼굴, 저 미소."

아우~ 보안관 오빠는 진짜… 어떻게 그런 말을 대놓고…….

제니가 민망해서 어쩔 줄을 몰라 하는 동안 유빈과 삼식이,

태권소녀의 시선이 서로 교차한다.

어처구니가 없다. 누가 누구더러 바보라는 거지? 정말 완전한 백 퍼센트 바보 천치 주제에…….

하지만 규영이만은 진지하게 보안관에게 동의하며 고개를 끄덕였다.

"어, 그건 맞는 말이라고 생각해. 단테도 말했어. 아름다움이 영혼을 깨워 움직이게 만든다. 나도 다리만 멀쩡했으면 이까짓 6층쯤 계속 오르락내리락했을 거야. 라푼젤이 기다리고 있는 탑처럼."

아니… 지금 뭔 소리야? 언제부터 계단을 오르는 게 사랑의 척도가 됐는데?

유빈은 이야기가 더 한심해지기 전에 상황을 정리했다.

"그래그래, 보안관은 기운이 좋으니까 여기로 와. 허약한 우리는 2층 구석에 짱 박혀 있을게. 호각이고 뭐고 불어줄 필요도 없네. 보안관이 내려오는 길에 우리 부르면 되잖아. 이걸로 끝! 됐지?"

"끝 좋아하네. 그냥 얘를 데리고 가서 같이 움직여. 저렇게 좋아서 미치려고 하는구만."

태권소녀가 웃고 있는 제니를 가리키며 한 겹의 지혜를 더 보탠다.

분분했던 의견은 결국 원래처럼 6층까지 오르락내리락하는 것으로 정리가 되었다. 그것도 제니와 태권소녀까지 더해서. 제니는 팀에 도움이 되기 위해 기꺼이 따라가겠다고 했고, 태권소녀는 자기만 쉴 수는 없다고 고집을 부렸다.

발목이 좋지 않은 여자까지도 그런다고 하는데, 남자인 삼식이와 유빈이 쏙 빠진다고 하기가 또 좀 그래서 결국 모두 뭉텅이로 움직이게 됐다. 사공이 많으면 배가 산으로 간다지만, 이건 도가 지나칠 만큼 이상하다…….

유빈은 뭔가 납득이 되지 않았다. 문제를 인식하고 상황을 개선하기 위해 아이디어를 모두 모았는데, 결론적으로는 더 악화되었다. 하지만 본인들이 좋다는데 누가 뭐라고 해봐야 아무 소용 없는 일이다.

그리고 사실 여기에 신입과 규영이 둘만 계속 덩그러니 놔둔다는 것도 마음이 좀 쓰이기는 한다. 아직 만난 지 얼마 안 된 사이니까 더 자주 얼굴을 마주하고 접촉해서 신뢰를 쌓을 필요가 있다…….

계단을 오르다가 허벅지와 무릎에서 불평이 터져 나올 때마다 유빈은 그런 생각을 하며 달랬다.

"자, 바짝 기합을 주고 일을 또 해볼까! 아냐, 아냐. 제니야, 제발 그거 만지지 마. 가시 박힐라. 손톱만큼이라도 다치면 오빠 화낼 거야!"

보안관은 듣는 제삼자조차 낯이 부끄러워 견딜 수가 없는 이야기들을 술도 안 마신 맨 정신으로 잘도 지껄이면서 쉬지 않고 페인트 통을 나르고 마개를 끼운 욕조에 부어 댄다.

두 번째 색깔은 보안관의 열정을 닮은 빨강이었다. 그리고 그다음은 검정. 시간이 갈수록 도로 위에는 여러 가지 색깔의 발자국들이 점점 더 어지럽게 늘어났다.

좀비들의 행진이 나타날 때마다 피하느라 몇 번을 오르락내리락하여 온몸이 땀에 흠뻑 젖은 대가로 그들은 세 개의 좀비 무리에 컬러를 부여해 줄 수 있었다.

그 뒷정리를 마저 하고 욕조에 네 번째 색깔인 노란색 페인트를 채워놓은 뒤 조금 여유롭게 올라왔을 때는… 정말이지, 온몸의 정기를 다 빨린 기분이 든다.

"으아… 벌써 다섯 시가 다됐어. 참도 못 먹었네. 뭐랄까, 힘은 엄청 들고 일도 많이 한 것 같은데, 따지고 보면 효율은 별로 안 났어. 하루 종일 준비해서 겨우 세 개 한 거잖아. 그사이에 지나간 놈들이 몇인데… 그 많은 걸 언제 다 하냐?"

페인트 색깔과 그 시간을 정리해 놓은 종이를 두드리며 삼식이가 한숨을 쉰다. 스포츠 음료 병나발을 불던 유빈이 달랬다.

"뭐, 기다리는 시간이 있으니까 그사이에 쉬엄쉬엄하는 거지. 너무 확 당겨서 바짝 일하다가 퍼지는 것보다는 이편이 나을지도 몰라."

"하하하, 너 진짜로 작업반장님 말투랑 비슷해졌다? 야, 삼식아, 유빈아, 이거 얼마 안 되니까 후딱 끝내고 오늘은 일찍 들어가서 쉬어. 반장님이 그렇게 말하면 이틀 꽉 찬 일거리였는데… 쉬엄쉬엄? 세상에 뭔 소리야? 프로 야구 전지훈련을 와도 이것보다는 널널하겠다. 어휴, 오늘 계단을… 가만 있어봐, 몇 번 오르내린 거야? 아침부터 한 열댓 번 왔다 갔다 한 거 같은데… 6층, 아니지, 1층은 빼고, 5층 곱하기 열댓 번이면… 이런 젠장! 63빌

딩 걸어서 올라갔다가 내려온 거잖아!"

삼식이는 주머니에서 전자 담배를 꺼내 뻑뻑 빨아댄다. 고개를 숙인 채 니코틴을 증발시킨 수증기라도 마셔보겠다고 애쓰는 그 모습이 너무 폼이 안 나서 더 불쌍하게 보인다. 검지와 중지 사이에 담배를 끼우고 간지 나게 연기를 흩날리던 과거의 모습은 어디로 가고, 이건 그냥 촌 동네 노인네다.

"아, 63빌딩이라는 말 듣고 나니까 더 아득해지는걸? 삼식아, 우리 계산하지 말자. 그리고 오늘은 저 노란색으로 시마이하고 밥 잘 챙겨 먹자. 그나저나, 그거… 피울 만해?"

"몰라, 그냥… 담배를 피우기가 껄끄러워서 이거라도 입에 물고 있는 거야. 사실 담배처럼 구수한 맛은 없지 뭐."

삼식이는 아직 낯선 전자 담배를 물끄러미 쳐다본다. 그냥 담배를 피우려면 선로로 올라가서 저 멀리 예전의 그 천막을 쳐뒀던 중랑천까지 한참을 걸어간 다음, 거기에서 피워야 마음이 편하다. 이 부근은 좀비들이 너무 자주 많이 다니니까, 혹시라도 다른 일행들에게 피해를 주게 될까 봐 두려운 것이다.

"맞아, 씨발. 이거 아무리 빨아봐야 계속 아쉬워. 좆같아."

덩달아 널브러진 신입도 전자 담배에 대한 불평을 늘어놓았다.

"들어온다! 들어와요, 누나!"

망원경으로 저 멀리 사거리를 주시하고 있던 규영이 좀비들의 출현을 알렸다.

그래, 착하기도 하지. 이렇게나 더운데 성실하게…….

좀처럼 움직이려 들지 않는 다리를 억지로 끌어당겨 일어선 제니가 칭찬과 함께 규영의 볼을 쓸어주다가 깜짝 놀랐다.

너무 뜨끈뜨끈해서 삶은 계란 같다. 직사광선을 오래 쐬지 않으려 모자도 써보고 여러모로 애는 썼지만, 어쨌든 하루 종일 지붕도 없는 옥상에서 한여름의 뙤약볕을 고스란히 받고, 거기에 더해 옥상의 복사열까지 뒤집어썼으니…….

제니는 너무 안타까워 휠체어에 앉은 규영의 얼굴을 가만히 안아주었다. 이 어린 녀석도 그 누구 못지않게 몸을 혹사해 가며 최선을 다해 함께 싸운 것이다. 힘든 티도 내지 않고…….

“어, 어… 어어~ 어!”

예상치 못했던 포옹에 규영의 얼굴은 더 빨갛게 달아올랐고, 벌어진 입술에서는 다양한 어조의 감탄사가 흘러나온다.

“야, 그만해라. 저러다 애 너무 흥분해서 코피 쏟고 죽겠다.”

태권소녀가 만류하기까지 몇 초간 행복한 남자가 되었던 규영의 가슴이 콩닥콩닥 뛴다.

누나, 저… 내일도 망 열심히 볼게요!

규영은 눈을 똘망똘망하게 빛내며 제니를 향해 웃는다. 제니는 얼른 수건에 물을 적셔 규영의 얼굴과 머리를 식혀주었다.

“어디… 해바라기반에는 어떤 친구들이 들어올 건가?”

좀비들이 노란색 페인트를 뒤집어쓰는 광경을 보기 위해 보안관도 난간까지 기다시피 하며 이동했다. 뱉어놓은 말이 있어서 끝까지 버티기는 했지만, 계단 오르기는 그에게도 정말 죽을 맛이었다. 특히 마지막 두 번의 왕복이 힘들었다.

“어? 근데… 저거, 저거 저러면 안 되는데?”

제니 덕에 에너지를 채워 망원경을 들고 있던 규영이 중얼거린다.

응? 뭔 소리야, 이 꼬맹이가?

멀리 보기 위해 눈을 가늘게 뜬 삼식이의 얼굴에도 당혹스러운 빛이 스쳐 간다.

"스머프들이잖아!"

"뭐?"

"스머프들이 또 왔어. 아까 파란 페인트 맞았던 새끼들… 야, 이놈들아, 욕심 부리지 말고 사이좋게 한 색깔씩 나눠 맞아야지……. 이러면 헛고생한 게 되잖아."

몽고 사람의 시력을 가진 삼식이가 안타깝게 중얼거린다.

하아~ 젠장.

작업해 놓은 게 다 물거품이 됐다는 걸 깨달은 유빈의 입에서도 욕설이 새어 나왔다. 기껏 선명한 노란색으로 다 세팅을 해 놨는데, 이미 파란색 목욕을 한 놈들이 그걸 또 엎어버리면 한 그룹이 두 색을 가져가 버리는 거다. 단순히 한 번 더 작업을 해야 한다는 것 외에 이제 파랑과 노랑은 변별력이 없어지니까, 또 새로운 색을 만들어야 하는 게 성가시다.

옥상의 안타까운 마음과 달리 무심히 트랩 아래를 지나가던 좀비들이 또 줄을 잡아당기고, 도르래가 방향을 바꿔 마개를 뺀다.

툭, 쭈르르르륵— 쫘이아악—

청소, 대기, 세팅. 도합 한 시간 가까이 걸려서 준비해 둔 노란색 페인트가 작은 폭포처럼 쏟아진다.

이번에 처음 페인트 세례를 받아 병아리처럼 노래진 좀비들도 있지만, 기존에 파란색으로 칠해져 있던 놈들 중 일부가 또 파이프 아래로 지나가자 파랑과 노랑이 어지럽게 섞인 이상한 놈들이 됐다. 그 꼴을 보며 삼식이가 탄식을 한다.

"으아! 예쁜 스머프들이 저렇게 얼룩덜룩이가 돼버렸어. 쯧쯧쯧."

얼룩덜룩이… 왜 그새를 못 참고 네놈들이 또 여기를 지나가가지고 우리를 헛고생한 걸로 만들어 버리냐, 이 웬수같은 새끼들아…….

한숨을 쉬던 유빈이 갑자기 번쩍 고개를 들고 말했다.

"아니다! 생각해 보니까 속상할 일이 아니었네! 오히려 기쁠 일이었어! 이제 처음으로 좀비 새끼들 색깔 칠해주느라 그 죽을 똥을 싼 효과를 보는 거잖아!"

"그건 또 뭔 소리래? 무슨 효과?"

팔짱을 끼고 있던 태권소녀가 시큰둥하게 물었다.

"저 스머프들이 몇 시간 만에 다시 한 바퀴를 도는 건지 알게 됐잖아. 삼식아, 아까 파랑색으로 칠한 게 몇 시야? 써놨지?"

"응, 어디 보자… 파란색은 두 시 육 분."

"그래. 근데 지금 다섯 시 십삼 분이니까 대충… 에, 그게, 세 시간 좀 넘게 만에 한 번씩 이리로 돌아오는 거잖아. 저놈들 걷는 속도 계산하고 거기에 시간 넣으면 재네가 반경 몇 킬로 정도 돌아서 여기로 오는지 대강은 알 수 있는 거라고. 그나저나

한 시간에 3킬로미터만 잡아도 세 시간이면 9킬로미터인데… 와, 쟤들, 엄청나게 멀리까지 돌아다니는구나."

그 말을 듣고 다른 멤버들도 새삼 깨달았다.

그래, 이 퀘스트는 각 좀비 그룹에게 선명한 색깔을 입히는 데 목적이 있는 게 아니었어. 대체 몇 개나 되는 그룹이 얼마나 자주 돌아다니는 건지 알 수 있도록 하는 거였지…….

거기에 생각이 미치고 나자 흉물스럽던 얼룩덜룩 무늬도 꽤 괜찮게 보였다. 기록 요원 삼식이도 기분이 긍정적으로 변해서 차분히 정리를 한다.

"음… 파노 얼룩덜룩, 2시 6분에 이어서 5시 13분. 좋아, 그러면 좀 있다가 빨강이나 검정이 또 지나갈 수도 있다는 말이네. 아니면 우리가 준비하는 사이에 같은 놈들이 두세 번 돌았을 수도 있고. 그야 정말 모르는 거니까."

"그러네. 내일은 저 새끼들 지난 다음부터 시작하면 이 짓 좀 덜해도 되나… 아이구, 다리야. 다리에 알 배기겠다."

긴장이 풀린 보안관의 입에서 자기도 모르게 진심이 흘러나오자 태권소녀가 콧방귀를 뀐다.

"뭐야? 남들이 다 2층까지만 간다고 했을 때 자기가 6층으로 오겠다고 고집을 피워놓고, 이제 와서 그런 약한 소리를 하다니. 흠, 허세였구만? 근데… 한 바퀴 도는 시간이니, 몇 그룹이니, 그런 게 그렇게 중요해? 나는 아직도 잘 모르겠어. 어차피 망을 보고 있으면 좀비들 멀리서 오는 거 알 수 있으니까 미리 시간을 정해두고 피하는 거랑 그렇게 다를 것도 없어 보이거든?

사람이 부족해서 망볼 인원이 없는 것도 아니고… 이까짓 게 이렇게 다들 무리해 가면서까지 할 만한 일이야?"

음, 마지막 얼룩덜룩이들과 병아리들이 노란색 발자국을 남기며 사라져 가는 걸 구경하고 있던 유빈이 태권소녀를 돌아보며 말을 골랐다.

"물론 색깔만 칠해놔 봐야 아무 소용 없지. 만약에 내가 최종적으로 바라는 게 뭐냐고 물어보는 거라면, 나는 저놈들이 여기로 지나다니는 간격을 조정하고 싶거든. 그래야 코스트코를 털든 어디를 털든 뭔가 행동을 해보지. 지금처럼 30분이 멀다 하고 좀비들이 지나다녀서야 어디 뭘 해볼 엄두가 안 나잖아. 그래서……."

"잠깐, 잠깐. 행진의 간격을 조정한다고? 그게 어떻게 가능해?"

"아, 뭐, 그거야… 다음 그룹이 올 때까지 한 팀을 붙잡아놓으면 되는 건데. 그러면 뒤의 놈들이랑 앞의 놈들이랑 뭉쳐져서 하나가 될 테니까."

태권소녀는 의심 가득한 눈으로 유빈을 보면서 고개를 저었다.

"그렇게 하면 두 놈들끼리 안 떨어지고 서로 붙어 다녀? 그렇게 해본 적이 있어?"

"아니, 안 해봤어. 우린 계속 도망만 다녔는데 뭐. 나도 확실하게는 몰라. 근데 저 많은 놈들이 애초부터 서로 우리끼리 꼭 뭉쳐 다니자, 하고 시작한 건 아닐 거 아냐? 상상해 보자면 이 동네에서 몇 마리, 저쪽 골목에서 또 몇 마리, 큰길에서 또 몇 십 마리, 이렇게 차근차근 불어서 저만큼 모여 다니는 걸 거잖아. 그러니까 시도해 볼 가치는 있다고 생각해서."

유빈은 평안한 얼굴로 떠들고, 보안관과 삼식이, 제니는 '봤지?' 하는 득의만면한 얼굴로 태권소녀를 마주 본다. 하지만 태권소녀는 아직 의문이 다 풀리지 않았다.

"그럼 처음부터 그렇게 묶어놓는 것부터 하면 되는 거였잖아? 뭐 때문에 색을 입히느라고 이 고생을 이틀이나 걸려서 한 거냐고? 어떤 색을 어떤 색과 묶어야 할지 궁합 보느라고 그러는 건 아닐 테고."

"누구와 누구를 묶는 게 좋을지는 중요한 문제이기는 해. 가능하면 자주 도는 놈들 위주로 붙여놔야겠지. 그래야 여차해도 별 손해를 보는 게 없으니까. 만약에 하루에 한 번 이 길로 지나던 놈들이 있었는데, 그놈들이랑 자주 도는 놈들을 붙여놨더니, 그 많은 것들이 두 시간에 한 번씩 여기로 지나간다고 생각해 봐. 지옥이지. 물론 내 생각에는 더 멀리 다니는 놈들한테 섞이면 그놈들을 따라서 같이 갈 것 같기는 한데, 확실하지는 않으니까. 그러니까 누가 누구인지 알아야 했고, 그걸로 주기를 파악하는 게 먼저였어. 또 그래야 제대로 합쳐졌는지 아닌지도 알아볼 수 있는 거고. 한 사나흘만 더 고생해. 그러면 대충 윤곽이 보일 거고, 8월에는 이 앞 도로도 좀 한산해져야지. 그 정도면 우리도 좀 숨통이 트일 거 아냐."

탈진해 죽을 것 같은 상황에서도 유빈은 기운 좋게 잘도 지껄인다. 태권소녀는 유빈과 그런 유빈을 믿고 아무 의심 없이 힘을 빌려주는 보안관의 넓고 단단한 등을 번갈아 바라보았다.

정말 이 녀석들을 믿어봐도 좋은 걸까?

검은 헬리콥터가 떠나 버린 그날 이후 완전히 닫혀 버렸다고 생각했던 그녀의 마음이 조금씩 흔들린다. 오후 다섯 시 오십 분. 여전히 태양은 아주 뜨겁게 타오르고 있다.

3

파라다이스 모텔로 돌아와 다 함께 저녁을 먹는 동안에도 달아오른 피부는 좀처럼 식지 않았다. 물수건으로 볕에 탄 얼굴과 목을 식히고, 눈두덩에도 대고 있어야 했다. 그래도 여전히 괴롭고 화끈거린다. 냉장고에서 꺼낸 시원한 얼음과 차가운 맥주 한 잔이 너무도 간절하다. 고된 하루를 보냈으니 잘 먹어야 한다는 걸 알지만, 지친 몸은 음식보다 수분만 찾게 만든다.

삼식이가 맥주 식스 팩을 가져와 규영을 제외한 모두에게 한 개씩 나눠 줬다. 맥주 양은 하루에 두 캔을 넘지 않기로 정해두었었다. 괜히 술독에 빠졌다가는 언제 죽는지도 모르는 채 저세상으로 갈 수도 있으니까.

"다들 고생했어. 쭉 들이켜고 내일도 힘내자."

맥주 캔을 든 유빈이 지친 목소리로 건배사를 할 때, 규영이 입맛을 다시며 중얼거린다.

"나도 한잔 마시고 싶다. 어차피 열다섯이면 다 큰 건데. 사실 여기 있는 사람들 다 지금 내 나이에 술 마셔봤잖아요."

'하긴 그러네. 미성년자고 뭐고 무슨 소용이야. 보호해 줄 안전망도 없는 세상에서……' 라고 말하며 캔을 뜯으려던 삼식이가 먼저 태권소녀의 눈치를 본다. 잠시 고민을 하던 태권소녀도 고개를 끄덕였다.

"뭐… 괜찮겠지. 그래, 너도 한 번 마셔봐. 많이는 안 되고, 딱 한 잔만."

칙— 태권소녀는 직접 캔을 따서 규영이에게 쥐어 줬다.

킁킁, 캔의 입구에 대고 냄새를 맡던 규영이 과감하게 한 모금을 꿀꺽 삼킨다. 그러고는 곧 얼굴을 찌푸렸다.

"어우, 이거 괜찮은 거 맞아? 쓰기만 한 것 같은데……."

"크큭, 뭐, 그래. 원래 그런 맛이야. 차가웠더라면 좀 더 나았겠지만. 마시기 싫으면 그건 나 주고 어린이는 콜라 마셔. 억지로 다 먹지 않아도 돼."

삼식이가 손을 내밀자 규영은 맥주를 감싸며 단호하게 도리질을 한다. 어렵게 얻은 음주의 기회를 그렇게 한입 만에 포기할 수는 없는 모양이다. 어차피 몇 모금 더 마시다 보면 제풀에 그만둘 테니, 다들 그냥 내버려 두었다.

"오, 이거 꽤 맛있다. 파만 있었으면 더 좋았을 텐데……."

초고추장에 무친 통조림 골뱅이를 집어 먹으며 보안관이 입맛을 다신다. 삼식이가 대강 쏟아붓고 만든 건데, 제니가 했던 요리들과는 비교조차 안 될 만큼 꿀맛이다. 하긴 요리라고 하기에는 칼질 한 번 없이 휘리릭 섞어 대충 버무린 것이긴 하지만.

어쨌든 골뱅이 무침과 햄, 김과 통조림 피클을 반찬으로 삼고

미지근한 맥주를 반주로 하는 저녁은 꽤나 그럴듯했다. 좀비 세상이라는 것을 감안할 때, 이 정도면 임금님의 밥상급이다. 다들 열심히 먹고 있다. 이런 환경에서는 잘 먹는 것도 다 경쟁력을 기르는 일이다.

"너, 좀 괜찮아졌니? 아까 얼굴 엄청 뜨거웠는데……."

제니가 손등으로 규영이의 볼을 짚어본다. 후끈후끈한데 이게 열이 아직도 식지 않은 건지, 아니면 술기운이 오르는 건지를 모르겠다.

후후후… 규영이가 빙글거리며 웃는다.

"헐, 저 멀쩡해요. 근데 제니 누나, 안 더워요? 시원하게 반바지로 갈아입으세요. 반바지 입으면 오우~ 이히힛, 시워~언해져요. 후후후."

아, 제니는 고개를 끄덕였다. 다행히 이 열기는 술기운 때문인가 보다. 몇 모금 마시지도 않았는데…….

"차에 가서 에어컨 쐬다 오고 싶다. 담배도 마음대로 피우고. 응? 야, 가자. 갔다 올까?"

신입이 꾀어봤지만 삼식이는 단호하게 고개를 저었다. 그 먼 데까지 걸어갔다 올 생각만으로도 탱탱 부은 다리가 아파오는 기분이다. 계단을 오르락내리락하는 것은 이제 진저리가 난다. 그리고 밤에는 가급적 움직이지 않는 편이 낫다.

아홉 시가 넘어가자 도시는 순식간에 어둠 속에 묻혔다. 조금 전까지 불그스름한 노을 속에서 자신의 윤곽을 드러내던 건물들도 이제는 캄캄한 그늘과 하나가 되어 시야에서 사라졌다.

파라다이스 모텔 303호에서도 랜턴을 켜고 창문에 커튼을 쳤다. 앞뒤로 창문을 모두 열어놓고 바람을 맞아도 덥던 판에 문을 닫으니 순식간에 공기는 후끈해진다. 태권소녀가 빛이 새어 나가는 걸 워낙 질색하고 싫어했기 때문에 다들 따라주는 수밖에 없었다.

"근데, 꼭 이렇게까지 해야 돼? 며칠 동안 아무도 안 오더구만."

손으로 부채질을 하며 삼식이가 찡얼거리자 태권소녀가 단호하게 대꾸했다.

"네가 지금 사람 무서운 걸 안 겪어봐서 하는 말이지."

태권소녀는 몸서리를 치며 중얼거렸다.

"좀비보다 사람이 더 무서울 때도 있어. 더 잔인하고… 더 징그러워."

그녀의 말에 일행들은 길에 매달려 있는, 그 사타구니가 날아간 남자의 모습을 떠올렸다. 한 사람을 그렇게 잔인하게 죽이고, 그것으로도 모자라 보란 듯이 길거리에 걸어 전시를 하는 상황.

분명 잔인한 일이다. 도대체 그는 어떤 잘못을 저질렀기에 그런 신세가 돼버린 걸까? 처음 만나 시비가 붙었을 때 화두가 되었던 이름이 떠오른 유빈이 물었다.

"그… 민철이인지… 인철인지 하는 놈? 걔네가 그렇게 무서워?"

"뭐, 걔네뿐만은 아니야. 언제든지 사람들이 기어 들어올 수 있으니까. 그러니까 이렇게 매일 나가서 망을 보는 거잖아."

보안관이 주섬주섬 일어나 나갈 준비를 한다.

"오늘은 내가 먼저 나갔다 올게. 좀 쉬고 있어."

며칠 동안 늘 유빈이 제일 먼저 보초로 나가서 초저녁부터 새벽까지 버텼고, 덕분에 가장 잠자는 시간이 적었다. 계속 그렇게 하도록 놔둘 수는 없다.

"괜찮겠어? 피곤할 텐데."

유빈의 말에 보안관은 당연하다는 표정을 짓는다.

"피곤한 거야 다 똑같지. 만날 너만 무슨 죄로 그 고생을 하냐? 오늘은 내가 총대 멜 테니까 한잠 푹 자고 일어나서 나와."

"그럼 같이 가자. 그리고 이제부터는 나도 보초 보는 멤버에 끼워줘."

태권소녀도 자리에서 일어난다. 윽, 보안관이 곤란한 표정을 짓는다. 친한 사이도 아니고, 워낙 틱틱거리는 성격이라 아직까지 단둘이만 있는 건 좀 불편하다. 하지만 그걸 또 대놓고 말하기도 어려운 사이라서 그저 쭈뼛거릴 수밖에 없다.

그런데 이건 꽤나 의미 있는 사건이기는 했다. 늘 규영이만 싸고돌던 태권소녀가 처음으로 다른 사람들에게 그 애를 맡기고 밤에 밖으로 나가는 거니까. 이제 아주 작게나마 신뢰가 쌓였다는 증거다.

"잠깐, 이거. 둘 다 이 배낭 메고 가."

유빈이 표준 장비가 든 배낭을 두 사람에게 건넨다. 언제 어디를 얼마나 가 있을 계획이든 간에 무기와는 별도로 기초 생존 장비는 꼭 몸에 지니고 있어야 한다. 예전에 제니와 함께 경전철역을 오를 때, 라이터를 가져가지 않아 그 어둠의 긴장을 온몸으로 느끼면서 아주 절감을 했던 바다.

"그, 그럼 가, 갈까?"

태권소녀와 단둘이서 몇 시간 동안 보초를 설 생각에 눈앞이 깜깜해진 보안관이 로봇처럼 뻣뻣한 말투로 물었다. 보초를 함께 설 짝꿍이 제니였다면 더 바랄 게 없었을 테고, 하다못해 신입만 됐어도 눈치는 보지 않을 수 있었는데…….

보안관과 태권소녀는 파라다이스 모텔의 뒤쪽, 비밀 문을 통해 밖으로 나왔다. 길을 걸어갈 때에도, 가발 가게 건물 옥상에 설치해 둔 플라스틱 의자에 앉아서도 둘 다 거의 말을 하지 않았다.

큼, 어흠, 큼, 큼… 어색하게 헛기침만 계속 나온다.

잠시 후, 코가 뻥 뚫리는 악취를 앞세우고 좀비들이 나타났다. 두 사람은 쥐 죽은 듯 가만히 앉아서 좀비들의 행렬이 지나가기를 기다렸다. 어쩌면 페인트가 묻은 놈들인지도 모른다. 물론 밤이어서 분간이 되지는 않지만.

"야."

어둠 속에 잠긴 도로를 거의 30분 동안 잠자코 노려보던 두 사람 사이에서 처음으로 의미를 가진 목소리가 울렸다.

응? 왜?

보안관은 태권소녀 쪽을 돌아봤다.

"한잔 더 할래?"

태권소녀가 배낭에서 맥주 캔을 꺼내 흔든다. 뭐, 목이 칼칼하기도 하고, 이걸 마셔도 아직 두 병째니까 정해놓은 규칙을 어기는 건 아니라서 보안관은 흔쾌히 받았다. 몇 모금을 들이켜다가 보안관이 물었다.

"근데 너희 분위기 희한하다? 굉장히 엄한 것 같으면서도 술 마시는 것에는 의외로 너그럽네?"

"우리 분위기라는 게 무슨 소리야? 나랑 규영이밖에 없구만."

태권소녀도 의자에 기대앉아 맥주 캔을 기울이며 대답한다.

"아니, 그래도… 최소한 맥주랑 소주 같은 걸 다 챙겨놨잖아. 반주로도 마시고. 전에 길에서 만났을 때 이야기해 보고 완전… 그 뭐냐, 수도원처럼 빡빡할 거라고 상상했었는데."

훗, 태권소녀가 어이없다는 듯 웃었다. 죽음이 가까이 있다고 느끼는, 좌절한 청춘 남녀들 20명이 넘게 모여 살았는데 술과 이성 교제가 통제되었다면 그게 더 이상한 일이다. 자기 당번 업무에 지장을 주거나 남에게 피해를 주는 정도만 아니면 다들 적당히 취한 채로 살았었다. 그러지 않고는 견딜 수가 없었으니까.

그래서 그녀에게는 이 새로 만난 집단의 문화가, 이해가 안 갈 만큼 순수한 척하는 그 도덕적인 태도가 이질적으로 느껴졌다. 수도원 운운한다면 오히려 얘네들 쪽이다. 따라서 분명 그들이 아직 가면을 쓰고 있는 거라는 의심을 버릴 수가 없는 것이다.

오늘 그녀가 보안관을 따라 나와 맥주를 권한 것은 다 따로 꿍꿍이가 있는 행동이다. 이 녀석들의 선량한 얼굴 뒤에 감춰진 바닥을 보고 싶었다.

"…너, 제니 좋아하지?"

태권소녀가 대화의 맥락에서 벗어난 질문을 던졌다. 그걸 물어보는 표정이 진지해서, 그게 오히려 더 웃음이 난다. 보안관은 질문자를 힐끗 돌아보고 대답했다.

"허, 굳이 그렇게 물어봐야 알 수 있을 만큼 내가 티를 안 내는 줄은 몰랐네. 며칠이지만 같이 지내는 동안 봤으니까 알잖아."

"그런데 어떻게 참아? 그렇게 좋아하는 사람이 바로 옆방에 잠들어 있잖아. 그게 가능하냐고?"

우와, 이게 지금 무슨…….

보안관은 태권소녀의 얼굴을 뚫어져라 쳐다보았다. 달빛에 비쳐 보는 거라 확실하지는 않지만, 그리 술기운이 오른 것처럼 보이지도 않는다.

"야, 너 취했냐? 난 있지, 제니 처음에 TV에 나올 때부터 왕팬이었지만, 올해 7월 14일 이전까지는 그저 먼 하늘에 떠 있는 별이었어. 그래도 나는 잘살았고. 그런데 이제 와서 굳이 못 참을 이유가 뭐야? 무슨 질문이 그러냐?"

"하지만 지금은 바로 옆에서 보잖아. 상황이 달라졌다고. 손만 뻗으면 만질 수 있는데?"

듣기에 기분 좋은 질문은 아니지만, 보안관은 태권소녀가 진지하다는 걸 깨달았다. 아마 오늘 밤 대화를 통해 뭔가 확실히 해두려는 모양이다.

아니… 세상에 말만 번지르르하고 실상은 좆같은 새끼들이 얼마나 많은데, 굳이 그걸 말로 물어보겠다는 생각을 한 거지? 야, 인마. 평소 행동을 보라고, 행동을!

보안관은 속으로 한숨을 쉬었다. 이 혜주라는 사람… 순진하다고 해야 할지, 아니면 직선적이라고 해야 할지 알쏭달쏭한 성격이다.

"너, 있지… 할 수 있는 일과 해도 되는 일의 차이에 대해서 생각해 본 적 있어?"

"뭐?"

보안관이 갑자기 진지해지자 태권소녀가 당황스러워한다. 그러거나 말거나 보안관은 자기 할 말을 계속했다.

"나도 고등학교 1학년 때까지는 그 두 가지를 구분 못했어. 어린 마음에 그냥 '내가 이런 걸 할 수 있구나' 라든가, '이런 게 되는 구나' 싶어서 감탄하고 오버하는 경우가 훨씬 많았지. 뭐, 그래봐야 대부분 투닥거리고 싸움박질하는 거였지만……. 하여간 그러다가 어느 날 내가 할 수 있는… 아주 쉽게 할 수 있는 어떤 일을 했는데… 그 결과를 보자마자 갑자기 후회가 존나게 밀려오더라고. 그때는 왜 그런 기분이 드는 건지를 이해할 수가 없었어. 그냥 '이게 뭐지? 기분이 왜 이렇게 더럽지?' 하는 정도였지. 하여간 사람들 얼굴을 볼 기분이 아니어서 밤늦도록 집에도 안 들어가고 동네 구석에 짱 박혀서 고개만 푹 수그리고 있었지. 그때, 삼식이가 나를 찾아왔더라고."

"삼식이? 멀대 말하는 거야? 머리카락 찰랑거리는 개?"

"그래. 어릴 때부터 친구였다고 했잖아. 한참 아무 말 없이 옆에 앉아 있다가 삼식이가 지금 내가 너한테 물어봤던 거랑 똑같은 걸 물어봤어. '보안관, 할 수 있는 일과 해도 되는 일의 차이를 알아?' 뭐, 이러면서. 그래서 나는 '몰라, 개새끼야. 뭔 개 소리야?' 라고 대답했고. 기분이 더러웠거든. 그랬더니 삼식이는 그냥 하하하, 하고 웃었지. 한 20분 정도 지난 다음에 내가 궁금증을 못 이기고 먼저 물어봤어. '그게 뭔 차이가 있는데? 뭔 말을 하고 싶었어?' 이렇게."

"걔가 하는 조언을 진지하게 들었다고?"

태권소녀는 도무지 이해할 수 없다는 표정을 지었다. 보안관은 고개를 끄덕였다.

"그래, 네가 무슨 생각 하는지 알아. 삼식이 새끼 싱겁지. 근데 가끔 도인 같은 소리도 곧잘 하거든. 하여간 그날 삼식이가 한 말은 이랬어. '할 수 있는 걸 다 하는 건 사람이 아니라 짐승이다. 그런 사람이 가진 힘이 클수록 세상은 좆같아진다. 예를 들어 원숭이한테 총을 쥐어 줬다고 생각해 봐라. 어떤 꼴이 나겠냐' 라고. 그래서 내가 '그럼 해도 되는 일만 하라는 의미야?' 라고 물어봤더니, 그건 또 온전한 사람이 아니라 노예래."

"뭘 어쩌라는 거야? 둘 다 별로잖아."

태권소녀가 짜증을 내자 보안관이 맞장구를 쳤다.

"나도 똑같이 말했었어. 그랬더니 삼식이가 씩 웃으면서 그러는 거야. '그래, 맞아. 둘 다 별로야. 그러니까 우리 스스로 그 중간을 찾아야 돼. 행동을 하기 전에 할 수 있는 일 중에서 뭘 해도 되고, 뭘 하면 안 되는 건지를 미리 생각해 둬야 한다고. 남들이 해도 된다고 말하는 게 아니라 내 마음에서 해도 된다고 허락 받은 일만 하면 된다고. 그게 사람답게 사는 거라는 거고. 그러다 보면 사람으로서의 내 가치가 정해지는 거야.' 라고 하더라고."

"참내… 그게 뭐야? 다들 그렇게 하면서 살고 있지 않나?"

"뭐, 정말 그렇다면야 내가 더 할 말은 없지만, 좌우간 나한테는 그게 꽤 충격적인 말이었어. 너는 자꾸 삼식이를 싱겁니, 멀대니, 바보 취급 하는 것 같은데, 내 친구들이라서가 아니라 유빈이도 그렇고, 엄청 괜찮은 놈들이야. 삼식이 새끼도… 어쩌면 마음씨가 얼굴보다 더 잘생겼을걸? 그래서 그날 이후 할 수 있는 일과 해도 되는 일에 대해서 고민을 많이 했지. 복잡한 것 같았는데, 의외로 단순한 걸 수도 있더라고. 하고 싶은 일에는 좀 더 엄격해지면 돼."

현자처럼 중얼거리는 보안관을 보며 태권소녀는 속으로 '그렇게 고민을 많이 했는데 그 결과가 이렇게 성질이 지랄 맞아진 거야?' 라고 생각했다. 하지만 말싸움을 하려는 게 아니니까 굳이 입 밖에 내지는 않았다. 대신에 다른 걸 물었다.

"그래서? 밤에 제니 방에 들어가는 건 할 수 있는 일이기는 하지만, 해도 되는 일이 아니니까 안 한다, 그 이야기인 거네?"

보안관은 고개를 끄덕였다.

"맞아. 나는 기관총을 든 원숭이이고 싶지는 않거든. 그런 게 될 바에는 차라리 평범한 제니 광팬의 하나로 남는 편이 천 배는 더 좋다고 생각해. 먼발치에서 바라보고 마는……."

"아, 얘 짜증 나는 스타일이네. 너 말이지, 여자랑은 어떻게 사귀어? 늘 이런 식이었어? 혼자 막 좋아하다가 제풀에 지쳐서 포기하고 그러는… 아니, 설마 여자 한 번도 사귀어본 적 없냐?"
"뭐래? 야! 나 여자들한테 인기 많… 후우우~ 인기가… 없지는 않았어."
"그럼 간단하잖아. 바로 옆에 있겠다, 정식으로 물어보면 되는 거 아니야? '야, 제니야. 우리 사귈래?' 만약에 제니가 그러자고 하면 그때부터는 눈치 볼 것 없잖아? 이도저도 아니고, 지금 뭘 하자는 거야?"
쯧쯧, 보안관이 한심하다는 시선으로 태권소녀를 바라보며 혀를 찼다.
"바로 그게 하면 안 되는 일이야, 인마. 야, 생각을 해봐. 지금 제니는 나보다 약한 상태야. 그리고 걔 마음속에는 나한테 신세를 지고 있다는 생각이 있다고. 그런데 내가 '우리 사귈래?' 라고 해봐. 걔는 그냥 보답하는 의미로 그러자고 할 거 아냐. 어쩌면 그냥 거절하기가 무서워서일 수도 있고……. 그런데 나는 그런 것도 모르고 연인들끼리 하는 행동을 하려고 들면… 어우, 젠장. 그 생각만 하는데도 좋기는 하네……. 하지만 안 돼! 그런 짓이 바로 안 되는 거라고! 절벽에 매달려서 살려 달라고 소리 지르는 사람한테 '나를 어떻게 생각해?' 라고 물어보는 거랑 뭐가 다르냔 말이야. 당연히 좋은 소리 하겠지. 하지만 그게 정말 진심이라고 생각할 수 있어?"
뭐지, 이 고릴라? 인생을 왜 이렇게 복잡하게 살지?
태권소녀는 열변을 토하는 보안관의 얼굴을 가만히 쳐다보며 물었다.

"그럼, 너는 평생 제니를 못 사귀겠네? 언제 고백을 할 건데?"

"그야 간단하지. 내 도움이 없어도 제니가 아주 편안하게 살 수 있을 때, 예를 들어 좀비 세상이 끝나고 우리가 다 원래 살던 동네로 돌아가서 자기 하던 일을 할 때, 그럴 때 고백할 거야. 그것도 곧바로 고백을 하면 꼭 본전 생각 하는 것처럼 보이니까 안 되고, 적당히 시간이 지난 다음에."

태권소녀는 고개를 저으며 보안관에게 내뱉었다.

"도 닦고 앉아 있네. 내가 볼 때, 너 그런 식으로 행동했다가는 평생 제니 못 사귀어. 이제 네 친구 새끼들이 중간에 확 낚아채서 재미 실컷 다 보고 '헤헤, 미안. 난 네가 관심 없는 줄 알았어' 이딴 소리나 듣게 될 거다. 등신."

열이 확 오르는 소리였다. 남자가 이딴 식으로 지껄였으면 곧바로 죽통을 돌려 버렸겠지만, 여자니까 그보다는 지적으로 문제를 해결해야 한다. 보안관은 꽉 쥐어지는 주먹을 억지로 펴면서 침착함을 가장하고 웃었다.

"하… 하하, 내 친구들… 그런 애들이 아니라니까? 걔들… 아니다, 걔들까지 갈 것도 없어. 삼식이랑 제니는 이미 궁합이 안 맞으니까 제외하고, 유빈이 걔는 나보다 더 '해도 되는 일'에 관심이 많은 애라고. 그러니까 그런 쓸데없는 걱정은 관둬."

억지로 웃어 보려는데 눈이 자꾸 치켜 올라가려고 하고, 가짜 미소를 짓는 입꼬리는 경련이 나는 것 같다. 그래도 보안관은 꾹 참았다. 그러고는 말했다.

"이 정도로 민감한 문제를 물어보는 걸 보니, 우리… 그래도 꽤 친해진 거 맞지?"

"뭔 소리를 하고 싶어서 그렇게 징그러운 표정을 짓고 있냐? 뭐, 그래. 처음 만났을 때보다는 친해졌지."

태권소녀는 맥주의 마지막 한 모금을 들이켰다. 그러자 보안관은 길거리의 매달린 남자를 가리키며 물었다.

"저 아저씨가 왜 저 꼴 났는지 물어봐도 될 만큼 친해졌냐?"

흠, 태권소녀는 거시기가 날아간 남자의 시체를 잠시 바라보다가 되물었다.

"너 사람 죽여봤어?"

그러고는 곧바로 덧붙였다.

"아니다, 아니다. 그랬을 리가 없지. 해도 되는 일이니, 할 수 있는 일이니 따지고 있는 놈이 그런 일을 해봤을 리가 없지. 다시 물어볼게. 잘 생각하고 대답해. 너, 사람 죽일 수 있어?"

"반쯤 죽여놓은 적은 여러 번 있긴 한데……."

"그런 거는 안 돼. 정말로 숨을 끊는 거야."

태권소녀의 말에 보안관은 잠시 고민해 봤다. 그러고는 물었다.

"…얼마나 나쁜 새낀데?"

"뭐, 아주 나쁜 새끼라고 해도 상관없어. 네가 제일 싫어하는 어떤 일을 한 새끼라고 하면 상상하는 데 도움이 될까? 예를 들어 제니를……."

"됐어, 거기까지. 더 말하지 마. 당연히 죽일 거야."

보안관은 태권소녀의 말을 막고 대답했다. 태권소녀는 씁쓸한 표정을 지으면서 일어나 난간에 몸을 기댔다.

"그렇지? 죽일 수 있을 것 같지? 하지만 말이야, 아주 반 죽여놓는 것까지는 그렇게 어려운 게 없거든? 화가 나서 턱을 돌리고, 옆구리를 차고… 근데 나머지 절반이 정말 어려워. 완전히 뻗어서 움직이지도 못하는 상대가 질질 짜고 막 빈단 말이야. 살려 달라고, 제발 살려 달라고… 그러다가 이런 말을 하는 거야. '너 이거 오해야. 난 그런 적 없어. 나를 죽인 다음에 네 생각이 틀린 걸 알면 어떡하려고 그래? 그때 후회해 봐야 돌이킬 수 없단 말이야!' 그런 소리를 듣잖아? 그러면 정말로 무서워진다? 그런데 옆에서는 약한 애들이 막 또 편이 갈려서 소리를 질러대. '죽여! 죽여! 죽여야 돼!' 이러는 게 반이고, '안 돼, 혜주야! 그냥 놔둬! 그럴 가치도 없어!' 이러는 게 반이야. 저기 저 개새끼는……."

태권소녀는 돌아서서 보안관을 보며 잠시 말을 멈췄다. 그러고는 한숨과 함께 이야기를 이었다.

"후우~ 그렇게 우유부단하던 내가 만든 비극이야. 내 손으로 죽여 버렸어야 할 놈을 다른 사람에게 넘겨 처리하면 그때는 잠시 편하고 좋지만, 그 뒤에 치러야 할 대가가 만만치 않더라고. 그러니까 너도 미리부터 준비를 해둬. 우리는 이제 뭐든지 스스로 해야 하는 상황이야. 사람을 죽이는 것도… 그걸 못하는 사람은 결국 손해를 보게 되는 거라고. 너희들이 아무리 똑똑한 척을 해도 그러지 못하면 반푼이일 뿐이야."

태권소녀의 차가운 조언을 들으면서 보안관은 생각했다. 사람 모양을 한 좀비들은 정말 무지하게 많이 죽였다. 하지만 말을 하고 숨을 쉬는 사람을 죽이는 일은 좀비의 대갈통을 부수는 것하고는 또 꽤나 다를 것이다. 그런 생각을 하던 보안관은 유빈의 일이 떠올랐다.

약국 옥상에 삼식이와 둘이 고립되어 있을 때, 제니와 함께 자신들을 구하러 왔던 유빈. 녀석은 그날 두 명을 죽였다고 했다. 그때에는 그걸 그리 심각하게 받아들이지 않았었다. 어차피 그 며칠 동안 사람 모양의 좀비들을 어지간히 박살 냈으니까.

하지만 지금 이야기를 듣고 보니 그 두 가지는 꽤나 큰 차이가 있는 일인가 보다. 태권소녀는 거꾸로 매달린 남자의 시체를 향해 경멸 어린 시선을 던지면서 말했다.

"저 새끼는 저 건너편에 있는 스마일 마트 본사에서 파견 온 간부 직원이었어. 그리고 초기 우리 생존자 중에는 스마일 마트에서 일하던 애들이 꽤 많았고. 웃기는 게 뭐냐면, 걔들이 대부분 저 새끼한테 잘 보이고 싶어서 하늘처럼 받들더라는 거야. 차장님, 차장님, 이러면서……. 걔들도 아마 이 좀비 세상이 금방 끝날 거라고 믿었던 거겠지. 그러니까 이럴 때 점수를 따두면 나중에 혹시 저 거지 같은 새끼가 무슨 줄이라도 되어줄 거라고 생각했던 모양이고. 참… 역겨운 이야기지. 하여간 그래서 저 새끼 주변에 파벌 같은 게 생겼었고, 저놈은 아무것도 안 하는 주제에 이래라저래라 명령을 하더란 말이지."

"그런 놈들 있지. 갑질 좋아하는 새끼들. 사실 그냥 있는 정도가 아니라 존나 발에 채일 정도로 많아. 그런데 그것도 다 옛날이야기지. 이 지경이 된 다음에는 왜 휘둘러? 월급이 나오는 것도 아니고, 참 답답하네."

보안관이 고개를 끄덕이며 마치 징그러운 걸 본 듯한 표정을 짓는다. 태권소녀는 씁쓸하게 웃었다.

"너같이 말하는 사람들도 있기는 했는데, 몇 명 안 됐어. 다들… 저 망할 놈이 많이 배웠고, 사회적으로 지위도 조금 있었으니까 뭔가 남들보다 나을 거라고 기대를 했던 것 같아. 훗, 한심한 이야기지. 그 새끼, 점점 더 나쁜 일을 많이 했어. 멍청한 짓거리로 사람들 사지로 몰아넣은 적도 여러 번이고, 나중엔 여자애들 꾀고 협박해서 반강제로 못된 짓도 했지. 그걸 알게 된 나랑 경순이 언니가 끌어내 족쳤어……."

쨍그렁— 텅— 텅—

갑자기 시끄러운 소리가 나는 바람에 이야기가 끊겼다. 보도 안쪽이었다. 두 사람은 거의 동시에 창밖으로 얼굴을 내밀고 플래시를 켜 소리가 난 방향을 좇았다. 플래시를 비춘 자리에는 후다닥 뛰어가는 개들의 모습이 스쳐 지난다.

무리 지어 다니는 개들이 빈 페인트 통을 자빠뜨리고 지나간 모양이다.

으르르르, 덩치 큰 놈 한 마리가 보안관과 태권소녀를 향해 돌아서서 잇몸이 보일 만큼 이빨을 드러내며 으르렁거리다가 어디론가 도망가 버렸다.

들개 무리는 몸집이 꽤 크고 기세도 사나워서, 저쯤 되면 애완용이라는 말이 무색해질 지경이다. 아무리 무기를 들고 있다 해도 서너 마리 정도만 한꺼번에 덤벼든다면 엄청난 위협이 될 것이다.

음식 쓰레기를 신경 써서 버린다고 나름 애는 쓰지만, 동네 전체의 모든 냉장고와 찬장 청소를 다 하지 않는 이상 개들은 계속 주변을 배회할 수밖에 없다. 물론 저 많은 걸 거둬 키우는 건 더 안 된다. 사람 마실 물도 부족한 판국이니까.

"우와, 삼식이 새끼, 담배 피우러 갈 때 조심하라고 해야겠네. 저것들 요새 더 바짝 마른 것 같은데… 게거품도 좀 문 것 같고… 그랬지?"

개라는 것을 확인하고 나서 마음을 놓은 보안관과 달리 태권소녀는 아직도 야구 배트를 꽉 움켜쥔 채 숨을 씩씩거리고 있다. 외부인에 대한 두려움이 굉장히 큰 모습이다. 보안관은 플래시를 끄면서 말했다.

"근데 너한테 또 검은 헬리콥터 이야기 꺼내서 미안하지만, 생각해 보면 인철이인지 뭔지를 포함해서 이 근처에 있던 다른 사람들도 전부 그놈들한테 끌려가지 않았을까? 여기만 콕 찍어서 내리지는 않았을 테니까 말이야. 그러니 이렇게 불안해하지 않아도 될 것 같은데……. 아, 맞다. 그리고 그날, 저기 아래쪽 중화동에서 총소리랑 비명이랑 같이 울렸었구나. 그놈의 휴대폰 영상에만 정신이 팔려서 그건 까맣게 잊고 있었네……."

"총소리에 비명? 그게 무슨 일이었는데?"

태권소녀가 갑자기 큰 관심을 보이며 물었다.

"헬리콥터가 어떤 건물 위에 떠 있고, 거기 옥상에서 그 두 가지 소리가 같이 들렸었거든. 우리한테 핸드폰 준 아저씨는 피를 질질 흘리면서 도망 나오고… 와, 생각해 보니까 그냥 전쟁터였네. 젠장, 소름 끼쳐."

"그래서? 그 위에서는 무슨 일이 났었던 건데? 올라가 봤어?"

"아니… 이런 상황에서 누가 총소리 난 데를 굳이 쫓아가서 보겠냐? 뭔 일이 있을 줄 알고 그런 데를… 그랬다가 괜히 눈먼 총알이나 맞지. 그냥 그런 일이 있었다, 까지만 아는 거지. 게다가 좀비들이 쫓아오는데 한가하게 그 옥상을 오르락내리락할 시간도 없었고. 왜? 인철이라는 애들이 그 근방에서 살았어?"

"아니… 걔들 어디에 숨어 있는지 전혀 몰라. 그 정도만 알았어도 이렇게까지 불안하지는 않을 거야."

태권소녀는 어둠 속에서 눈을 빛내며 중얼거린다. 그 기세를 보아서는 얘가 며칠 내로 그 동네에 다시 한 번 가보자고 할 분위기다.

아, 귀찮은데… 거기 좀비들 사는 아파트도 있고…….

그 아파트 단지를 지나고, 길거리의 좀비들을 다 처리한 다음에 건물 옥상까지 올라가고, 거기에 분명히 있을 피바다와 시체들을 눈으로 볼 생각에 보안관은 벌써부터 골이 지끈거리는 것 같다. 하지만 새로 얻은 동료가 부탁을 한다면 거절할 만큼 모질지도 못하니까… 결국 가게 될 것이다.

후우~ 보안관은 제풀에 지쳐서 한숨을 쉬었다.

"왜, 너도 불안해?"

태권소녀는 그 한숨을 엉뚱하게 받아들인 모양이다. 보안관은 도리질을 했다.

"아니, 불안하기는. 그까짓 놈들 떼로 덤벼봐야 탁, 하고 팍! 해서 주먹 몇 방 날리면 그냥 끝이야. 껌이지. 그보다 저기… 아까 저놈 이야기를 하던 중이었는데……."

보안관이 거꾸로 매달린 남자를 가리키자 태권소녀는 이야기를 다시 시작했다.

"뭐, 한심한 이야기야. 저놈 붙잡아서 한참 두드려 팰 때까지는 좋았는데, 그다음이 막막하더라고. 후후, 경찰에 넘길 수 없다는 게 그렇게 곤란한 일인 줄 몰랐어. 내 손으로 체포도 하고, 판결도 하고, 사형 집행까지 다 해야 하더란 말이지. 당사자인 저 새끼는 막 울부짖지, 옆에 편드는 놈들은 이제 그만하라고 하지, 쌓인 게 있는 사람들은 빨리 죽이라고 하지… 머릿속이 전부 하얗게 지워지는 느낌이었어. 그때, 갑자기 인철이가 나서더니 들고 있던 칼로 저놈 배를 사정없이 찔렀어. 몇 차례나… 바닥이 피범벅이 되는데도 인철이 놈은 아무렇지도 않은 얼굴로 나를 보면서 '야, 너는 사람들을 위해서 이까짓 걸 못해? 네가 대장하면 안 되겠다. 그렇게 물러 터져서 뭘 하겠냐?' 라고 하는 거야. 그러고는 씨익 웃었지. 그 순간에 서열이 바뀌었고, 인철이가 리더가 된 거지."

"거참, 짜증나는 새끼네. 근데 이미 죽은 놈 거시… 시타구니에 총은 왜 쏜 거야?"

"인철이는 경고를 해줘야 한다고 하면서 죽은 남자를 거꾸로 매달아놓고 온갖 짓을 다했어. 칼로 찌르고, 총으로 쏘고, 오줌도 갈겼지. 웃기는 건 뭐냐면, 인철이 그놈도 스마일 마트에서 일하던 패거리 중 하나였다는 거야. 처음에는 그 차장한테 잘 보이려고 온갖 아부를 다 하던 놈이 갑자기 태도를 바꾸고 그따위 짓을 하면서 우리를 통솔하려 들었다는 거지."

대강 알 만했다. 교활한 새끼들은 원래 요리조리 옮겨 붙기를 잘한다. 어쩌면 그게 그들이 타고난 생존 기술일지도 모른다. 게다가 잔인하기까지 하면… 그런 놈들은 꽤 귀찮다. 사람의 마음이 약해지도록 만들어서 그 틈을 파고드는 것이다.

그때 일들을 생각하는지 태권소녀는 간간이 한숨을 섞어가며 말을 이었다.

"시간이 지난 뒤에 인철이 일행을 결국 다 쫓아내기는 했어. 제일 신경 쓰이던 게 총이었는데, 그걸 가진 애를 설득해서 결국은 우리 편으로 끌어들였거든. 하지만 그렇게 될 때까지 안 당했어도 될 피해를 본 애들이 많았어. 사람들도 편이 갈려 나뉘었고. 돌이켜 보면 그 모든 게 다 내가 그 차장 놈을 제대로 처리하지 못해서 벌어진 일이야. 그때, 망설이지 않고 내 손으로 어떻게든 결말을 내야 했던 건데… 쯧."

태권소녀는 못내 아쉽다는 듯 고개를 숙였다. 사실 냉정하게 말하자면, 어차피 헬기에 끌려갔을 테니까 그때 죽고 안 죽고는 아무 의미가 없는 일이다. 그런데도 혜주의 머릿속에서는 엄청나게 중요한가 보다. 물론 그사이에도 계속 자책을 했을 터다. 자신의 잘못 때문에 인철이라는 괴물이 힘을 얻은 거라고…….

"아니, 나는 그렇게 생각하지 않는데."

보안관은 등을 긁적거리면서 말했다.

"문제는 네가 아니라 아무 생각 없이 우르르 몰려다니는 새끼들한테 있는 거야. 생각해 봐. 다들 기가 죽어서 좆같은 일을 당하고도 아무 말을 못하고 있는데 너는 용기 있게 나섰고, 결국에는 그 개똥 같은 새끼를 족쳐서 모두들 보는 앞에서 무릎을 꿇렸어. 잘못된 상황을 정리할 수 있는 기회를 줬다는 말이야. 그럼 그다음은 저희들이 알아서 했어야지, 뭘 누구더러 죽여라 마라야? 안 그래? 그렇게 죽이고 싶을 만큼 미웠으면 자기들이 했으면 되는 거였잖아? 몽둥이 있겠다, 그 새끼 힘도 없이 자빠져 있는데… 그놈들은 그냥 자기 손은 더럽히고 싶지 않고, 자기 머리로 생각하기 싫으니까 너보고 다 알아서 하라고 한 거야. '혜주야, 네가 알아서 해줘! 우리 아무 생각 하지 않고 편안하게 살도록……' 그게 씨발, 어떻게 가능해? 그게 되면 슈퍼맨이지. 네가 그렇게 망설이지 않았어도 결과는 마찬가지였을 거야. 그렇게 궂은일에 남을 앞세워 놓고 입으로만 나불대는 새끼들은 언젠가 또 다른 일이 있었을 때 인철이 편으로 쪼르르 갔을 놈들이라고. 또 말이야, 네가 만약 그 차장 새끼 죽였지? 그랬으면 당장 다음 날부터 뭐든지 다 네 책임 되는 거야. 전에 차장 있을 때는 안 그랬는데… 혜주, 저게 대장 되고 나서는 영 불편하다는 둥… 어휴, 생각만 해도 빡 도네. 씨발, 누가 누구를 탓해? 혜주, 너는 잘못 없어. 아니, 잘못이 없는 게 아니라 훌륭해. 찍어 누를 때는 아무것도 못하고 있다가 뒤에 숨어서 이래라저래라만 했던 놈들보다 네가 몇 배나 훌륭하다고!"

보안관의 예상치 못한 열변에 태권소녀는 잠시 멍해져서 미동도 하지 못했다. 간간이 욕설이 섞여 들어가 있기는 하지만, 그 어떤 멜로드라마의 대사보다도 달콤하게 느껴지는 이야기다.

…네 잘못이 아니야.

그건 그동안 그녀가 정말로 듣고 싶던 말이었다. 게다가 이 고릴라, 그 이유도 제법 그럴듯하고 똑 부러지게 일러준다. 하지만… 혜주는 아직 자신이 지고 있는 굴레에서 벗어날 준비가 온전히 되어 있지 않았다. 그래서 다시 물었다.

"하지만 그 사람들은 그냥 평범하고 무력한… 그냥 양 떼 같은 사람들이었어. 나는 줄곧 운동을 했고, 그러니까 조금이라도 더 센 내가 양들을 보호하는 역할을 했어야 하는 거였다고……."

"야, 뇌에는 근육이 없어. 마음도 마찬가지고! 이, 이 팔뚝처럼 운동으로 단련이 되는 데가 아니란 말이야. 그래, 좆같은 새끼를 두드려 패서 제압하는 건 운동한 사람이 더 잘할 수 있겠지. 그런데 한 새끼 인생을 끝내는 일이, 부담스러운 건, 누구나 다 똑같아. 그런 짓을 잘하는 건 또 다른 종류의 새끼들이겠지. 양 떼? 너 그거 알아야 돼. 동물들은 남 탓 같은 거 안 한다. 도와준 사람을 비난하지는 더더욱 않고."

말투만 들으면 꼭 다그치는 것 같지만 한마디, 한마디가 다 치유의 말들이어서 태권소녀의 눈에는 살짝 눈물이 맺혔다. 어두워서 다행이라고 생각하며 태권소녀는 얼른 한 발 뒤의 어둠으로 물러나 표가 나지 않도록 눈을 깜빡거렸다. 그동안 줄곧 쌓이기만 했던 자책과 후회가… 긴장이 풀리자 그 틈을 타고 빠져나오려 했던 모양이다.

휘이잉—

불어오는 바람에 또다시 지독한 악취가 섞여 들어온다. 좀비들의 행진이 곧 이어질 거라는 의미다.

그롸아아아—

목적 없는 좀비들의 포효가 밤하늘을 흔든다.

두 사람은 구역질나는 냄새를 꾹 참고 다시 침묵 속에서 대기했다. 30도에 가까운 열대야지만 태권소녀는 바로 곁, 보안관의 커다란 몸에서 피어오르는 후끈한 열기와 숨결이 싫지 않았다. 그건 그녀가 정말 오랜만에 느끼는 감정 때문이었다.

자기가 지켜주지 않아도 되는, 자신보다 무력이 뛰어난 사람과 함께 있다는 그 묘한 안정감이 좋았다. 게다가 바로 그 강자가 자신의 무죄를 논리적으로 증명하고 편을 들어주는 사람이라는 게 이렇게나 마음을 편안하게 해준다는 걸 아주 잊고 살았었다. '리더'라는 두 글자가 어깨를 짓누르고 있을 때에는 느껴보지 못한 안정감이었다.

4

"좀 어떻습니까? 나아지는 기미가 보입니까?"

의무대 하사가 병실 문을 나서자마자 어두운 복도에서 기다리고 있던 밤톨이 다가와 말을 건넸다. 하사는 대답하지 않고 밤톨의 등짝을 밀어 계단 쪽으로 걸어 나왔다. 복도 끝에 다다른 밤톨이 무슨 의미인지 알겠다는 듯 고개를 끄덕인다.

"아, 병실 앞에서 정숙해야 해서 그러시는 겁니까? 앞으로 조심하겠습니다."

"병실이라니까 병실인 거지, 사실은 그냥 사무실이잖아. 그리고 나도 그냥 치료하라고 하니까 흉내를 내는 거지만, 그냥 의무병일 뿐이고."

옥상을 향해 올라가며 의무대 하사가 중얼거리자 밤톨의 얼굴이 심각해진다.

"왜 갑자기 그런 말씀을… 상태가 안 좋아졌습니까? 걱정이 되지 말입니다."

"아니, 그런 거 없어. 어제랑 똑같아. 항생제 맞으니까 썩지는 않을 거고, 통증이랑 진통제 때문에 몽롱한 상태야. 그냥 내가 워낙 아는 게 없으니까 답답한 거지. 사실 진짜 의사가 있었어도 총 맞고 칼 박힌 환자를 하루 만에 이것보다 더 많이 치료할 수는 없지 않았을까? 음, 모르겠네……."

하사는 뻔뻔한 얼굴로 고개를 갸웃거린다. 말은 이렇게 해도 그는 잠실 군인들을 도왔다는 환자에게 꽤나 지극정성을 다하고 있다. 수액이 떨어지지 않도록 관리해 주고, 붕대도 자주 갈아주고, 병원에서 가져왔다는 무통 주사까지도 달아놓았다.

그걸 알면서도 밤톨은 자꾸 또 캐묻게 된다. 언제 도로 공사가 마무리돼서 잠실 쉘터로 복귀하게 될지는 모르지만, 그전에 다시 민구가 운신을 하고 말을 하는 모습을 보고 싶은 것이다.

"대화는… 아직 어렵겠죠?"

옥상에 올라 담배에 불을 붙이며 밤톨이 물었다.

후우우~ 하사는 연기를 길게 뿜으며 고개를 저었다.

"야, 말이 쉽지, 총알이 살을 이만큼 뚝 떼어내고 지나갔는데… 지금 내장이 온전하겠냐? 아마 다 한 번 뒤집어졌을 테니까 자기 속이 아닐 거다. 그리고… 칼에 맞아서 나간 갈비뼈, 시퍼렇게 부었어. 그 정도만 해도 대부분 아파서 죽는다고 난리를 칠걸? 숨 쉴 때마다 뒈지는 기분일 거라고. 저 정도로 얌전히 앓는 것만 해도 어지간히 독한 인간이야, 저 환자."

그렇군요…….

음, 그런 거야…….

밤톨과 하사가 사이좋게 담배 연기를 뿜으면서 두런두런 이야기를 나누는 곳으로부터 몇 미터 떨어지지 않은 장소에는 또 한 무리의 병사들이 있다. 서치라이트를 도로 쪽으로 비추고, 필요한 경우 저격도 하기 위해 대기하는 병력들이다. 그중 하나가 소리쳤다.

"저거 봐, 또 왔어! 와… 진짜 저거 뭐지?"

"응? 뭔데 호들갑이야?"

갑자기 소란스러워진 병사들을 향해 하사가 묻자 저격병들이 대로 너머를 가리킨다.

"아, 고 하사님. 잘 오셨습니다. 굉장히 신기한 구경거리지 말입니다."

며칠 전, 작업반장이 죽었던 위치에서 100여 미터 북쪽쯤이다. 새로 쳐둔 철책 뒤쪽으로 좀비들이 다가온다. 그런데… 그

중 몇 마리의 모습이 범상치가 않다.

"야, 저거 뭐냐? 피를 뒤집어쓴 건가? 아닌데… 피는 저렇게 빨갛지가 않아……."

서치라이트의 불빛을 받은 좀비는 머리끝부터 허리께까지가 온통 시뻘겋다. 그놈 하나만 그런 게 아니라 그 뒤로도 몇 놈이나 비슷한 꼴을 하고 있다. 지난 보름 동안 좀비 구경은 정말 할 만큼 했다고 생각했는데, 이건 또 처음 보는 유형이다. 하사와 밤톨은 담뱃재가 길게 늘어질 만큼 그 빨간 좀비들에 몰두했다.

"뭐지, 저거? 온몸에서 뭔가 빨간 물이 줄줄 흘러나오나? 옷까지 다 시뻘게. 어휴, 존나게 흉측하네. 야, 조 병장. 너 잠실에서 저런 거 본 적 있어?"

밤톨도 고개를 저었다. 빨간 물이 땀처럼 솟아나오는 좀비라니… 이건 그로테스크함의 새로운 장을 연 기분이다. 빨간 좀비들은 일반 좀비들에 섞여 철책 부근을 천천히 배회한다.

허, 하사는 이해가 가지 않는다는 표정으로 병사들에게 물었다.

"너희는 저거 처음 본 게 아닌가 보네?"

"예. 오늘 벌써 두 번째지 말입니다. 오후 늦게 한 번, 그리고 지금 또 보는 겁니다. 저 새끼들, 정말 기분 나쁘지 말입니다."

"그래, 기분 안 좋지. 뻘건 게 피도 아니고… 저게 뭐야, 대체?"

"저희도 처음에는 무슨 이상한 액 같은 걸 분출하는 건 줄 알고 바짝 긴장 탔었는데 말입니다, 그게 아니라 페인트랍니다. 낮에 저런 놈들이 스치고 지나간 나뭇가지에 보니까 빨간 페인트가 묻어 있어서 그제야 알았답니다."

병사들의 대답에 하사가 반문했다.

"페인트? 야이, 씨발. 그것도 이상하잖아? 페인트가 왜 저렇게 묻어 있어? 아니, 저 새끼들이 페인트 통에 가서 뒹굴지는 않을 거 아니야? 그런데도 대가리부터 들이민 것처럼 아주 골고루 묻었는데?"

"크크크, 그래서 낮부터 말이 많았습니다. 다들 추리도 많이 하고."

허어, 기분 안 좋아. 저게 뭐지? 무슨 징조도 아니고…….

낮게 중얼거리던 하사가 갑자기 난간에 몸을 기대며 건물 아래를 향해 소리를 질렀다.

"어이, 아저씨! 뭐요! 거기 왜 기웃거려요?"

그가 소리를 지른 대상은 덩치가 큰, 젊은 남자였다. 철조망을 타고 쉘터에서 이쪽 별관 건물로 몰래 넘어오려던 사내가 황급히 다시 되돌아갔다.

"뭐야, 저런 새끼들? 야, 여기는 경계 관리 확실히 안 하냐?"

"그게 말입니다⋯ 고 하사님, 사실 이쪽으로 쉘터 사람들이 많이 넘어옵니다. 그⋯ 남녀가 짝을 이뤄서 새벽에 몰래⋯ 아시잖습니까. 조용한 데 찾고 싶으니까 말입니다. 또 잠실에서 온 사람들 격리해 둔 다음에는 그 사람들 만나러 오는 사람들도 간간이 있지 말입니다."

하긴 누가 뭐 훔쳐 갈 게 있다고 경계를 하겠어…….

의무대 하사도 납득할 만한 이야기였다. 하지만 저 덩치 큰 남자는 뭔가 좀 찜찜한 구석이 있다. 특히 미안하다는 말 한마디 없이 후다닥 도망가는 꼴이, 어딘가 불순한 냄새가 난다.
"또 넘어오면 그땐 그냥 안 보내줍니다! 체포할 겁니다!"
주차장 건물 뒤로 숨는 사내의 그림자를 향해 하사는 엄포를 놓았다. 그러고는 동료 병사들과 함께 킥킥거리며 다시 빨간 좀비들에게 관심을 돌렸다.

"하아~ 하아~ 씨발, 존나게 놀랐네. 니미."
주차장 건물에 몸을 숨긴 덩치 큰 남자가 숨을 헐떡이며 욕설을 내뱉는다. 기동이였다. 땀을 훔치는 기동이의 뒤춤에는 주방에서 몰래 훔쳐 온 식칼이 꽂혀 있다.
"저 등신 같은 새끼들, 저희들이 지금 누구 병수발을 들고 있는 줄이나 알고 있냐? 멍청한 새끼들… 뒈지는 줄도 모르고."
기동이는 원망이 가득 담긴 목소리로 옥상의 병사들을 향해 욕설을 내뱉었다.
세상에… 살다 보니 나랏밥 먹는 놈들이 민구를 치료하는 꼴을 다 본다. 그게 무슨 짓이란 말인가. 함정에 빠진 호랑이를 구해주는 것도 아니고…….
기동이는 이를 바드득 갈았다. 비록 지금은 실패했지만, 민구가 더 기운을 차리기 전에 힘줄 한두 개쯤은 반드시 끊어놔야 한다. 안 그러면 자신은 죽은 목숨이다.

4장

칠월의 마지막 날

1

다음 날도 비슷한 듯 다르게, 똑같은 것 같으면서도 낯선 일과들로 각자의 24시간이 채워졌다. 민구는 사경을 헤매며 침대 시트를 땀으로 흥건히 적셨고, 보안관 일행은 뙤약볕 아래서 페인트를 좀비들에게 붓고 계단을 올랐다.

테라는 젠킨스의 탐욕스런 얼굴을 마주한 채 소름 끼치는 이야기를 들었으며, 제주도에서는 채 장군 세력에 대한 대대적인 소탕 작전이 별다른 성과를 거두지 못한 채 하루가 지나갔다.

…그리고 진우는 강원도의 어느 길을 걷고 있었다. 하 중위를 만났던 냇가에서 그리 멀지 않은 곳이다.

이틀 동안 그는 거의 한 발짝도 나아가지 못했다. 하 중위의 시신을 수습하는 데 꽤나 긴 시간이 걸렸기 때문이다. 잔인하고 뒤늦은 복수를 끝낸 뒤, 진우는 피가 흐르는 그녀의 시체를 안아 들고 오두막으로 옮겼다. 죽어서까지도 그 네 놈과 한 장소에 같이 있게 하고 싶지가 않아서였다.

오두막 문을 열고 내부로 들어서자 하 중위라는 사람에 대한 연민이 더 크고 강렬하게 북받쳐 올라서 진우의 눈에서는 또다시 뜨거운 눈물이 솟았다. 그야말로 보잘것없는 집의 보잘것없는 살림들…….

더러운 벽지와 허술한 집기들, 좀먹은 이불 따위가 눈에 들어온다. 진우의 눈에 비친 오두막은 삶이 아니라 그저 생존을 위한 공간이었다. 자존이나 행복 따위의 개념들은 아주 깨끗하게 지워 버린 곳이었다.

이런 곳에서… 그 대접을 받으면서도…….

진우는 자신에게 안겨 있는, 하 중위의 핏기 없는 얼굴을 내려다보았다. 자기는 괜찮으니 어서 가라고 등을 밀던 그 목소리가 귓가에 생생하게 울리는 것 같다. 처참한 오두막은 하 중위의 시신을 쉬게 하기에 좋은 장소가 아니었다.

묻어주자…….

진우는 그렇게 결심했다. 예전에 펜션 옆 농가의 할머니처럼 묻어주자고. 그런데 주변을 아무리 뒤져 봐도 삽이 없었다. 야전삽 하나가 너무나 아쉬워진 상황. 진우는 뒤늦은 후회를 하며 혀를 찼다.

"젠장, 다음에 마을을 만나면 무조건 야전삽부터 챙겨야겠다."

하지만 여전히 진우는 그녀를 그대로 내버려 둔 채 길을 나설 수 없었다. 개들 때문이다. 올무에 발목이 잡힌 오 대위가 개에게 잡아먹혔다는 이야기를 하면서 진저리를 치던 그 목소리가 가슴속 메아리가 되어 울려온다.

결국 진우는 놈들이 갖고 있던 총의 개머리판과 대검으로 젖은 땅을 팠다. 적합하지 않은 연장이 제대로 기능을 할 리가 없어서, 사람 하나 겨우 누울 자리를 마련하는 게 여간 어렵지 않았다. 하지만 진우는 이를 악물고 대검을 끼워 땅을 쑤시고, 개머리판으로 두드리고 긁어내 흙과 돌을 들어냈다. 작은 구덩이를 파는 데만도 꼬박 한나절이 걸렸다.

그날 밤을 하 중위의 차가운 시신과 함께 오두막 안에서 보낸 진우는, 다음 날 아침 일찍부터 냇가에서 자갈을 짊어지고 와 구덩이 옆에 부었다. 자갈들을 쓸어 가방에 담는 동안 손가락마다 크고 작은 피멍이 들었지만, 그 고통만이 상실감과 죄책감을 잊게 해주는 유일한 진통제였다.

수십 번 자갈을 길어 와 산더미처럼 부린 뒤, 진우는 하 중위를 어제 파놓은 구덩이 안에 넣었다. 그러고는 그녀의 두 손을 모아 쥐고 중얼거렸다.

"미안…합니다."

아무리 자책하며 사과하고 후회해도 차갑고 뻣뻣해진 그녀의 몸에 다시 온기가 도는 일은 없었다. 진우도 그걸 잘 알기에 더 미련을 갖지 않고 그녀의 시신 위에 자갈을 올리고, 차곡차곡 쌓았다. 자갈이 흔들리지 않도록 사이사이를 흙으로 메우고 물도 길어 와 채웠다. 그런 후, 무덤의 가운데에 그녀의 구급약 상자를 올려두었다.

그렇게 해봐야 막상 개들이 달려들어 파헤치기 시작하면 그리 오래 버티지 못할 거라는 것쯤은 진우도 잘 안다. 횟가루로 다져 놓지 않으면 몇 번의 비바람에 이내 씻겨 버릴 것도… 알고 있다. 하지만 진우로서는 그 정도라도 해야만 했다. 그렇게 뭔가 몰두해서 단순한 노동을 하고, 자신의 성의를 보이지 않으면 미쳐 버릴 것만 같았기 때문이다.

그것이 지난 이틀 동안 진우가 한 일이다. 어제저녁, '이제 가겠습니다' 라는 짧은 인사를 남기고 출발해 지금까지 그는 거의 쉬지 않고 걸었다. 멈춰 서기만 하면 밀려드는 후회와 죄책감 때문에 견디기가 너무 힘이 들었다. 눈물과 땀으로 가슴속에 있는 응어리가 녹아서 빠져나가 주기를 바랐던 건지도 모른다.

하지만 아이러니하게도 이 일을 겪고 난 뒤, 살아야겠다는 의지만은 오히려 더 강하고 굳건해졌다. 하 중위가 그 모진 환경 속에서도 끝내 놓지 않으려 했던 삶의 끈과 의지가… 진우로서도 도저히 포기할 수 없는 것이 되었다.

[어떻게 해야 했다고?]

"하 중위를 붙잡고 있다가 네 명이 모두 내려오는 걸 확인하고 가장 뒤의 놈부터 차례로 머리를 쏴서 사살."

[그럼 만약 그 냇가의 상황이었다면?]

"두 명을 먼저 제압한 뒤, 하 중위를 데리고 냇가 건너편에 몸을 숨기고 있다가 나타나는 놈들 먼저 사살하고 기절한 놈들

처리.”

걸어가면서 진우는 계속 자신이 실수했던 그 상황을 되짚어 보고 복기했다. 그의 상상 속에서 네 명의 탈영병은 수없이 죽고, 죽고, 또 죽었다.

헤드샷을 당해 머리에 구멍이 난 채 쓰러지기도 하고, 가슴이 뻥 뚫린 채 절벽 아래로 굴러 떨어지기도 했다. 그 여러 번의 상상 중 놈들이 동정을 받아 살아남거나 부상당한 채 방치되는 일은 더 이상 없었다.

진우는 계속 스스로에게 질문을 던지고, 그럴 때마다 가장 신속하고 확실하게 놈들을 죽이는 방법을 고안해서 대답했다. 인질이 둘이고, 상대가 다섯이라면… 인질이 각기 다른 장소에 있다면… 질문은 점점 더 어려운 상황을 가정해서 만들어졌고, 그럴 때면 진우가 고민을 하는 시간도 길어졌다.

그 모든 일들이 결국은 자신의 실수를 무효화시키고 싶다는, 실수하기 이전으로 다시 시간을 돌리고 싶다는 욕망일 뿐이라는 걸 알면서도 진우는 그 잔인한 문답을 멈추려 들지 않았다. 다시 한 번 비슷한 상황을 맞닥뜨리게 되면, 그때는 이렇게 아픈 결과와 마주하고 싶지 않기 때문이다.

이제 다시는… 다시는 그렇게 머뭇거리거나 오판을 하지 않을 것이다. 우쭐해서 멍청한 실수를 하지 않을 것이다. 다시는… 착한 사람이 억울하게 죽는 모습을 보지 않을 것이다.

돌무더기를 나르느라 시꺼멓게 멍이 든 손끝은 슬쩍슬쩍 스치기만 해도 짜릿한 통증을 주었지만, 그 통증이 스스로에게 가해지는 형벌이라는 생각이 들면 오히려 통쾌하기까지 하다. 생명이 걸린 순간에 선택을 망설였던 자신은 벌을 받아도 싼, 그런 놈이다.

그렇게 자학하며 걷던 오후, 서서히 해가 서산으로 기울어가기 시작할 때, 진우는 널찍한 왕복 4차선 도로를 만나게 되었다. 아주 시원하게 뻥 뚫린 도로로, 중앙분리대가 튼튼하고 넓다.

"젠장, 이렇게 가까운 데 길이 있었는데……."

길을 잃고 헤매다 죽은 오 대위나, 너무 멀어서 엄두가 안 난다고 했던 하 중위나… 겨우 하루 만에 이런 큰길을 만날 수 있다는 걸 알았다면 또 다른 삶을 살 수 있었을 텐데.

그나저나 여기가…….

진우는 배낭 안에서 꼬깃꼬깃 접어둔 지도를 꺼내 손가락으로 짚어봤다. 계산이 맞는다면 자신은 지금 영동고속도로 위에서 있는 것이리라. 이 길을 따라 계속 서진을 하다가 원주에서 북쪽으로 방향을 바꾸면 화천까지 갈 수 있다. 물론 아무 방해도 받지 않았을 때의 이야기다.

길을 가다가 주둔하고 있는 부대를 만나거나, 이동하는 군 병력과 맞닥뜨리게 되면 이쪽에서 피하는 수밖에는 없다. 그리고 그러면 또 산길을 빙 둘러서 기약도 없이 먼 우회를 감수해야 한다.

근처에 움직임이 보이지 않는 걸 확인한 진우는 바닥에 귀를 대봤다. 지축을 뒤흔드는 소리는 없다. 운이 좋다. 이렇게 근처에 군 병력이 없다면 대로로 가는 게 최고다. 빠르고, 직선이고, 발이 편하다.

"으아……."

한참을 걷다 보니 불타 버린 자동차들과 사지가 잘려 나간 시체들이 바닥에 흩어진 채 진우를 맞이한다. 연기가 피어오르지 않는 걸 보면, 이미 불이 난 때로부터 꽤 오랜 시간이 지난 모양이다.

진우는 시꺼먼 그을음으로 덮인 자동차들 사이로 걸어 들어갔다. 승용차 지붕 위에 뚫려 있는 커다란 구멍을 보니, 일반 소총에 의해 만들어진 게 아니다. 게다가 주변에는 뒤집히고 날아간 자동차들과 완파된 흔적까지 보인다.

아마 이 근처에서 대규모의 사격과 폭격이 벌어졌던 듯하다.

좀비들의 행렬을 막기 위해 이랬던 것일까?

새까맣게 탄화된 시체 더미를 피해 걸으며 진우는 생각했다.

수십, 수백 대의 차가 불에 탄 잔해로만 남았고, 그 사이사이에는 한때 사람이었던 숯덩이가 수백 구나 널브러져 있다. 뭐가 뭔지 명확하지는 않지만, 이런 데 휘말리면 죽음뿐이라는 것만은 확실하다.

끔찍한 데드 존을 지나 걷기를 다시 20여 분. 1킬로미터 앞에 터널이 있다는 것을 알리는 파란색 표지판이 나왔다. 터널 길이를 확인한 진우가 탄성을 내지른다.

"둔내 터널… 3.3킬로미터?"

터널이 3킬로미터… 그 깜깜한 암흑이 3킬로미터가 넘게 펼쳐져 있다고? 자동차로 지나간다면 몰라도 걸어서 40분 동안 거길 지나간다?

생각만 해도 아찔한 이야기였다. 게다가 만약에 뭔가가 그 안에 있다면 그때는 정말…….

"어쩌지?"

진우는 마음을 정하지 못했으면서도 계속 터널을 향해 걸었다. 어차피 좌우에는 다 야산이거나 교량 아래의 낭떠러지뿐이어서 딱히 우회할 만한 길도 없다.

그리고 다시 표지판이 스쳐 간다. 터널까지의 거리가 500미터라는 알림 말이 써 있다. 꼬리에 꼬리를 문 자동차들은 터널 쪽을 향해 머리를 둔 채 도로를 꽉 메우고 버려진 상태였다.

"흐음……."

이상한 벌레 캐릭터 두 마리가 그려진 감속 표지판 앞에서 진우는 결국 멈춰 섰다. 바로 몇 십 미터 너머에는 둔내 터널이 시꺼멓고 커다란 아가리를 떡 벌린 채 그를 기다리고 있다.

젠장, 이거 얼마나 긴 거지?

터널 입구에서 열 걸음쯤 걸어 들어간 진우는 손전등을 켜서 안쪽을 비춰보았다.

물론 끝까지 닿지 않는다. 플래시에서 뻗어 나간 불빛은 얼마 이어지지 못하고 중간을 가로막고 있는 깊은 어둠 속에 삼켜져 버렸다. 게다가 터널 내부까지도 자동차들이 간간이 가로막고 서 있어서 시야는 더욱 불량하다. 들어가고 싶은 마음이 깨끗하게 사라진다.

퉁— 퉁—

진우는 돌막을 몇 개 집어 와 힘껏 집어 던져 봤다. 어느 승용차의 지붕을 때린 돌이 힘없이 튕긴 뒤 바닥을 구른다. 그래도 터널 안쪽에서는 여전히 아무런 반응이 없다.

차라리 그 돌에 맞은 좀비들이 몇 마리쯤 소리를 지르며 달려 나와 준다면 깨끗하게 포기를 할 텐데, 이건 좀 애매한 상황에 처해 버렸다.

"저 위로 해서 돌아갈 수는 없을까?"

터널 측면을 돌아보며 진우가 중얼거렸다. 타원형의 입구 주변에는 펜스가 세워져 있고, 그 옆으로는 정말 단순한 구조의 계단식 건축물이 설치되어 있다. 진우는 그 높은 계단들을 딛고 터널의 위쪽으로 올라가 보았다.

우아~ 탄식이 절로 나오는 광경이 시야를 가득 채운다.

험하다. 터널 입구의 둥근 천장 부분을 제외하면 그 뒤로는 온통 산과 구릉, 짙은 녹색의 나무숲들이 끝없이 펼쳐져 있다. 그 광활한 기세에 진우의 입에서는 헛웃음이 픽픽 터져 나왔다. 저 험로에서 저만한 거리를 다 돌파하려면 아마 아무리 부지런히 움직여도 사흘 이상은 잡아야 한다. 그것도 아주 운이 좋아 길을 잃지 않는다는 가정하에…….

굶어 죽지는 않겠지만, 아마 마지막 하루 정도쯤은 식량 없이 주파해야 하는 상황에 부딪히게 될 것이다. 따라서 저 험한 길을 정면으로 돌파하는 것보다는 컴컴한 터널을 관통하는 편이 몇 배나 빠르고 효율적이다.

후우~ 아래로 내려온 진우는 큰 한숨을 내쉬면서 터널을 다시 살피기 시작했다. 등 뒤에서는 벌써 노을이 산을 집어삼키면서 붉게 타오르는 중이다. 터널을 종단하는 것도 서두르지 않으면 안 된다는 뜻이기도 했다. 여기에서 더 늑장을 부렸다가는 터널을 빠져나온 뒤에도 밤의 암흑과 또 마주하게 될 테니까.

정말 내키지는 않지만, 여길 통과하면 최소한 사흘이라는 시간을 단축할 수 있다. 그리고 또 앞으로도 얼마나 많은 터널을 만나게 될지 모르는데, 언제까지고 그걸 피해서 다니지만은 못할 노릇이다. 가치가 있는 경로니까 마음에 안 들어도 가야 한다. 꼭 가야 한다.

한 가지 그에게 희망적인 소식이라면, 터널의 한쪽 벽에 정비요원이 지나다니도록 만들어놓은 보행 통로가 있다는 점이다. 도로면으로부터 1미터 정도 올라와 있는 좁은 길, 사람 하나가 겨우 지날 만큼의 폭이다. 여기로 지나가면 최소한 발밑을 신경 써가면서 움직이지는 않아도 된다.

그런데 이것이 과연 안전한 길일까? 이 허술한 철제 난간이 나의 안전을 지켜줄 수 있을까?

진우는 난간을 잡고 흔들어보다가 개머리판으로 때려봤다.

띠이잉— 위이이잉— 위잉—

난간이 울리는 소리가 터널 저 안쪽까지 진동해서 들어갔다가 작은 메아리를 만들어낸 뒤, 이내 사라진다. 진우는 K—2의 주야 조준경을 켜서 아직 작동하는지 확인해 보고, 일단 테이프로 플래시를 고정시켰다.

ㄹ

처음 200여 걸음은 쉬웠다. 바깥에서 비쳐 들어오는 햇빛과 천장을 통해 반사된 빛 덕분에 플래시를 켜지 않아도 될 만큼 주변이 훤했기 때문이다. 하지만 그 뒤로는 한 발, 한 발을 내디딜 때마다 어둠과 압박감이 확확 밀려오며 몇 곱절씩 배가되었다.

그리고 그로부터 또 150여 걸음. 마침내 주변은 완전한 암흑으로 물들었다. 플래시의 둥근 불빛이 닿는 곳만 눈에 들어온다. 나머지는 온통 한통속의 어둠이다. 숨이 막힐 것 같은 검정.

우우우우우웅— 고오오오오오— 콰아아아아—

정체를 명확히 구분할 수 없는 소리가 아치형의 터널 곡면 전체를 울림판으로 삼아 증폭된 채 쉬지 않고 울려 댄다. 불어오는 바람 소리라고 하기에는 공기의 흐름이 전혀 느껴지지 않고, 엔진음이라고 하기에는 너무 불규칙하다. 그럼 좀비의 울음소리인가 하면 그건 또 아니다.

어쨌든 기분이 좋지는 않은 소리였다. 신경을 있는 대로 긁으며 사람의 마음을 흔든다. 바깥에서는 느끼지 못하던 소리건만, 안으로 들어올수록 점점 비례적으로 커진다.

어쨌든 상황을 정리해 보자면, 시야는 플래시 불빛 하나만큼의 크기로 줄어들어 있다. 귓가에서는 계속 알 수 없는 웅성거림이 메아리친다. 그리고 이제는 뒤를 돌아보아도 빛이 비쳐 들지 않을 만큼 바깥도 어두워져 있다. 터널 내부의 공기는 무겁고 탁하고 답답하다. 어디서 경유가 새고 있는지 특유의 기름 냄새가 먼지와 썩은 음식물 악취에 섞여 있다.

오감 중에 원거리를 담당하는 세 가지가 거의 70퍼센트 이상 봉쇄당한 셈이다. 자연스레 심장의 박동이 빨라지고 긴장한 온몸에는 소름이 돋는다.

"하아아~ 하아아~"

두려움에 비례하여 진우의 숨소리도 커졌다. 천천히 걸음을 옮기면서 가끔 한 번씩 좌우로 총구를 돌려 주변을 살폈다. 플래시의 각도는 정면으로 15도쯤 아래를 향해 비스듬히. 그보다 위쪽을 비추면 벽에 붙은 반사판이 번쩍여 눈을 어지럽히기 때문에 곤란하다.

버려진 차들이 어지럽게 널려 있지만, 움직이는 것은 없다. 멈춰 서 있는 자동차들이 만들어내는, 커다랗고 짙은 그림자는 기계문명의 시체처럼 음산했다. 진우는 스스로에게 계속 말을 걸었다. 침착하기만 하면 그리 어렵지 않게 지날 수 있다… 필요 이상으로 두려워하지 않아야 한다…….

처음에 터널 안으로 들어서면서 진우가 가장 두려워했던 것은 암흑 속에서 거리와 방향감각을 상실하면 어쩌나 하는 것이었다. 하지만 다행히도 벽면에 설치되어 있는 이런저런 장비들을 확인하면서 그 걱정은 하지 않아도 된다는 걸 깨달았다.

전화기, CCTV 등 온갖 것들이 눈에 띄었지만, 가장 자주 나타나는 것은 소화전이었다. 그래서 진우는 각 소화전 간의 거리를 보폭으로 쟀다. 소화전에서 출발해 60걸음을 걸으면 또 새로운 소화전을 만난다. 툭 튀어나온 표지판이 있어서 놓치고 지날 일도 없다.

"미터로 하면 얼마나 되는 걸까? 50? 60?"

진우는 한 발을 떼어놓고 그 거리를 눈대중으로 재면서 중얼거렸다. 그게 50이든 60이든, 혹은 40밖에 안 되든 간에 분명한 거리의 단위가 하나씩 줄어든다는 건 중요하다. 3,300미터라고 하면 까마득한 것 같지만, 그걸 50으로 나누면 66밖에 안 된다. 이런 소화전 66개를 지나면 저 끝에 닿는다는 말이다.

"그래, 씨발. 별거 아니야."

듣는 사람이 아무도 없지만 진우는 허세 섞인 톤으로 혼잣말을 중얼거렸다. 그렇게 하는 것만으로도 은근히 기운이 솟는다. 소화전을 세기 시작한 이후, 일곱 개를 더 지나고 나자 잠시 차선이 넓어지는 구간이 나타났다.

아마도 정비 구간이나 뭐 그런 종류의, 만일의 사태를 위해 만들어둔 공간일 터이다. 물론 지금은 이 좁은 공간이라도 파고들어 어떻게든 남들보다 빨리 가보려던 자동차가 벽에 코를 박은 채 멈춰 서 있다.

고오오오오— 쾌아아아아— 우우우우—

고막을 자극하는 괴이한 울림은 점점 더 커져 갔다.

그 소리를 그만 듣고 싶다는 스트레스가 은근히 커서 진우는 이를 악물어야 했다. 플래시를 위로 비춰보니 공기 순환용 팬은 전혀 돌아가지 않고 있다. 그러니 이건 바람 소리는 아니다.

뭐지? 뭐가 이런 소리를 만들어내는 거지?

상상력을 총동원해 봐도 그 소리를 구체화하지는 못했다. 그저 막연하게 오싹해지고 공연히 자꾸 등 뒤를 힐끔거리게 된다. 물론 거기에는 아무것도 없다.

"집중해, 집중! 벌써 소화전 일곱 개 넘게 지났어! 이제 길어 봐야 육십 개 정도만 더 지나면 돼."

점점 커지는 두려움과 달아나고 싶다는 욕망을 억누르며 전진을 계속하던 진우는 스스로를 다그쳤다. 지금 돌아 나가봐야 얻는 것 하나 없이 그저 시간만 허비한 셈이니까. 도로로 나가 버스 위 같은 곳에 기어올라 밤을 보낸다고 해도 어차피 어둠과 마주하는 것은 같다.

그리고 내일 아침 해가 뜨면 다시 또 이 터널 안으로 걸어 들어올 수밖에 없다. 그런 헛짓거리를 하느라 소중한 물과 식량을 낭비하고 싶지는 않았다.

"후우우~ 쿨럭! 쿨럭!"

1킬로미터를 넘어간 시점부터 숨쉬기가 상당히 힘겨워졌다. 제대로 순환되지 못해 고여 있던 공기 중에는 불타 버린 자동차에서 뿜어져 나온 유독가스도 섞여 있다. 거기에 기름 냄새와 악취, 이산화탄소…….

진우는 면 티를 끌어 올려 입과 코를 가리고, 가끔 한 번씩 손을 내저어 악취를 흩어내며 기침을 했다. 이러다가 뻗어버리면 어쩌지 하는 두려움에 온몸은 식은땀으로 흠뻑 젖는다.

"그, 그래. 그… 라이터를 켜서 불을 붙여보면……."

산소가 없으면 불이 꺼진다는 것에 생각이 미쳤다. 초등학교 때 배운 지식까지 총동원한 진우는 배낭 안에서 꺼낸 초에 라이터로 불을 붙였다.

이런 젠장, 촛불이 영 시원치가 않다. 그럼 산소가 부족하다는 뜻이고, 자신도 아슬아슬하다는 말이다.

후, 진우는 촛불을 끄고, 초를 전술 조끼의 비어 있는 주머니에 집어넣었다.

이러다가는 얼마 못 가 죽는다. 수를… 무슨 수를 내야 한다. 아니면 다시 되돌아가든가.

진우는 다급하게 사방을 훑었다.

젠장, 어디 산소통 같은 거 없나? 혹시 모르잖아. 소화기 옆에 그런 장비가 있을지도… 아니, 지나오면서 그런 건 전혀 못 본 것 같은데…….

쿨럭, 쿨럭! 기침을 할 때마다 숨이 가빠지고 기분 탓인지 머리까지도 멍해지는 것 같다.

그때, 진우의 머릿속에 번개처럼 번뜩이며 아이디어 하나가 스쳐 지나갔다. 그는 얼떨떨해진 표정으로 왼쪽의 두 개 차선을 돌아보았다. 가까운 곳에 멀쩡한 공기가 있었다. 그것도 아주 많이…….

진우는 난간을 훌쩍 타 넘어 1미터 아래의 차도로 내려섰다. 그러고는 대검을 꺼내 자동차 타이어의 옆면을 그었다. 생각보다 타이어라는 게 단단해서 단번에 찢어지지 않았고, 진우 역시 한 번에 푹 칼을 찔러 넣을 생각은 없었다. 한 번도 해보지 않은 일이어서 어떻게 될지 조심스러웠기 때문이다. 조심스레 몇 번을 긋고 또 긋다가 칼날이 박혀 들어가는 게 느껴지자 진우는 칼을 비틀어 살짝 돌렸다.

취이이이익—

타이어에서 급격하게 바람이 빠져나온다. 고무 냄새가 잔뜩 밴, 그러나 숨쉬기에 충분한 공기가 진우의 팔뚝과 얼굴을 시원하게 만들며 퍼졌다.

하아아… 그만큼의 산소를 들이마시는 것만으로도 진우의 관자놀이에 솟아 있던 핏줄이 가라앉는다. 한결 살 것 같다. 한쪽 바퀴의 바람이 빠지면서 자동차가 기운다. 진우는 그 뒤의 바퀴에도 대검을 댔다.

취이이익—

또 타이어 한 개 분량의 공기가 빠져나온다.

자동차 다섯 대의 바퀴에서 바람을 빼내자 그 주변의 공기가 달라진 것이 몸으로 느껴진다. 진우는 다시 정비로로 올라가 초에 불을 붙여봤다. 멀쩡하게 곧은 불꽃이 올라온다.

크, 촛불 하나가 사람을 이렇게 기쁘게 하다니.

진우는 만족한 웃음을 지었다. 앞으로 터널을 무사히 통과하기 전까지 이따금씩 이 짓을 해서 산소를 확인해 봐야 한다.

"스물여섯, 스물여섯……."

정말 지긋지긋한 길이지만, 발을 멈추지 않으면 앞으로 나아가게 되어 있다. 또 소화전 하나를 지났고, 진우는 다시 차선으로 내려가 타이어의 바람을 빼면서 스물여섯이라는 숫자를 되뇌었다. 이 어둠을 절반 가까이 헤쳐 왔다.

이제 되돌아가는 시간이나, 앞으로 나아가는 시간이나 똑같다. 그러니 더 용기를 내서 돌파해 버리면 다 지난 일이 되어버린다. 언제 힘들었느냐고 웃을 수도 있다. 두려움과 불안이 커지면서 줄곧 스스로를 괴롭히던 죄책감과 후회가 한구석으로 밀려난 것도 싫지 않았다. 오로지 자신의 주변에만 집중할 수 있으니까.

후다다닥—

10여 미터 전방에서 주먹 크기의 쥐새끼 서너 마리가 정비로 바닥의 철망 사이로 숨어든다. 쥐는 정말 어디에나 있다. 저놈들을 보고 있으면 좀비들이 동물에게 전염되지 않는다는 게 얼마나 고마운 일인지 절감하게 된다. 저 작고 교활하고 빠른, 그러면서도 어디로든 구멍을 뚫고 돌아다니는 놈들에게 물려도 좀비가 된다면, 그건 또 새로운 차원의 지옥일 것이다.

"서른넷, 서른넷… 다 왔다. 정말 다 왔어. 조금만 더 가면 돼."

서른네 번째 소화전 앞에서 진우는 한숨을 쉬며 물을 마셨다. 타이어에 칼을 대려는데, 또 예의 그 굉음이 증폭된다.

구우우우웅— 위이이이잉— 구우오오오—

이제 소리는 더욱 커져서 바로 귓가에서 두꺼운 철판을 때리며 흔드는 것 같다. 궁금증이나 두려움보다 이젠 분노가 훨씬 더 커져 버렸다.

이 소리를 만드는 원인을 찾아내면 반드시 박살을 내버리리라…….

진우는 다짐을 하고 또 했다. 탄창 하나를 다 써버리는 한이 있어도 그렇게 할 것이다.

이만큼 깊숙하게 들어왔는데도 여전히 많은 자동차들이 각 차선마다 꼬리를 물고 서 있다.

저 많은 수의 버려진 자동차들, 저 안에 타고 있던 사람들은 길게 계속되는 정체를 겪으면서 무슨 생각을 하고 있었을까? 다들 좀비를 피해 달아나려고 나선 길일 텐데, 이렇게 폐쇄된 공간 속에 갇혀 버렸을 때 어디로 간 걸까? 다들 어디로들 도망갔을까?

타이어에서 쏟아져 나오는 공기를 쐬며 진우는 그런 생각을 했다. 아까 길에서 보았던 불탄 시체들만으로는 설명이 안 된다.

물병을 기울이면서 진우는 아래쪽 도로를 가득 메운 자동차들을 물끄러미 바라보았다. 분명 저 자동차들을 뒤져 보면 쓸 만한 물건들이 잔뜩 나올 테지만, 그 정도의 심리적인, 또 시간적인 여유는 없다.

지금은 이성을 유지한 채 한 걸음씩을 내딛는 것만으로도 벅차다. 그리고 플래시의 배터리도 얼마나 더 버텨줄 수 있는지 가늠이 안 된다. 진우는 다시 촛불을 켜보고 산소가 있는 것을 확인한 뒤, 걷기 시작했다.

"이상한데?"

소화전 세 개를 더 지나고 진우의 이마가 찌푸려진다. 앞쪽을 비추던 플래시의 불빛이 닿는 면이 뭔가 지금까지와 다르다. 빛이 뻗어 나가다가 차츰 소멸되는 게 아니라 뭔가에 꽉 막힌 듯한, 그런 느낌이다.

이건… 뭔가 잘못되었다.

불안해진다. 진우는 소화전 개수를 세는 것도 잊은 채 뛰다시

피 했다. 급해진 마음을 따라 발걸음이 빨라지고, 거리가 줄어들수록 그 사태가 명확해졌다.

슥— 벽면을 스친 팔뚝에 새까맣게 그을음이 묻어났다. 지금까지 줄곧 평탄했던 바닥에도 파편들이 밟힌다. 그리고… 눈앞에는 커다란 탱크로리 세 대의 잔해가 무너져 내린 돌 더미 속에 파묻혀 있다. 막혔다. 더 이상 나아갈 수 없다.

"후우우~"

불타 버린 자동차들의 잔해 옆에 서서 진우는 크게 한숨을 내쉬었다. 운동과 분노 때문에 올라간 심장박동이 좀처럼 가라앉지를 않는다. 진우는 주변을 둘러보았다.

커다란 폭발이 있었던 모양이다. 그리고 터널의 전광판과 공기 순환용 파이프, 조명등, 그리고 커다란 콘크리트 더미까지 무너뜨리게 만든 주범은… 저 탱크로리들일 것이다.

대체 뭘 운반하고 있던 것일까? 휘발유? 가스?

뭐라고 해도 이상하지는 않다. 긴급 상황이었던 만큼 이런 피난민들보다 유류 운반차가 더 바쁘게 움직였어야 할 테니까.

하지만… 그런 것도 전부 사고가 나지 않았을 때의 이야기다. 자빠진 채 돌 더미에 깔린 탱크로리를 보면서 진우는 한숨을 내쉬었다. 그 뒤로 몇 줄인가의 자동차도 폭발에 휘말렸고, 결국 아무도 이 터널을 벗어나지 못하게 돼버렸다.

혹시 뚫고 지나갈 만한 공간이 있을까 싶어 열심히 위아래로 플래시를 휘둘러 보고, 직접 돌무더기를 밟고 올라가도 봤다. 틈이 없지는 않다. 하지만 워낙 좁아서 쥐들이나 겨우 들락거릴 수 있을 정도이다.

막혔다. 폭발로 주변 구조물이 모두 무너져 내리는 바람에 흙더미와 돌무더기에 꽉 막혔다. 사람 키 세 길이 될까 말까 한 천장까지도 모두 다…….

큭큭큭, 진우는 눈가를 문지르면서 헛웃음을 웃었다. 너무 어처구니가 없어 어떤 반응을 보여야 옳은 건지도 잘 판단이 서지 않는다. 40개가 넘는 소화전을 지나쳐 왔다. 불안함 때문에 온몸을 땀으로 적시며 그 두려운 마음을 이기고 먼 길을 왔는데, 얻은 성과가 고작 무너져 내린 터널의 내부를 확인하는 것이라고?

사고가 날 거였으면 좀 입구에서 가까운 데에서 나든가, 사람 고생은 고생대로 다 시켜놓고…….

고오오오오― 쿠우우우우―

그놈의 이상한 울림은 여전히 끊이지 않고, 막혀 있는 잔해에 부딪쳐 되돌아오며 고막을 자극한다. 이래도 화를 내지 않을 거냐고, 주저앉지 않을 거냐고, 도발하는 것 같다. 이럴 때는 흔들리는 영혼을 붙들어 냉철함을 유지해야 한다. 그래야 이기는 거다.

뒤로 물러난 진우는 이를 악물고 뭔가 이성적인 판단을 하기 위해 애를 썼다. 이 상황과 괴이한 울림에 무너지지 않고 버티리라.

20여 미터 뒤쪽으로 되돌아 걸어 나와 눈에 보이는 것 중 가장 고급 승용차를 찾았다. 물론 그러느라 험한 꼴도 좀 봐야 했다. 자동차 안에서 탈출하지 못한 채 불길에 휩싸인 사람들의 시체가 여기저기 눈에 띈다.

멀쩡한 에쿠스를 찾은 진우는 타이어를 찢은 뒤, 뒷좌석 문을 열고 들어가 앉았다. 공기가 빠지면서 조금씩 가라앉고는 있지만, 널찍하고 푹신하다. 갇혀 있던 공기는 좀 답답해도 점점 나아지는 중이다. 진우는 앞좌석 팔걸이에 촛농을 떨어뜨려 초를 고정시켜 두고 한숨을 돌렸다. 진정할 필요가 있다.

"어디… 생각을 해보자, 생각을."

배낭을 뒤적거려 음식을 꺼내 씹으면서 진우는 막혀 있는 앞쪽을 노려보았다. 사고를 일으킨 탱크로리에 대한 분노가 가라앉으면서 차츰 이성과 추리력이 돌아가기 시작한다.

비단 좀비 때문에 대피를 하던 게 아니라도 이런 사고는 일어날 수 있다. 자동차 두 대만 부딪쳐도 터널은 꽉 막힌다. 그러면 대체 견인을 어떻게 하는 거지? 역주행으로 들어오지는 않을 텐데… 그리고 한쪽 차선을 아예 못 쓰게 되면 교통 체증이 장난이 아닐 것이다.

"아! 맞다!"

그제야 반대 방향 터널도 있었다는 게 떠올랐다. 입구에 들어오기 전, 좌우를 기웃거리면서 어느 구멍으로 들어갈까 생각도 했었다. 골라도 참 하필 여기를… 진우는 자신의 불운에 애도를 표하면서 뒤를 돌아보았다.

저 컴컴한 어둠을 지나 다시 되돌아가야 하나?

그러기에는 너무 멀고 귀찮다.

"중간에 서로 이어진 통로 같은 게 있지 않을까?"

그런 게 있어야 논리적으로 말이 된다. 음식과 물로 재충전을 마친 진우는 다시 초를 챙겨 들고 에쿠스 밖으로 빠져나왔다.

만약에 통로가 있다면 그가 걸어왔던 정비로의 맞은편에 있어야 하는 구조다. 그래야만 저쪽의 맞은편 차선에 닿을 테니까.

진우는 이번엔 터널의 좌측에 붙어서 되짚어 가보기로 했다. 아까는 거리를 재는 기준이 소화전이었다면, 이번에는 자동차다. 자동차 하나를 지날 때마다 진우는 카운트를 하나씩 올렸다. 60이 넘었을 때, 터널과 직각으로 뚫린 통로가 모습을 드러냈다.

코너를 돌며 '피난 연락갱' 이라는 글자를 발견한 진우는 안도의 한숨을 내쉬었다. 셔터가 내려져 있어서 건너편이 보이지는 않지만, 맞은편 터널로 이어진 것 같다.

"그래, 있을 줄 알았어. 하아~ 다행이다. 더 멀리 안 가도 돼서……. 어디, 이거를 어떻게 연다?"

셔터 상부에는 자동 개폐용 센서라 짐작되는 카메라가 붙어 있다. 물론 지금은 전기가 들어오지 않으니 저것도 작동하지 않을 게 뻔하다. 그렇다면 수동으로 열 수 있는 장치도 있을 것이다. 재난 상황을 대비해 만들어놓은 설비가 전기로만 움직인다면 말이 되지 않으니까.

하단부 쪽으로 플래시를 움직이며 개폐 장치를 찾던 진우가 움찔했다.

쿠오오오오— 쿠우우우우—

터널에 들어온 내내 그를 괴롭히던 그 굉음이 그 어느 때보다 크고 선명하게 들려온다. 그리고 그 소리에 맞춰서 셔터도 가볍게 흔들린다.

출렁— 쿠오오오오— 출렁— 쿠오오오오—

찾았다. 진우의 눈빛에 만감이 교차한다. 반드시 없애 버리겠다고 수없이 다짐했던 굉음의 장본인을 찾은 것 같다. 이 셔터 너머 어딘가에 있다. 뭘 어쩌는지 모르겠지만, 그것이 난리를 칠 때마다 이 셔터까지도 함께 출렁거리고 바닥의 틈새에서 기이한 소리가 울려 나온다.

문제는 탄창 하나로 그 범인을 다 처리할 수 있을지 알 수 없다는 점이다.

대체 몇 마리나 있는 거지? 그리고 뭘 하느라 이런 소리를 내는 거지?

"후우~ 미치겠다, 진짜."

어떻게 할지를 정하기 위해 진우는 두 발을 번갈아 떼면서 이런저런 경우의 수를 생각했다. 팔에는 여전히 소름이 돋아 있다. 그러고 보니… 단순히 불안해서 터널을 걷는 내내 이렇게 소름이 끼쳤던 게 아닌 모양이다.

셔터에 손을 대봐도 직접적인 충격은 느껴지지 않는다. 그 말인즉슨, 좀비들이 이 셔터를 들이받고 있는 건 아니라는 이야기다.

그럼 뭐지? 대체 뭘 어떻게 하고 있으면 이런 소리가 나지?

진우는 지금까지 걸어오며 봤던 주변의 시각 정보를 되짚어 봤다. 하지만 이런 소리를 만들어낼 만한 특별한 장치는 기억이 나지 않는다.

혹시 하행선 터널 안에는 이쪽과 다른 어떤 장치가 있는 걸까?

사실 그런 것보다 더 중요한 문제는 이 셔터를 열 것인가, 말

것인가 하는 것이었다. 연다면 건너편으로 갈 수 있고, 거기에서 1킬로미터도 채 떨어지지 않은 곳에 출구가 있다. 드디어 긴 여정을 끝내고 이 지긋지긋한 터널의 밖으로 나갈 수 있다는 뜻이다. 물론 좀비들에게 붙잡혀 뜯어 먹히지 않았을 때의 이야기이지만.

그게 너무 도박적이라 싫다면, 다시 터널 밖으로 얌전히 되돌아 나가는 수도 있다. 그러나 그런 뒤에 남는 것은 뭔가. 진우는 아까 터널 위의 건축물에 올라가서 보았던, 끝없는 산과 계곡의 모습을 아직도 생생하게 기억하고 있다.

또다시 그런 산속으로 들어가자고? 한 번 길을 잃으면 또 언제 이렇게 편한 도로를 만나게 될지도 모르면서?

진우는 고개를 저었다. 어떻게 만난 고속도로인데… 그건 싫다.

결국 모험을 해보기로 마음을 먹은 진우는 양쪽 벽에 각각 하나씩 붙어 있는 크레인 손잡이 중 왼쪽 벽의 것을 붙잡고 천천히 돌렸다.

키리리리― 키리리릭―

크레인은 생각했던 것보다 훨씬 부드럽게 돌아갔고, 몇 바퀴 돌리지 않은 시점부터 셔터가 올라가는 게 눈으로도 보였다. 기름칠이 잘되어 있던 듯하다.

물론 그보다 먼저 셔터가 열렸음을 알려준 것은 냄새였다. 지금까지 맡았던 것과는 비교도 되지 않을 만큼 강렬한 악취가 건너편 터널로부터 유입되어 들어온다.

윽, 어후~

진우는 오만상을 찌푸리며 크레인을 돌리던 손을 멈추고 살짝 떼어봤다. 힘이 가해지지 않아도 셔터가 도로 내려오려는 기미는 없다. 역진 방지 기어가 장착되어 있는 모양이다.

셔터는 지면에서 30센티 정도의 폭만큼 올라와 있다. 이 정도면 어떤 돌발적인 공격이 있다 해도 이편에서 빨리 방어하기에 더 용이하고, 눈으로 건너편을 확인할 수는 있는 높이다.

진우는 셔터의 꺾여 있는 손잡이에 발을 대고 밟는 시늉을 해보았다.

카랑—

살짝 힘을 주는 것만으로도 셔터가 흔들린다. 여차할 때 이런 식으로 밟으면 닫힐 것이다.

쿠오오오오— 콰아아아아—

개방된 공간을 통해 굉음은 한층 더 크고 또렷하게 들려온다.

"후~ 그럼 어디 봐볼까……."

진우는 K—2에 부착된 주야 조준경을 켜며 호흡을 가다듬었다. 그러고는 몇 걸음 물러나 낮게 포복하며 열린 셔터 틈을 조준했다.

3

주야 조준경의 초록색 화면에 건너편 통로가 비쳐진다. 그쪽에도 자신이 포복해 있는 것과 똑같은 넓이와 형태의 차선 하나가 마주 하고 있다. 그리고 그 너머는 직각으로 이어진 터널이다. 멀리 자동차 바퀴들이 보일 뿐, 움직이는 것은 눈에 띄지 않는다. 셔터를 여는 동안 예상은 했던 일이다. 뭔가가 기다리고 있었다면 당연히 셔터에 달려들어 치받거나 흔들어 대면서 생난리를 쳤을 테니까. 그렇다고 건너편에 아무것도 없다는 판단을 내리자니, 저놈의 괭음이 섭섭해할 것 같다.

쿠우우우— 쿠우우우—

막혔던 벽을 치우니 이제는 대놓고 시끄럽게 울려 댄다.

"와봐라… 이거냐?"

진우는 천천히 일어나 셔터 앞으로 다가갔다. 이미 30센티 높이까지 열었는데, 그보다 좀 더 올린다고 무슨 큰일이 날까 싶다. 두려운 마음을 꾹 억누르고 셔터를 허리 높이까지 들어 올렸다.

드르르륵—

그러고는 몸을 굽혀 건너편 터널로 넘어갔다.

흐으읍—

숨을 들이켜 봤다. 상행선 방향과 그리 다르지 않은 공기다. 경유 냄새, 썩은 음식물의 냄새, 먼지 냄새, 그리고 지긋지긋한 좀비 냄새는 더 강렬해졌다. 하지만 의외로 반대 차선보다 호흡하기가 한결 수월한 기분이 든다.

"어디에서 바람이 들어오나?"

진우는 주야 조준경에서 눈을 떼고 테이프로 고정시켜 둔 플래시의 스위치를 올렸다. 주야 조준경 배터리는 충전을 할 수 없으니 정말 필요한 순간을 위해 가능한 아껴둬야 한다. 그렇게 발발 떨어가며 사용해도 이제 앞으로 몇 시간 쓰기 어렵다. 진우는 일단 피난 연락갱 안에서 멈춰 선 채 직각으로 나 있는 터널의 양쪽 끝을 훑듯이 플래시를 돌렸다.

없어라, 없어라, 아무것도 없어라… 만약에 올 거면 차라리 지금 와라…….

주문을 외우듯 작게 중얼거리며 천천히 전진했다. 그을음이 가득했던 건너편 연락갱과 달리 새로 들어선 하행선 벽은 깨끗하다. 폭발 사고가 일어날 때, 이미 셔터가 내려져 있었다는 의미이다.

진우가 이렇게 자신만만할 수 있는 데에는 여유가 생긴 실탄도 크게 한몫했다. 오두막의 탈영병들이 가지고 있던 탄창까지 전부 회수했기 때문에 전술 조끼가 두둑하다. 게다가 배낭에도 예비 탄창이 들어 있다.

진우는 차선 두 개를 가로질러 정비로로 올라섰다. 비록 1미터밖에 안 되지만, 지형적으로 우위에 서는 건 중요하다. 게다가 난간이 있어서 예상치 못한 습격으로부터도 비교적 안전하다. 쉬지 않고 울리며 메아리를 만들어 대는 굉음 때문에 소리로 미리 예측을 할 수 없으니, 가능한 한 안전을 위주로 움직여야 한다.

터널 내부는 이미 경험한 것과 거의 차이가 없었다. 소화전, 반사판, 송풍기, 지시등… 이런 것들이 차례로 등장하고 멈춰 서 있는 차들이 가득하다. 자동차들이 서 있는 방향이 바뀌어 앞쪽을 보며 걸어간다는 것 정도가 다른 점이라면 다른 점이다.

슷—

소화전 두 개 거리를 지났을 때, 10여 미터 앞 SUV 유리창 너머로 검은 그림자가 나타났다. 사람의 그림자. 이 터널에 들어와 처음으로 보는 사람의 형태였다. 물론 99.9퍼센트 확률로 진짜 사람이 아니라 좀비겠지만……. 그림자의 바로 옆에도 또 검은 뭉치들이 붙어 있다.

헉, 진우는 짧은 탄성과 함께 벽에 바짝 붙어 섰다.

이제야 나타났구나, 이 개새끼들…….

진우는 개머리판을 어깨에 대고 방아쇠에 손가락을 걸었다. 대체 왜 이놈들은 포효조차 하지 않고 있던 것일까 하는 의문과 함께.

진우는 호흡을 가다듬으며 검은 그림자가 SUV 밖으로 모습을 드러내기를 기다렸다. 그리고 그 일은 순식간에 일어날 거라고 예측했다. 지금까지 수없이 봐왔던 좀비들의 속도가 그랬으니까. 둘을 세기 전에 아마 SUV의 꽁무니를 돌아 나와 아가리를 벌리며 달려들 것이다. 그러면 곧바로 방아쇠를 당겨서 조수석을 지나기 전에 대가리를 날려야지.

하나, 두…우…울, 음? 뭐지?

셋을 세고 넷을 셌는데도 좀비가 나오지를 않는다. 진우는 예상을 벗어난 상황에 당황하면서 시야를 넓혔다. 좀비는 벌써 다른 방향으로 돌아오고 있는데 혹시 자신이 그 움직임을 놓친 것인가 싶어서다.

하지만 아니다. 여전히 SUV 뒤쪽으로 놈의, 아니, 놈들의 그림자가 길게 드리워 있다. 믿을 수 없을 정도로 느릿느릿 움직이는 그림자가 천천히 C필러를 돌아 나온다.

그으으~으.

30대 중반이나 후반, 폴로 티셔츠, 굵은 금목걸이, 고급 청바지에 갈색 보트 슈즈… 아마 꽤나 여유롭게 살던 사람인가 보다. 물린 곳은 아마도 오른쪽 옆구리. 그곳에서부터 흘러나온 피가 주변을 온통 검게 물들여 놨다… 따위의 정보를 모두 읽어낼 수 있을 만큼의 시간 동안 좀비가 한 일이라고는 맥없이 작게 그릉대면서 두 발짝을 내디딘 것뿐이다. 그것도 보폭이 30센티 정도나 겨우 될까 싶게 어그적거리며 걷는다.

그으으—

폴로 좀비가 또 한 걸음을 떼며 반대쪽 손을 천천히 들어 올린다. 관절염을 앓는 100세 노인이라고 해도 그보다는 날렵하게 움직일 것 같다. 느리다. 너무 느리다.

"하아~ 하아~ 뭐지, 이 새끼들? 무슨 수작이지? 페이크인가……?"

뜻밖의 상황이 오히려 진우를 당혹스럽게 만든다. 폴로 좀비의 뒤를 이어 등장한 나이키 좀비와, 러닝셔츠 좀비, 반바지 좀비와 아줌마 좀비, 대머리 좀비까지… 모두 다 한결같이 느린 움직임으로 좁은 자동차 사이를 걸어 나오고 있다.

거리는 10미터 정도밖에 안 되지만, 놈들이 여기까지 닿으려면 30초는 기다려야 할 것 같다. 물론 이쪽에서 서너 발짝만 뒤로 물러나면 그 시간은 또 늘어날 것이다.

여섯 마리나 되는 좀비와 마주쳤는데 이렇게 여유롭다니… 믿을 수가 없다. 아무리 유심히 살펴봐도 지금까지 죽여왔던 수많은 좀비들과 별다른 차이도 없는데……. 혹시 이놈들을 미끼로 쓰는 이상한 전법인가 하는 의심이 든 진우는 사방으로 시선을 돌려봤다. 그래도 역시 움직이는 건 이놈들뿐이다.

그ㅇㅇㅇ—

반바지 좀비가 비틀거리다가 바닥에 자빠진다. 놈은 한쪽 다리의 살이 너무 많이 뜯겨 나가 있어서 움직임이 영 불안정하다. 그 바람에 넘어지는 놈에게 걸린 러닝셔츠 좀비도 함께 뒹굴었다. 다들 도무지 매가리가 없다.

이쯤 되면 아주 저질 코미디를 0.2배속 정도로 보는 기분이 든다. 당연히 무섭지도 않다. 오히려 이놈들을 죽인다는 게 약자를 괴롭히는 일처럼까지 느껴진다. 예전의 진우였으면 망설였을지도 모른다.

"왜 그렇게 약해졌는지는 모르겠지만, 어쨌든 너희들에게 물려도 죽는 거니까……."

한동안 좀비들을 관찰하던 진우는 이내 방아쇠를 당겼다.

타앙—

첫 발이 발사되자마자 터널 전체를 뒤흔들 만큼 커다란 메아리가 수십 번을 반복해서 만들어지며 귀를 울린다. 30세 중반의 옆구리를 물린 폴로 좀비는 이마에 커다란 구멍이 뚫린 채 바닥에 쓰러졌다.

물론 선두의 놈이 그런 꼴을 당한 뒤에도 나머지 좀비들은 더 서두르거나 움직임이 빨라지지는 않았다. 여전히 어기적어기적, 천천히 걸음을 뗄 뿐이다. 총소리 때문에 먹먹해진 고막에는 들리지 않을 정도로 작게 포효하면서…….

타앙— 타앙— 타앙—

진우는 더 시간 끌지 않고 잇달아 총알을 날렸다. 한 마리에 한 방씩, 순식간에 다섯 마리를 제거한 진우는 자동차 사이에 넘어져 있는 반바지 좀비가 일어나기를 기다렸다. 반바지 좀비는 도무지 제대로 몸을 가누지 못했다.

비틀, 쿵— 비틀, 쿵—

머리가 보일 만하면 넘어지고, 다시 또 일어나는가 싶으면 보닛 아래로 모습을 감춘다. 기다리다 지겨워진 진우가 아래로 내려갈까 고민을 시작했을 때쯤에야 겨우 반바지 좀비는 몸을 일으켜 세웠다. 그러면서도 여전히 그 시선만은 진우에 고정되어 있다.

"근데 대체 너희들… 그런 굉음은 어떻게 낸 거야? 그렇게 힘도 없는 놈들이."

반바지 좀비가 아가리를 벌리려 할 때, 진우가 발사한 총알이 놈의 머리를 꿰뚫었다. 반바지 좀비의 두 다리가 힘없이 꺾이고, 뇌수가 쏟아지는 놈의 뒤통수가 바닥을 때린다.

하아~ 진우의 입에서 가벼운 한숨이 나온다. 별로 개운치 않다. 그래도 이제 그 지겨운 소리는 더 듣지 않아도 된다…고 생각했다, 아주 잠시.

쿠우우우우— 고오오오오— 위이이이잉—

총소리의 여운이 끝나기도 전에 진우를 비웃기라도 하듯 예의 그 굉음이 계속 이어졌다.

그럼 그렇지, 이렇게 쉬울 리가 없어…….

진우는 납득한다는 표정을 지었다. 이 끝없이 지속되는 힘찬 소리를 저런 놈들이 만들어냈다고 하면 그게 오히려 더 말이 안 된다. 저 앞에 분명 다른 놈들이 있다.

하지만 진우가 이해할 수 없는 것은 이렇게 총소리가 크게 울렸는데도 놈들이 계속 그 굉음을 만들어내는 데만 열중하고 있는가 하는 점이었다. 대체 그게 얼마나 대단한 의미가 있는 일이기에…….

키이이이잉—

신경을 긁는 굉음은 끊이지 않고 이어진다. 마치 그를 유혹하기라도 하는 듯. 진우도 홀린 사람처럼 멈추지 않고 걸었다. 한 걸음, 한 걸음 뗄 때마다 그 소리는 더욱 크고 선명해졌다. 즉, 그 근원이 이 앞 어딘가에 있다는 의미다.

그리고 다시 소화전 네 개를 더 지났을 때, 진우는 왼쪽 벽에 붙은 수상한 문을 발견했다.

"여긴가……."

계단을 걸어 내려온 진우는 안쪽으로 미는 방식의 커다란 쇠문 한 쌍 앞에 멈춰 서서 중얼거렸다. 1/3쯤 열린 채 내려진, 도어 스토퍼 발굽으로 고정되어 있는 문은 생김새가 일반 문과 조금 달랐다. 재질은 쇠로 되어 있고 꽤나 두툼하지만, 10센티미터 정도 폭의 긴 구멍이 촘촘하게 나 있는, 두꺼운 철창 같은 모양이다.

"…급기 환기실."

진우는 문의 상단에 붙은 글자를 읽었다. 문의 안쪽에서는 멋대로 증폭된 그 굉음이 악취와 뒤섞인 채 파도처럼 계속 밀려나온다. 진우는 플래시로 안쪽을 비쳐 봤다. 급격한 곡선으로 된 복도다. 벽면은 터널 내부와 같은 거친 콘크리트 재질, 천장에 촘촘하게 붙어 있는 조명들은 물론 모두 꺼져 있다.

문에 분명하게 박혀 있는 '관계자 외 출입금지' 여덟 글자에서 알 수 있듯 이 길은 터널의 뭔가를 관리하는 곳으로 이어진 통로임을 의미했다.

그 유혹하듯 삐죽 열린 문과 앞으로 쭉 뻗어 있는 정비로를 진우는 잠시 번갈아 바라봤다. 어차피 터널 밖으로 나가는 길은 정비로를 계속 따라가기만 하면 된다. 눈앞에서 자신을 현혹시키고 있는 이 통로가 아니다. 다시 말해 이 문 안으로 굳이 들어가지 않아도 터널을 빠져나가는 데는 아무런 문제가 없다.

"…그래, 뭐하러 굳이 무리해? 그냥 가자."

굉음을 만들어내는 범인을 찾기만 하면 반드시 죽여 버리겠다고 증오의 다짐을 했던 게 마음에 걸리지만, 별다른 소득은 보이지 않고 위험하게만 보이는 일에 뛰어들지 말자고 진우는 스스로를 설득했다.

그까짓 굉음, 지금은 이렇게 신경을 갉아먹는 것처럼 거슬리고 짜증이 나지만, 여기에서 벗어나기만 하면 이내 들리지 않게 될 소리니까. 오로지 이 터널 안에서만 위력을 발휘하는 소음일 뿐이다. 아무리 실탄을 확보했어도 그런 데에 낭비할 만큼 여유롭지는 않다. 눈감고 귀 막고 외면해 버리면 없는 것이나 매한가지다. 그냥 가자.

진우는 살금살금 발소리를 죽여 그 문제의 문 앞을 지나쳤다.

코오오오— 위이이잉—

멀어지는 진우의 등에 또다시 조롱하는 것처럼 굉음이 덮쳐온다.

슬쩍 뒤를 돌아보면서 진우는 자신의 감정을 억누르기 위해 이를 악물어야 했다. 마음이 흔들리기는 했지만, 어쨌든 그는 용케 그 문에서 멀어졌다. 다시 소화기 하나 정도의 거리를 지날 때쯤, 굉음이 크게 들려온다.

"이건 또 뭐야?"

진우는 고개를 들어 소리의 진원지를 찾았다. 그의 머리에서 2미터쯤 위에 커다란 파이프들이 잇달아 돌출되어 있다. 끝부분에 필터가 달린 둥근 모양이나 크기를 보면 바람이 나오는 관임이 분명하다.

그리고 그 통풍관들에서 조금 전 문 앞에서 들었던, 예의 그 괴상한 소리가 울려 나온다. 마치 파이프 오르간을 연상시키게 하는, 그런 웅장한 울림이다.

이상한 터널이다. 통풍관에서는 나오라는 바람 대신 굉음이 쉬지 않고 뿜어져 나오고, 좀비들은 허약하기 짝이 없고, 뭔가 비정상적인 곳이다. 게다가 집요하다. 정말 어렵게 문 앞에서 유혹을 뿌리쳤는데, 통풍관들이 다시 발목을 잡는다.

고오오오오— 쿠우우우우— 위이이이이—

하도 지겨워서 이젠 소리가 날 때마다 저절로 이를 악물게 된다.

"젠장… 계속 짜증나게 하는구나. 이러다가 미쳐 버리겠다. 뭔 놈의 소리가 사람의 기운을 이렇게 쪽 빼는……."

그렇게 중얼거리던 진우가 갑자기 말을 멈췄다. 저 멀리서 또 좀비들이 비척거리며 걸어오는 걸 발견했기 때문이다. 이번에는 세 마리. 하지만 느려 터졌다는 것에는 변함이 없다.

뭐지? 얘들, 아까부터… 내가 모르는 사이에 좀비들이 다 퍼져 버린 건가? 설마… 이 소리가 좀비들을 약화시키는 기능을 하는 건가? 원리를 알 수는 없지만, 뭔가 이상한 주파수가 좀비들의 뇌를 자극해서 운동능력을 약화시키는?

멍한 표정을 짓고 있던 진우는 일단 총구를 돌려 다가오는 좀비들부터 처리했다.

타앙— 타앙— 타앙—

세 마리의 좀비를 차례로 고꾸라뜨린 진우는 자신의 가설을 되짚어봤다. 말이 되는 것 같다. 그게 아니라면 대체 아까의 그 약한 좀비들을 뭐라고 설명할 수 있단 말인가.

그렇다! 이 소리가, 이 기분 나쁜 굉음이 바로 좀비들의 약점이었던 거다! 그동안 아무도 몰랐던 좀비들의 아킬레스건!

자신의 생각이 새삼 그럴듯하게 느껴진 진우는 회심의 미소를 지었다. 만약에 그게 사실이기만 하다면 얼마나 놀라운 일이 일어날 수 있을지 상상하는 것만으로도 기분이 좋아진다. 지능이 낮다는 점을 제외하면 약점이라고는 도무지 없어 보이던 그 강한 놈들이 만약 어떤 소리 하나에 이렇게 무력화된다면…….

[아니, 아니, 잠깐만…….]

또 다른 자아가 진우에게 말을 건다.

[너 지금 그건 그냥 핑계잖아. 너는 단지 저 굉음이 나는 곳에 가보고 싶은 것뿐이야. 그래서 만약에 저 안에서 좀비들이 이상한 짓을 하고 있으면 속이 시원하게 쏴 죽여서 복수하고 싶은 거라고. 여기 좀비 새끼들 비실거리는 것도 봤겠다, 별로 겁낼 필요 없다고 생각하는 거지. 그러면서 무슨… 이상한 가설 같은 걸 억지로 만들어? 그런 거 다 핑계일 뿐이라는 걸 나도 알고, 너도 알아. 그러니까 잊어버려. 잊어버리고 그냥 앞만 보고 쭉— 걸어가. 그게 남는 거고, 안전한 길이야.]

진우는 고개를 저었다.

'핑계 아닌데… 생각해 봐. 모든 좀비가 아까 그놈들처럼 약해지기만 하면… 더 이상 아무도 피눈물 흘리지 않아도 돼. 그냥 저 소리를 녹음해서 엄청 큰 스피커로 틀어주다가 비틀거리는 좀비들을 천천히 정리하면 된다고.'

그리고 또 다른 자아가 다시 개입하기 전에 돌아서서 문 쪽으로 걷기 시작했다. 이 비밀을 직접 눈으로 확인하고 싶다. 어쩌면 지금의 좀비 세상에서 가장 강력한 무기가 되어줄지도 모르는 어떤 것이 바로 근처에 있었는데, 단순히 무섭다는 이유로, 위험할지도 모른다는 이유로 그냥 지나쳐 버리고 싶지는 않다.

[내 생각에는 넌 그냥 스트레스를 풀고 싶은 것 같아. 알아, 하 중위를 못 지키고 그렇게 죽는 걸 지켜볼 수밖에 없던 게 어지간히 스트레스를 줬겠지. 그래, 그깟 두 놈 죽여봐야 아무 분

도 안 풀려. 게다가 그렇게 열 받아 있는데 이상한 소리는 계속 귀를 울리지… 이해해. 아무거라도 막 다 쏴 죽여 버리고 싶은 거겠지…….]

"닥쳐! 그런 거 아니야! 세상을 바꿀 소중한 기회가 있을지도 모르는데, 겁을 내다가 그걸 놓치고 싶지 않은 거라고!"

진우는 혼잣말로 또 다른 자아를 윽박지른 뒤, 문의 안쪽으로 들어섰다. 활 모양으로 휘어져 있는 복도를 따라 안쪽으로 들어가는 동안에도 굉음은 끊임없이 이어졌다.

은박으로 덮인 아름드리 파이프들이 꽉 찬, 넓은 통로가 나타났다. 그리고 바닥에 길게 이어져 있는 검은 얼룩들이 보인다. 아마 말라붙은 피일 것이다.

안쪽으로 더 깊숙하게 들어갈수록 얼룩의 수와 면적이 늘어난다. 벽면과 파이프에도 피 칠갑이 되어 있다. 한때 이곳에서 대대적인 살육이 일어났던 모양이다.

"응? 이건……."

플래시의 광원 밖, 당연히 암흑이어야 할 부분에 뭔가가 희끗희끗 비친다. 빛이다. 뭔가에 반사된 빛이 벽면에 어른거리다가 사라지고, 다시 어른거린다. 빛의 등장과 더불어 공기의 흐름도, 냄새와 소리도 더 강해진다.

빛… 빛과 그림자가 어지럽게 교차하는 걸 보면서 진우는 본능적으로 주야 조준경을 켜고 플래시를 껐다. 이제 뭔가가 일어나고 있는 곳에 아주 가까워졌다. 어른거리는 빛 덕분에 플래시를 껐는데도 주변이 어렴풋이 보인다. 이 깊은 지하에서… 이상한 일이다.

쿠오오오— 위이이이— 고오오오오—

고막을 흔드는 소리의 폭력을 꾹 참고, 진우는 주야 조준경의 녹색 화면에 의지하며 휘어진 복도를 따라 조심스레 한 발짝씩을 내디뎠다. 그리고 마침내 이 굉음의 실체를 마주한 진우의 입에서는 탄식이 흘러나왔다.

"이… 이게 뭐야?"

복도가 끝나는 지점, 폭이 20미터는 족히 될 넓은 방에는 커다란 둥근 금속 기둥이 수직갱을 따라 서 있다. 이 터널의 공기 순환을 담당하는 환기탑이다. 환기탑의 주변에는 수없이 많은 좀비들이 금속 기둥을 에워싼 채 풀쩍풀쩍 뛰고 있었다. 빛이 번쩍일 때마다 좀비들이 포효하며 기둥을 들이받고, 그 충격에 금속판이 울리며 이상한 소리를 만들어낸다.

쿠오오오— 고오오오—

놈들이 노리는 것은 기둥을 빙 둘러 부착되어 있는 무수히 많은 금속 회전판들이다. 에어컨의 송풍구와 유사한 구조로 열리고 닫히며 공기의 흡입을 조절하는 장치다. 물론 전기가 끊어진 지금, 인위적인 조절은 되지 않지만, 유입되는 공기의 양과 방향에 따라 무작위적으로 쉼 없이 여닫힌다.

회전판들이 열릴 때마다 빛이 번쩍이는 걸 보면, 이 금속 기둥은 외부에 돌출된 형태로 햇빛을 투과시키고 있는 듯하다. 그리고 놈들은 열린 회전판의 그 좁은 틈새로 빛이 반사되기만 하면 열광하듯 그곳을 향해 몸을 날린다.

'왜? 대체 왜 저렇게 빛을…….'

진우는 자신이 보고 있는 광경을 이해할 수가 없었다. 번쩍거리는 곳에 뛰어들어 어떻게든 빛을 차지하려는 그 모양새는, 개나 고양이들이 거울에 반사된 빛을 쫓아 뛰어다니는 것과 비슷하다.

다만, 이놈들은 반사된 빛의 방향에는 무관심하고 오로지 손바닥만큼 비쳐 드는 빛을 붙잡아두려고 한다. 어찌나 집중하고 있는지 바로 등 뒤에 진우가, 살아 있는 인간이 와 있는데도 뒤를 돌아보는 놈은 단 한 마리도 없다.

가장 인기가 있는 지점은 회전판이 부서져 꺾인 곳이다. 놈들은 날카로운 회전판의 단면에 이제는 다 말라붙어 버린 살가죽이 찢겨 나가면서도 그 안으로, 장밋빛 햇살이 비쳐 드는 곳으로 뛰어들기 위해 경쟁적으로 대가리를 들이밀고 있다.

삼척에서 원자력발전소 건물을 에워싸고 있던 놈들 이래 이만큼 열정적인 놈들은 본 적이 없었다. 속도나 힘도 여느 좀비들보다는 못하지만, 아까 터널에서 보았던 것처럼 약해 빠진 놈들이 아니다. 그러니까 굉음이 좀비들을 약화시킨다는 진우의 가설은 완전히 틀린 것으로 판명이 났다.

4

돌아가자…….

햇빛이 비쳐 드는 금속 기둥을 향해 광기 어린 다이빙을 하는 좀비들을 보면서 진우는 생각했다.

빨리 가자. 이놈들이 여기에 정신이 팔려 있을 때…….

그때였다.

반짝— 다시 회전판이 돌면서 햇살이 비쳐 드는가 싶더니, 갑자기 거짓말처럼 반짝임이 사라지고 주변은 완전한 어둠 속에 묻혔다. 진우는 그 이유를 알고 있었다. 아까부터 노을로 경고를 해주었던 해가 마침내 서편으로 넘어갔다. 강원도에 밤이 찾아온 것이다.

그롸아아아아—

기둥을 에워싼 채 들이받고 있던 좀비들이 일제히 진우를 향해 돌아선다. 햇살 놀이가 끝났으니 이제야 불청객과 놀아주고 싶은 모양이다.

"으아아아—!"

진우는 곧바로 뒤돌아 뛰었다.

저놈들, 그렇게 빠르지 않다. 바깥에 있는 놈들처럼 도저히 뿌리칠 수 없는, 그런 괴물들이 아니다. 열심히! 최선을 다해서! 달리기만 하면!

"하아~ 하아~"

문!

발굽으로 고정되어 있던 열린 철창문이 기억난다. 그 문만 잠가 버리면 된다! 놈들의 지능으로는 손잡이에 달린 그 작은 자물쇠를 돌려 안으로 끌어당길 정도가 안 될 거다!

진우는 플래시를 켜고 앞을 비추면서 죽어라 달렸다.

그롸아아아아—

좀비들도 지지 않고 달려온다. 하긴 얼마 만에 만난 신선한 인간의 피와 살일 텐데… 당연하다.

탁탁탁탁탁—

수없이 많은 발이 한꺼번에 대지를 두드릴 때에만 나는 그 발소리가 등 뒤에서 울린다.

개새끼들아! 돌아가서 기둥이랑 좀 더 놀아! 잠시 구름이 낀 건지도 모르잖아!

진우는 돌아보고 싶은 욕망을 꾹 참으며 이를 악물고 뛰었다.

검은 핏자국이 잔뜩 묻어 있는 넓은 방을 지나, 급격한 곡선으로 된 복도의 벽을 따라 달렸다. 속도를 못 이겨 몇 번이나 손으로 벽을 밀쳐 내야 했다.

젠장, 총 두 자루를 달고 뛴다는 건 왜 이렇게 힘이 드는지… 숨이 턱 끝까지 차오른다. 마침내 문이 보인다. 이제 결정의 순간이 왔다. 딱 한 번, 지금은 뒤를 돌아봐도 된다. 아니, 돌아봐야 한다.

진우는 총구와 함께 고개를 돌렸다. 가장 앞서서 쫓아오는 놈들은 다섯 마리. 그 뒤로는 곡선의 복도 벽 뒤에 가려져 모습이 보이지 않고 소리만 들린다.

투투둑— 투두둑— 투투둑— 투두둑—

총알을 아끼지 않고 재빠르게 갈겼다. 어찌나 서둘렀는지 두 마리는 머리에 맞추지도 못했다. 당연하다. 그냥 복도 전체에 붓 칠을 하듯 갈긴 거니까…….

가슴과 어깨가 박살 난 채 날아간 두 마리가 그륵거리며 일어나려 애쓰는 동안, 진우는 급기 환기실 문의 고정 발굽을 전투화로 걷어차 올리면서 안쪽의 자물쇠 손잡이를 돌리고 문밖으로 빠져나갔다.

그롸아아아아—

뒤를 따르던 제2열의 좀비 수십 마리가 코너를 돌아 달려 나오며 뒈진 놈들의 대갈통을 걷어차고 짓밟는다. 진우는 바깥에서 문을 끌어당겼다.

콰당!

두꺼운 쇠문이 닫혔다.

철컥.

자물쇠가 걸리는 이 믿음직한 소리. 진우는 떨리는 손으로 손잡이를 잡고 아주 살짝 돌려봤다. 잠겼다. 바깥에서 돌아가지 않는다.

쿵!

진우가 안도의 한숨을 내쉼과 동시에 문이 흔들리며 둔중한 소리를 만들어냈다. 좀비들이 몸통으로 부딪쳐 오는 것이다. 그리고 좀비들의 손가락이 철창 사이로 비집고 나온다. 진우는 얼른 손잡이를 놓고 터질 것 같은 가슴을 꽉 누르며 뒷걸음질을 쳤다.

쿵— 쿵—

문은 계속 흔들리지만, 굳건하게 닫혀 있다. 정말 어지간한 행운이 놈들에게 주어지지 않는 한 절대로 열리지 않을 것이다.

그롸아아아—

분을 이기지 못한 좀비들의 포효하는 소리가 쇠문 틈을 통해 들려온다. 이제 이 문이 왜 이렇게 생겼는지 알겠다. 공기 흡입을 방해하지 않기 위해서…….

"살았다… 내가 미쳤지, 거기를 왜……."

이마의 땀을 닦아낸 진우가 탄창을 갈아 끼우고 있을 때, 지금껏 숨죽이고 있던 또 다른 자아가 낄낄거리며 고개를 든다.

[하여간 너는 멍청해. 그냥 네 갈 길 갔으면 이 고생 안 했지. 너는 가야 할 때 망설이고, 망설여야 할 때 가는 밥통이야.]

"지랄하지 마. 그래도 이렇게 잘 막아냈어, 멍청아."

진우는 이를 바득 갈며 무시했다. 이번에는 정말 괜한 짓을 하기는 했다. 만약 이 쇠문이 제대로 잠기지 않았다면…….

휴우우~ 그 생각만 해도 아찔해서 한숨이 난다. 그 많은 좀비들이 그렇게 좁은 데서 달려드는 꼴은 정말 어마어마한 박력이었다. 소리로 좀비를 무력화시킨다니, 어리석고 엉뚱한 꿈을 꾸었다.

후들거리는 다리를 좀 진정시킨 진우는 정비로를 따라 다시 걸었다. 더 쉬고 싶어도 계속 문을 들이받는 좀비들 때문에 불안해서 그렇게 하고 있을 수가 없다. 굉음이 끝나니 이젠 저놈의 쿵쿵, 소리. 이 터널은 잠시라도 조용하면 안 되는 곳인가 보다.

"젠장, 여기서 나가도 이젠 깜깜하겠네."

아까 진우가 발을 돌렸던 그 통풍관들 아래까지 왔다. 통풍관 안쪽, 저 너머에서 좀비들의 포효가 울려온다. 놈들의 악취는 덤이다. 진우는 통풍관을 올려다보며 중얼거렸다.

"아까 그 방이랑 여기가 이어진 건가……."

사방은 캄캄하고, 등 뒤에서, 그리고 머리 위에서 괴물들의 울음소리가 들려온다. 주변에는 아무도 없고, 보이는 것이라고는 멈춰 선 자동차들의 시꺼먼 형체뿐. 그야말로 귀신의 집이 아닌가.

라이브 귀신의 집.

등 뒤에서 울리는 쿵쿵, 소리가 문이 닫혀 있음을 보증해 준다는 걸 알면서도 심장이 오싹해져서 자꾸 뒤를 돌아보게 된다. 물론 거기에는 배기관을 통해 울리는 울음소리도 한몫을 했다. 질린다.

그 뒤로 소화기를 또 여섯 개 지났다. 이제 슬슬 출구가 보여야 하지 않나 싶은 지점이다. 도중에 전기실이라고 써 붙여진 방을 만났지만, 거들떠보지도 않고 지나쳐 왔다. 더 이상의 오지랖은 부리지 않을 계획이다.

"급기 환기실……."

진우는 조금 전 자신이 잠그고 나왔던 방의 이름을 중얼거렸다. 그리고 방금 지나온 곳이 전기실.

아닌데… 진우는 고개를 갸웃거렸다.

급기 환기실이라는 단어를 들으면 저절로 연상되어야 하는 짝 단어가 있는데, 기억이 나지 않는다. 예전에 공사하러 다니면서 주워들은 풍월이다. 전기실은 확실히 아니다.

"뭐지? 급기 환기실… 그 짝이… 아, 이제 머리가 잘 안 돌아가나 봐. 수분이 부족해서 그런가?"

진우는 뒤로 손을 뻗어 배낭에서 물을 꺼내기 위해 멈춰 섰다. 잠시 시선이 정면에서 벗어난 사이, 플래시 불빛 저 너머에서 자동차들 사이로 검은 그림자가 휙 스쳐 간다.

"또 나왔냐? 너희는 안 무서워, 새끼들아. 저 환기실 쪽 놈들이 무섭지."

터널 내에서 세 번째로 그림자들을 만났을 때, 진우는 그리 당황하지 않았다. 거리도 있겠다, 물 한 모금 마시고 잡아도 된다. 어차피 이놈들도 조금 전 보았던 두 무리처럼 느려 터진 놈들일 테니까.

환기탑 주변에 있던 좀비들과 달리 이 터널 안에 있던 놈들은 두려울 게 없다. 햇빛을 보지 못해 골다공증이라도 걸렸는지 고함도 지르지 못할 만큼 무기력한…….

그롸아아아아악! 그와아아—!

"어?"

전혀 예상치 못한, 박력 가득한 포효에 진우는 물병을 찾던 손을 급하게 되돌려 총을 고쳐 잡았다.

이 좀비들은… 뛰어온다.

그라아악—

게다가 엄청나게 큰 소리로 울부짖는다.

타앙— 타앙— 타앙—

보닛을 밟고 뛰어오르는 놈부터 대가리를 꿰뚫었다. 그러고는 자동차들 사이로 내달려 오는 놈과 난간을 붙잡고 정비로로 기어 올라오려는 놈을 차례로 쓰러뜨렸다. 하지만 아직도 더 있다.

타앙—

자동차 지붕을 밟고 경중경중 뛰어오던 놈의 머리를 날린 진우는 곧바로 총구를 돌려 2차선 쪽에 바짝 붙어 달려오던 놈들의 미간에 총알을 박아 넣었다.

순식간에 일곱 마리의 좀비를 잡았지만, 그래도 꽤 아슬아슬했다. 가장 마지막에 죽인 놈은 그가 서 있는 정비로에서 채 댓 걸음도 떨어지지 않은 곳에 엎어져 있다.

"하아아~ 뭐야, 이 새끼들… 환기실 쪽 놈들인가? 한 가지만 좀 하지… 사람 헷갈리게. 느렸다, 빨랐다… 하아아~"

혹시 좀비가 남아 있나 싶어 사방으로 총구를 돌리면서 진우는 믿을 수 없다는 듯 중얼거렸다. 그러고는 혹시나 싶어 뒤도 돌아보았다. 조용하다. 이해가 가지 않는다. 빠르고 힘센 놈들은 조금 전, 그 급기 환기실이라고 적힌 철문으로 막아두고 왔다. 그러니 빠져나올 수 없다. 그런데 왜…….

"기억났다… 급기하면 배기지… 배기 환기실이네."

영혼이 없는 목소리로 진우가 중얼거렸다. 답이 떠올라 줬지만, 하나도 반갑지가 않다. 공기를 빨아들이는 곳이 있으면 빼주는 곳도 있는 법. 그 환기탑과 이어진 문이 하나 더 있는 것이다.

그리고 아까의 그 비스듬히 휘어진 복도 모양을 생각하면, 배기 환기실 문이 어디쯤 있는지도 예측할 수 있을 것 같다. 대칭을 이루며 이 앞쪽 어딘가에 뚫려 있어야 맞다.

그리고 아마도 그 문은… 열려 있나 보다.

그롸아아아아—!

진우의 예측이 정답임을 알리며 배기 환기실 문을 통해 좀비들이 뛰쳐나온다. 그가 서 있는 곳에서 100여 미터 전방. 너무 멀어서 플래시 불빛이 선명히 닿지도 않는다. 그저 뭔가 검은 그림자들이 휙— 휙— 뛰쳐나오고 있다는 것 정도만 어렴풋이 알 수 있다.

투두둑— 투두둑— 투두둑—

진우는 문가를 향해 지향 사격을 하며 재빨리 주야 조준경을 켰다. 전원이 들어오기를 기다리는 동안 탄창 하나를 다 소진했다. 하지만 워낙 어두워서 뭐가 맞았는지 아닌지도 구분이 되지 않는다.

터널을 뒤흔들며 메아리치는 총소리 때문에 고막은 터져 나가는 것 같다. 하지만 놈들은 그렇게 깜깜하고 혼란스러운 상황에서도 진우의 위치를 정확히 감지하고 있다. 존나게 불공평하다.

"왔다, 왔어!"

탄창을 갈아 끼우는 사이, 주야 조준경의 녹색 화면이 들어오는 걸 확인한 진우는 얼른 플래시를 껐다. 이제야 조금 비슷한 처지에서 싸우게 됐다.

70여 미터 전방, 좁은 정비로를 가득 메우고 좀비들이 떼로 달려드는 게 보인다. 그 바로 옆의 차선에서도, 그 옆의 자동차 지붕 위에서도 좀비들이 물밀듯이 몰려온다. 비슷한 처지에서 싸운다는 말은 취소다.

탕— 탕, 탕탕, 탕, 탕탕탕탕탕—!

정비로, 아래 도로, 자동차 위, 다시 도로, 정비로, 자동차 위… 그 순서에 따라 쉬지 않고 총구를 움직여 가며 총알을 날리지만, 역부족이다. 개새끼들이 너무 많다. 끊임없이 쓰러뜨리고는 있지만, 좀비들과의 거리는 계속 줄어든다. 이 자리에서 멍청하게 기다렸다가는 죽기 딱 좋다.

화르륵— 퍼엉!

그 순간, 배기 환기실 문 앞에 멈춰 서 있던 자동차 중 한 대가 갑자기 불길에 휩싸이더니 폭발해 버렸다. 처음에 플래시로 비춰보며 아무렇게나 날린 총알이 연료통을 때렸던 모양이다.

뛰어나오던 좀비들 중 몇 마리가 폭발에 휩쓸려 내동댕이쳐지고, 다른 놈들은 머리카락과 옷에 불을 붙인 채 달려온다.

화르륵—

구형 쏘나타가 활활 타오른다. 잘된 건지, 더 안 좋게 흘러가는 건지조차 판단하기가 어려울 만큼 진우는 혼란스러웠다. 일단 놈들이 직선으로 달려올 수 있는 이 자리에서 벗어나는 게 급선무다.

투투둑— 투투둑—

진우는 계속 뒷걸음질을 치면서 총알을 날렸다. 오직 주야 조준경 안에서만 또렷하게 보이는 좀비들은 진우의 총구가 돌려질 때마다 뇌수를 흩뿌리며 쓰러진다.

안전한 곳, 안전한 곳!

머릿속에는 그 한 단어밖에 떠오르지 않는다.

하지만 어디가 안전하지? 어디로 달아날 수 있지?

좀비를 무력화시킬 수 있을지 모른다는 욕망은 아주 혹독하게 대가를 요구하며 그를 압박해 들어오고 있다. 본능처럼 뒤를 돌아보아도 그를 기다리고 있는 것은 아무것도 분간할 수 없는 암흑뿐이다.

완전한 어둠. 주야 조준경을 통해 보지 않으면 바로 옆에 뭐가 있는지, 자신이 어디쯤을 지나는 건지도 전혀 알 수 없다. 그렇다고 플래시를 켜자니, 그러면 주야 조준경이 무력화되고 시야가 3분의 1 이하로 줄어들게 된다.

그렇게 계속 뒤로만 물러나던 진우가 움찔하며 멈춰 섰다. 지금 막 지나친 자리의 오른쪽 차선에 나타난, 높고 커다란 차체가 도로 쪽의 시야를 가린다.

고속버스다. 꽤나 안전한 곳. 넓고, 높고, 폐쇄적인 곳이다. 측면, 후면 모두 유리창이 높이 나 있어서 좀비들이 쉽게 깨고 들어올 수 없는 장소다. 오로지 정면만 신경 쓰면 되는 장소다. 게다가 문도 열려 있다.

이거다 싶어진 진우는 도로와 정비로 위로 달려오는 좀비들을 향해 난사한 후, 곧바로 난간을 넘어 도로 위로 내려섰다. 열린 문을 통해 버스 안으로 뛰어든 진우는 녹색 화면을 통해 내부를 비춰보자마자 곧바로 후회했다.

여기… 결전의 장소로 삼기에 영 별로다. 그가 상상했던, 그런 공간이 아니다. 양쪽으로 두 개씩 빼곡하게 들어찬 좌석들 때문에 시야는 반 토막이 나고, 움직일 수 있는 복도는 너무 좁다. 그나마도 엉망으로 버려진 짐들과 쓰레기들 때문에 걸어 다니기에 영 불편하다. 게다가 무슨 영문인지 앞문은 닫히지도 않는다.

"아, 씨발……."

그렇게 중얼거리면서도 진우는 서둘러 안쪽으로 들어갈 수밖에 없었다. 후면의 넓은 유리창을 통해 달려오는 좀비들의 어른거리는 그림자를 봤기 때문이다. 이제 돌아 나가기에는 너무 늦었다. 여기에서 최선을 다해보는 수밖에 없다.

버스 맨 뒷자리까지 걸어간 진우는 손으로 짚어 후면 유리창이 온전한 것을 확인한 뒤, 넓은 뒷좌석에 기대앉았다.

퉁— 퉁—

버스 차체에 부딪쳐 가며 좀비들이 달려온다. 그리고 좌우의 창문에도 뻗어 올라와 두드리는 손바닥이 있다. 이제 조금 있으면 저 열려 있는 앞문으로 첫 번째 손님이 입장할 것이다.

진우는 탄창을 갈아 끼우고 총구를 정면으로 겨눴다. 녹색 화면 안에 의자들 사이로 덥수룩한 머리가 하나 쑤욱 들어온다.

타앙—

진우는 방아쇠를 당겼다. 첫 번째 좀비가 녹색 뇌수를 흩뿌리며 바닥에 고꾸라진다. 놈의 머리를 관통한 총알은 버스의 앞유리에 박히며 커다란 금이 가도록 만들었다. 좋지 않다.

두 번째 놈과 세 번째 놈이 다투듯이 거의 동시에 뛰어 올라온다.

타앙— 타앙—

두 발의 총성. 그리고 두 놈이 쓰러지기도 전에 또다시 다른 놈들이 밀고 올라온다. 상황은 점점 급박해진다.

탕, 탕, 탕탕탕—

입구에 쌓이는 시체들이 늘어가면서 진우가 느끼는 압박감도 커진다.

와장창—

여러 차례 총알에 관통당해 이미 박살이 나 있던 전면 유리창이 완전히 부서져 내린다.

턱— 턱—

창틀을 붙잡고 오르려는 손들이 몇 개나 한꺼번에 나타났다. 이제부터는 서너 방향에서 동시에 좀비들이 들어오기 시작할 거라는 의미다.

[이제 알겠다. 넌 그냥 뒈지고 싶었던 거구나? 완전히 지쳐서 그냥 죽을 자리랑 방법을 찾고 있었던 거야. 큭큭큭, 그렇다면 아주 잘 골랐어. 잘했어…….]

한동안 잠자코 있던 또 다른 자아가 아주 아프게 꼬집는다.

"좀 닥쳐, 이 씨발!"

진우는 욕설을 내뱉었지만, 적어도 한 가지에 대해서는 동의할 수밖에 없었다. 버스 내부는 최후 결전의 장소로 정말 별로다. 그걸 절감하면서 진우는 다시 탄창을 갈아 끼웠다.

5

사방은 온통 암흑이라 진우가 볼 수 있는 것은 녹색과 검정으로 이뤄진 주야 조준경 화면뿐이다. 그리고 그 녹색 화면에 비친 버스의 앞쪽은 기를 쓰고 달려드는 좀비들로 가득 채워졌다.

타앙— 탕, 탕, 탕탕탕탕—

총구의 불이 번뜩인다. 하지만 달려 들어오는 좀비들의 머리통을 쉬지 않고 날려도, 그다음 놈이 비집고 뛰어드는 기세에는 변함이 없다.

겁 좀 먹어라, 이 개새끼들아!

좀비들과 교전을 벌일 때마다 하게 되는 말을 진우는 다시 중얼거렸다. 활짝 열려 있는 앞문에서는 수많은 좀비들이 '내가 먼저 갈 거야'를 온몸으로 표현하고 있다.

텅, 텅, 부웅—

앞을 막고 정차되어 있는 자동차 지붕과 트렁크를 차례로 밟고 삼단뛰기 선수처럼 뛰어든 놈이 버스 앞 유리 창틀에 몸을 걸친다. 전면 유리를 통해 들어온 1번 손님이시다. 이놈처럼 다른 차들 위로 뛰어오는 좀비들 때문에 버스가 가진 높이의 이점은 크게 줄어들어 있다. 그 오른쪽에도 창틀을 꽉 붙잡고 기어오르려는 놈들이 보인다.

물론 그러는 시간 동안 앞문을 통해 뛰어드는 놈들의 수는 셋을 넘었다. 버스의 양쪽에서 쉬지 않고 철판과 유리를 두드려대는 좀비들의 교란작전은 덤이다. 진우의 총구도 더 빠르게 좌우로 움직이며 불을 뿜어 댔다.

쾅— 쾅— 콰아앙~!

버스 내에서 울리는 총소리는 그 메아리가 몇 배나 증폭돼서 고막을 찢을 기세다.

총 맞은 놈이 맥없이 고꾸라지는 시간보다 뒤의 놈들이 한 걸음을 내디디는 시간이 더 짧다.

맞혔나?

명중 여부를 확인하기도 전에 새로운 놈이 손을 뻗으며 달려온다. 어쩔 수 없이 좀비들과 진우의 거리는 점점 줄어들고 있다.

손바닥보다 작은 녹색 화면 속에서 어떤 놈이 이미 죽은 놈이고, 어떤 놈이 아직 위험한 놈인지 순간적으로 파악하기가 어려워진다. 그리고 문제적인 좀비 두 마리가 나타났다.

화르륵—

폭발한 자동차에 휘말렸던 놈들이 불똥을 뒤집어쓴 채 뛰어들어온다. 온몸에 불이 붙은 좀비가 두 마리나 동시에 등장하자 그 강렬한 빛 때문에 주야 조준경의 변별력이 저하됐다. 녹색과 검정으로 구성되어 있던 화면의 대부분을 눈부실 정도로 커다란 흰색 덩어리가 덮어버렸다.

휘익— 휘익—

하얀 도트들과 그 잔상이 하도 선명해서 다른 것들은 보이지도 않는다.

"윽! 이 새끼들!"

진우는 주야 조준경에서 눈을 떼고 시각에 의존해 방아쇠를 당겼다.

투두둑— 투투둑—

불덩이가 된 채 동료들의 시체를 타 넘던 좀비들의 머리가 터져 나간다. 그런데 놈들이 쓰러진 뒤에도 불은 꺼지지 않고 계속 타올랐다. 당연하다. 놈들이 의지를 가지고 피워 올리고 있던 불이 아니니까…….

화르륵— 화아악—

어지럽게 널브러져 있던 좀비들의 머리칼과 옷에, 그리고 사람들이 버리고 간 짐들에 불이 옮겨붙으며 버스 앞면 전체가 이내 불길에 휩싸여 버렸다. 그 끔찍한 불구덩이를 뚫고 달려오는 좀비들의 몸에도 물론 불이 옮겨붙어 있다.

화아아악—

엄청난 열기가 공기의 흐름을 따라 밀려든다. 그리고 매캐한 유독가스도. 젠장, 점점 더 악화되어 가는 상황에 진우는 입술을 꽉 깨물며 탄창을 갈아 끼웠다.

여기는 틀렸다. 눈앞이 너무 밝아 시야도 너무 불량하고, 그 역경을 딛고서 좀비들을 제압하더라도 저 연기를 계속 들이마시다가는 얼마 못 버티다 자신이 먼저 의식을 잃을 것이다.

위이이잉—

좁은 차내에서 계속 총성을 들었던 귀는 벌써 오래전부터 울려 대는 중이다.

투투투— 투투— 투투투투투—

앞쪽을 향해 무차별 사격을 가하던 진우는 총구를 왼쪽 유리창 쪽으로 돌려 세 발을 쐈다.

투투툭—

관통당해 너덜너덜해진 유리창을 개머리판으로 때려부쉈다.

쨍강.

유리창이 박살 난 걸 확인할 겨를도 없이 다시 정면으로 몸을 돌렸다. 버스의 좌석을 타 넘고 기어오는 좀비들이 있다. 그놈들에게 총알 세례를 퍼부어준 뒤, 더 시간을 끌지 않고 깨뜨려 놓은 왼쪽 창문 밖으로 몸을 내밀었다.

그롸아아아아—!

전면 창 부근에 서 있던 놈들이 갑자기 얼굴을 내민 진우를 알아보고 격하게 반기며 돌아 달려온다.

"죽어! 이 새끼들아!"

진우는 놈들의 머리와 상반신을 한꺼번에 날려 버리고는 한 발을 창틀에 걸치고 올라섰다. 지붕으로 가야 한다.

"읏!"

손을 올려 더듬거리던 진우는 이내 포기했다. 버스의 지붕은 매끈하다. 루프 랙도 없고, 빗물이 빠지도록 파놓은 홈도 없고, 손으로 붙잡을 만한 게 아무것도 없다. 물론 그렇게 버벅대는 사이, 앞쪽에서는 불타는 또 다른 좀비들이 뛰어오고 있다.

"좀 가자! 이것들아!"

진우는 다시 버스 안으로 총구를 돌려 난사하고, 대검을 꺼냈다. 제발, 제발 이 대검이 아직도 버스 강판을 뚫어줄 만큼 날이 서 있기를 바라면서. 의자와 창틀을 밑고 올라선 진우는 대검을 쥔 손을 힘껏 휘둘렀다.

칵— 칵— 칵—

세 번을 해보고 진우가 내린 결론은… 이 각도, 이 연장으로는 버스의 지붕을 뚫지 못한다는 거였다. 안 된다.

그롸아아아—

어느새 바로 발밑까지 뛰어온 좀비가 몸을 날리며 갈퀴 같은 손을 휘젓는다. 물론 그래봐야 전투화 코를 긁고 제 손톱이나 벗겨질 뿐이다. 하지만 등골이 오싹해지는 터치임에는 틀림없다.

진우는 얼른 몸을 버스 안으로 집어넣고, 먹이를 놓친 게 못내 아쉬워 팔을 뻗는 좀비의 얼굴에 5.56㎜탄을 먹였다.

하아아~ 하아아~

당혹스러움 때문에 진우의 호흡이 가빠진다. 불길은 점점 더 크게 번지고 있는데, 이 버스에서 빠져나가기가 너무 어렵다.

그와아아—

그러는 동안에도 좀비들은 계속 달려온다.

탕탕탕— 탕— 탕탕탕탕—

뒤통수가 터져 날아가는 좀비와 그 뒤로 죽 널린 시체 더미에서 시선을 떼지 않은 채 탄창을 갈아 끼우는 진우의 목덜미에서는 식은땀이 주르르 흘러내렸다. 배낭 안에 든 탄창을 꺼낼 만큼의 작은 여유도 없다.

빨리 달아나야 하는데… 대검으로 구멍이 뚫렸어야 했는데, 왜 이렇게 단단해서…….

원망스러운 눈으로 불빛이 어른거리는 천장을 힐끗 올려다보던 진우에게 발상의 전환이 찾아왔다.

그래, 구멍이 없으면 만들면 되고, 대검으로 안 되면 총을 쓰면 된다. 제까짓 게 그저 일반 고속버스인데, 아무리 단단해 봐야 방탄일 리는 없으니까.

투투둑— 투투둑—

진우는 버스 천장을 향해 여섯 발을 날렸다. 두 번, 세 번 시도하느라 시간을 허비하기 싫어서 구멍 한두 개는 뚫릴 수밖에 없도록 화끈하게 퍼부어 버렸다.

그리고 정면의 놈들에게는 여덟 발을 쐈다. 전면 유리창은 이제 기어 올라오는 좀비들로 북적북적한다. 불길이 흔들릴 때마다 그 사이로 납빛으로 썩은 얼굴들이 튀어나오면 진우는 놈들의 미간에 총알구멍을 뚫어 뇌수까지 뽑아주었다.

"읏차!"

난사 후 얻은 약간의 틈을 놓치지 않고 진우는 창밖으로 몸을 내밀었다. 어김없이 달려드는 좀비 세 마리.

투툭— 툭— 툭—

네 발을 쐈다. 지겹다, 이 반복되는 패턴.

이번에는 어떻게든 올라가야 한다. 진우는 총을 사선으로 메고, 오른손에 대검을 쥔 채 지붕을 더듬거렸다. 총알이 뚫고 나온 날카로운 단면이 손가락을 찌른다. 그 따끔함이 반갑기까지 하다. 진우는 팔을 쭉 뻗으면서 대검에 체중을 실어 힘껏 구멍 안으로 찔러 넣었다.

칵—

박혔다. 그 느낌이 손에 전해진다. 진우는 두 손으로 대검을 잡은 채 당겨봤다.

카가각—

체중을 실어도 될 만큼 깊게 들어갔다는 것을 확인한 진우는 창틀을 밟고 뛰며 몸을 끌어 올렸다.

끄롸아아아아!

어느새 불길을 뚫고 버스 중앙 통로를 달려온 좀비가 팔을 뻗어 진우의 전투화를 붙잡는다.

젠장, 왜 안 오나 했다.

까드득—

순식간에 하중이 늘어나 버린 대검에서 날카로운 쇳소리가 울린다.

"윽! 놔! 놔! 이 새끼야!"

진우는 달려드는 좀비의 손과 얼굴을 정신없이 걷어찼다. 하지만 상대도 어지간히 간절하게 진우를 원하는지라 그 정도로 보내줄 수는 없는 모양이다. 진우는 자신의 전투화 발목을 붙잡은 좀비의 엄지손가락을 으깨듯 밟아 풀어낸 후에야 겨우 벗어날 수 있었다.

탁, 진우가 발을 뗀 창틀로 달려들던 좀비는 결국 중심을 잃고 버스 아래로 떨어진다. 그사이 진우는 바로 옆의 창문을 발판 삼아 밟고 겨우 지붕 위로 올라섰다.

"허억, 허억… 이쪽으로 올라올걸… 젠장."

버스 뒤쪽을 보고 앉아 숨을 몰아쉬던 진우가 푸념을 늘어놓았다. 버스 지붕의 맨 뒤에 야트막한 리어 스포일러가 툭 튀어나와 있는 게 보였기 때문이다. 처음에 옆 창문이 아니라 뒤쪽 유리창을 깨고 나왔으면 그 난리를 치지 않고도 저걸 붙잡고 아주 손쉽게 올라올 수 있었을 텐데, 쯧.

어쨌든 지금 그는 원하던 대로 버스 지붕 위에 올라와 있으니 됐다. 버스 주위로는 계속 좀비들이 몰려들고 있고 버스 내부에서는 활활 타오르는 불이 점점 더 크게 번지고 있지만, 일단 여기까지는 왔다. 숨을 돌리고 가방에서 탄창을 꺼내 재정비할 시간 정도는 벌었다.

"이 새끼들, 불을 보더니 아주 잔치가 났네……."

예비 탄창들을 꺼내 전술 조끼에 끼워 넣던 진우가 중얼거렸다. 좀비들은 모닥불에 뛰어드는 벌레들처럼 버스를 겹겹이 둘러싼 채 두드리고, 또 흔들어 대며 포효한다. 그는 이제 폭 2.5미터 길이 12미터의 섬에 갇힌 신세가 되었다.

어처구니없게도 이 긴박한 순간에 어릴 적 했던 '떨어지면 악어!' 놀이가 생각난다. 지금은 이 섬에서 벗어나면 악어나 상어보다 진짜로 더 무서운 놈들이 곧바로 달려들어 엄청나게 깨물어 댈 거다. 게다가 그 섬은 폭발을 위한 카운트다운에 들어가 있는 상태다.

대체 이런 상태로 계속 불타다가 얼마나 지나면 터져 버릴 것인지, 이 버스가 멈춰 서기 전에 연료가 얼마나 남아 있었는지 전혀 모르기 때문에 진우는 초조했다. 그것만 아니라면 차분하게 이 위에 버티고 서서 아래의 놈들을 한 마리, 한 마리 쏴서 잡으면 될 텐데…….

반대편 상행선 터널을 막아버린 탱크로리의 폭발처럼 강렬한 기세는 아니겠지만, 버스의 외부까지 전체가 다 불길에 휩싸인다면 그 위에 올라서 있는 자신 역시 멀쩡할 리가 없다.

"우와, 높기는 진짜 높구나."

재정비를 마치고 중심을 잡으며 일어난 진우는 터널의 천장이 말 그대로 손을 뻗으면 닿을 거리에 있다는 걸 알고 놀랐다. 그 높이를 깨닫자 한 걸음을 옮기는 일도 훨씬 더 신중해진다.

그롸아아아—

자동차들을 밟고 뛰어오른 좀비가 진우를 노려보며 날아올랐다가 고속버스 상단부를 들이받고 바닥으로 떨어져 내렸다.

으직—

어딘가의 뼈가 부러지는 소리가 메아리를 만들어내며 울린다.

"매끄러워서 잡을 데가 없어, 이 새끼야. 안 그랬으면 나도 아까 그 고생 안 했지……. 근데 너희들, 그렇게 많지 않잖아? 아까 보았던 건 이보다 훨씬……."

아래를 내려다본 진우가 의외라는 표정으로 중얼거린다. 환기탑에서 보았던 놈들의 규모보다 여기 남아 있는 좀비들의 수가 월등히 적다. 높은 데서 내려다보는 것의 이점이 그런 거였다. 전체적인 규모 파악. 게다가 버스 내부가 활활 타오르면서 뿜어내는 빛 덕분에 반경 십여 미터 이내 정도는 훤히 보인다.

좀비들의 머릿수를 헤아려 보며 아무래도 영 부족한 것 같아 고개를 갸웃거리던 진우는 그제야 자신이 지금까지 어지간히 많은 놈들을 죽여 버렸다는 걸 깨달았다.

하긴… 대충 손으로만 꼽아도… 60마리가 넘는다. 어쩌면 80마리일지도 모르고.

화르륵—

진우에게 딴생각하지 말라고 재촉이라도 하듯, 깨진 유리창을 통해 시꺼먼 연기가 계속 뿜어져 나온다. 통째로 날아간 전면 창 쪽의 불길은 이따금씩 지붕 위로까지 붉은 혀를 날름거리고 있다.

지금 당장 연료통이 폭발한다고 해도 이상하지 않다. 시간 끌면 안 된다. 진우는 고개를 사방으로 돌리며 도망갈 곳을 골랐다. 물론 그래봐야 거의 독 안에 든 쥐 꼴이긴 하다.

왼편 차선에는 SUV가 서 있고, 그 너머는 터널 벽이다. SUV의 앞쪽에는 중형 승용차가, 또 그 앞에도 중형 승용차가 서 있다. SUV의 뒤쪽은 소형차다. 자신의 오른편에는 지겹게 걸었던 그 1m 높이의 정비로가 길게 뻗어 있다. 버스의 바로 뒤에는 고급 세단이 서 있다.

버스의 앞쪽은… 지금은 연기에 가려져 정확하게 보이지 않지만, 아까 좀비들을 쏠 때의 기억을 더듬어볼 때, 승용차가 멈춰 서 있었다.

그러니까 결국 요점만 말하자면, 선택지라는 게 벽, 아니면 자동차뿐이다. 뛰어내리기 수월한 쪽은 SUV의 지붕을 노리는 것일 테지만, 그것도 높이 차이가 꽤 나고 폭도 1미터 가까이 되기 때문에 마냥 쉽다고만 할 수는 없는 수준이다.

진우는 침을 꿀꺽 삼켰다.

과연 저 지붕에 무사히 안착할 수 있을까? 내가 저기로 뛰어내려서 다시 그 뒤쪽으로 달아나는 동안 좀비들은 과연 몇 마리나 쫓아올까? 그리고 그 일들이 어찌어찌 잘 성공한다고 하면 그다음에는 또 어디로 몸을 숨겨가며 이 많은 좀비들을 다 죽인다는 말인가.

'숨는다' 는 단어를 떠올리자마자 연상된 것은 아까 반대편 터널에서 이쪽으로 올 때 지나온 그 셔터였다. 물론 그 피난 연락갱은 멀리 저 앞에 있으니 거기까지 가는 것은 무리다. 하지만 이 터널 안에 피난 연락갱을 그것 하나만 만들어놓지는 않았을 것 같다.

당연한 이야기지만, 사고를 대비해서 뚫어놓은 것이니 일정한 간격마다 하나씩 준비되어 있지 않을까?

후우우욱―

자신이 총알로 뚫어놓은 구멍을 통해 불길이 환하게 비쳐 보인다. 버스 뒤쪽으로 1/3 지점에 있는, 방석 크기 정도의 네모난 송풍구에서도 조금 전부터 계속 검은 연기가 뭉게뭉게 솟아오르고 있다. 열기는 이미 말할 것도 없다.

"쿨럭! 쿨럭!"

숨을 턱턱 막는 연기를 손으로 헤치면서 진우는 SUV 쪽을 내려다봤다.

여기에서 뛰면… 좀비들은 곧바로 쫓아 달려오기 시작할 거고, 만에 하나 발을 삐끗하기라도 하면 그 순간 사형선고를 받는 거다.

그것이 자꾸 진우를 망설이게 만들었다.

사실 평시에 뛰라고 하면 100에 99번은 완벽하게 해낼 수 있는 일일 텐데, '다른 방법은 없어? 좀 더 안전한 거?' 마음 저 안쪽에서 두려움이라는 놈이 자꾸 발목을 잡으려 든다.

"그럼 여기서 아무것도 안 하다가 죽을래? 더 시간 끌면 그땐 뛰고 싶어도 못 뛰어!"

왁! 소리를 지르며 결심을 굳힌 진우는 머릿속으로 동선을 짰다. SUV 지붕에 내려서자마자 곧바로 다음 스텝을 떼서 오른쪽 도로 위로 내려서야 한다. 그리고 아직도 불길이 다 가라앉지 않은, 처음 불이 났던 자동차를 향해 쉬지 않고 달려야 한다.

경로는 직선. 그 경로가 아닌 다른 길은 전부 좀비들의 시체로 어지럽혀져 있어서 마음대로 달리기가 어렵다.

거기로 가야 하는 또 다른 이유는 그래야만 혹시 있을지 모르는… 아니, 꽤 높은 가능성으로 있으리라 추정되는 피난 연락갱을 만났을 때, 그 안으로 뛰어들 수 있다. 그리고 그게 출구 쪽으로 가는 방향이기도 하다.

하지만 일단 가까운데 있는 놈들은 좀 쓸어버리고 가야 뒷덜미를 잡히지 않을 텐데…….

그러나 앞쪽의 연기가 워낙 자욱해져서 이젠 좀비들의 모습이 그 속에 완전히 숨어버렸다. 버스를 두드려 대고 울부짖으니까 거기에 있다는 건 알지만, 정확한 위치는 확인할 길이 없는 것이다.

탕— 탕탕— 탕— 탕탕— 탕—

발목이든 뭐든 희끗희끗 보이는 놈들에게 총알을 날려주고 두 발짝을 도움닫기한 진우는 힘차게 몸을 날렸다.

그롸아아아—

진우의 몸이 하늘로 떠오르자마자 참 용케도 그걸 눈치챈 좀비들이 버스 앞쪽에서부터 달려온다. 허공에 떠서 SUV 지붕에 안착하기까지 그 짧은 시간 동안인데도 연기를 헤치고 뛰어오는 좀비들의 모습이 곁눈으로 보인다. 옷자락에 불이 붙어 제 몸이 타오르고 있는 줄도 모르는 지독한 새끼들.

쿵―

진우의 두 발이 SUV 지붕에 내려앉았다. 움푹 내려앉은 지붕 강판 덕인지, 다행히 충격은 그다지 없다. 계획했던 대로 진우는 곧바로 다시 몸을 날려 도로 위에 내려섰다. 그리고 쫓아오는 놈들 중 가장 가까운 놈들의 머리통을 날려주기 위해 돌아섰다.

탕― 탕―

두 발을 쏜 진우는 얼른 방향을 돌려 달리기 시작했다. 두 놈만 처리하면 되는 거라서 그런 게 아니다. 너무 많아서 그렇게 하고 있을 여유가 없었다. 차라리 죽어라 뛰는 편이 더 살 가능성이 높을 것 같았기 때문이다.

그롸아아!

연기 속에 있던 거의 모든 좀비들이 진우를 향해 몸을 돌렸을 때.

콰아아앙―!

버스가 폭발하며 꽤나 묵직한 충격파를 날렸다.

양옆과 뒤쪽의 모든 유리창이 일시에 박살 나고, 주홍색 불꽃구름이 피어나 주변을 삼켰다.

콰장창―!

버스의 옆면을 따라 달리던 좀비들이 그 충격에 휘말려 날아가며 멈춰 서 있던 자동차나 정비로의 콘크리트를 들이받고 나뒹굴었다. 물론 크레모아가 아니니까 이미 꽤 멀리 달려온 진우까지 다 날려 버릴 만큼의 위력을 발휘하지는 못했다. 하지만 박살 나며 날아온 작은 파편과 유리 조각들이 주변을 때리고 떨어질 정도는 되었다.

"우와앗!"

확— 하고 등을 덮쳐 온 열기에 진우는 얼른 몸을 낮추고 뒤를 돌아보았다. 수십 마리에 달하는 좀비들이 뼈가 부러진 채 옆 차 위로 날아가 얹혀 있거나 불길에 집어삼켜졌다. 그리고 정말로 엄청난 크기의 검은 연기가 버스 내부에서부터 피어나오고 있다.

그 난리통에 용케 휘말리지 않고 아직 멀쩡하게 살아남은 좀비들의 수는 열댓 마리. 그중 절반은 커진 불꽃에 끌리는지 멍하니 멈춰 섰고, 나머지 절반은 뒤쪽에서 무슨 일이 일어났는지 관심도 없다는 듯 일직선으로 달려온다.

"허!"

갑자기 일어난 전세의 변화에 진우의 입에서는 탄성이 터져나온다. 그러고는 곧바로 몸을 돌려 사격 자세를 취했다. 칠십 마리가 한꺼번에 달려드니까 무서운 거지, 일곱 마리 정도쯤은 장난이다. 게다가 이놈들은 밖에서 보아왔던 여느 좀비들보다는 좀 느리기까지 하다.

탕— 탕— 탕— 탕탕탕— 탕탕— 탕탕—

진우가 방아쇠를 당기며 차례로 총구를 돌리자 순식간에 일곱 마리 좀비의 머리에서 뇌수가 뿜어져 나왔다. 자동차 지붕을 타 넘으려던 일곱 번째 놈의 목이 뒤로 꺾인 채 바닥으로 고꾸라지는 걸 확인한 진우는 참아왔던 숨을 내쉬었다. 이제 한결 여유로워졌다. 더 이상 뒷덜미를 낚일까 봐 마음 졸이며 달리지 않아도 된다.

물론 그렇다고 이 아슬아슬한 서바이벌 게임이 끝난 것 역시 아니다. 그것을 증명하기라도 하듯, 폭발에 휘말려 내동댕이쳐졌던 좀비들이 삐거덕거리며 슬슬 다시 일어서고 있다.

불이 붙어도, 뼈가 부러져도, 심지어 얼굴이 반 이상 날아가도 여전히 덤벼든다. 정말 한결같은 놈들이다. 오른쪽 도로와 자동차 보닛 위에는 기묘하게 뼈가 꺾인 채 불타고 있는 좀비들의 시체가 널려 있다.

"하아~ 대가리가… 하아~ 터지지 않아도… 불이 오래… 붙어 있으면… 하아~ 죽나 보네……."

머리가 멀쩡하게 달려 있는 좀비의 시체를 보며 진우가 중얼거렸다. 지금껏 그 많은 좀비들을 죽여왔지만 잘 모르던 사실이다. 그의 특기는 주로 마주하자마자 이마에 구멍을 내주는 거였으니까 불붙은 좀비를 이렇게 오래 움직이도록 내버려 둔 적이 없었다.

6

이제 진우는 급기와 배기가 짝을 이루는 말인 것에 대해 생각했던 지점을 지나, 배기 환기실까지 왔다. 지금 그의 뒤를 쫓는 좀비들이 뛰어나온 근원지였던 곳이다.

불타는 자동차는 세 대로 늘어나 있었다. 버스에서 총격전에 몰두해 있는 동안 이쪽에서는 아무도 봐주지 않는 화재가 계속 번지고 있었던 모양이다. 그 덕에 공기는 정말 탁하게 오염되어 있고, 연기는 시꺼멓게 터널 전체를 채웠다.

물론 좋은 점도 있다. 이 타오르는 불꽃 덕에 플래시에 의존하지 않고도 모든 것이 훤히 보인다.

그림자가 과장되게 어른거리는 터널 속을 얼마나 더 내달렸을까, 진우는 이미 본 적이 있는 형태의 둥근 연결로를 만났다. 건너편 터널 차선과 이어진, 또 다른 피난 연락갱이다. 처음 그가 지나온 것과 똑같이 생겼다. 다른 점이라면 이 연락갱 주변에는 그리로 빠져나가 보려던 자동차들이 코를 박은 채 멈춰 서 있다는 것 정도다.

촤악—

진우는 액션 영화의 주인공처럼 몸을 날려 보닛 위를 미끄러지며 자동차 바리게이트를 가로질렀다. 동시에 K—2에 붙여둔 플래시를 켰다. 터널과 직각으로 뚫려 있는 연락갱 안쪽에는 불타오르는 자동차에서 뿜어져 나온 불빛이 미치지 않는다.

"아, 젠장. 이걸 계속 켜놨었네……."

주야 조준경의 녹색 화면에 연락갱의 내부가 비치는 걸 보며 진우는 혀를 찼다. 버스 안에서 불붙은 좀비들 덕에 기능을 하지 못하게 된 시점부터 지금까지 계속해서 귀중한 배터리를 소모해 왔던 것이다. 물론 그것에 관해 신경을 쓸 만큼 상황이 한

가하지는 않았다.

셔터가 내려진 것과 수동 개폐 장치의 위치를 확인한 진우는 뒤를 돌아보았다. 화염 좀비들은 이제 버스에 흥미를 잃었는지 30여 미터 뒤에서 그를 쫓아 달려오고 있다.

탕— 탕탕— 탕—

그냥 내버려 두면 안 될 만큼 가까워진 놈들 셋을 제압한 뒤, 진우는 곧바로 연락갱 안으로 들어가 손잡이를 돌렸다.

키리리릭— 키리리릭— 키리리릭—

체인이 걸려 돌아가는 소리는 나는데, 셔터가 올라가는 속도는 너무나 느리다.

10센티미터, 20센티, 30센티… 마음이 바빠진다.

탁탁탁탁탁탁—

와아아아—

좀비들의 발소리와 울음소리가 점점 가까워진다. 마침내 사람 하나가 겨우 빠져나갈 정도로 셔터가 올라갔을 때, 진우는 수동 개폐 장치에서 손을 떼고 총을 잡았다. 등 뒤쪽이 환하게 밝아지는 걸 느꼈기 때문이다.

그롸아악—

어느새 연락갱 입구까지 도달한, 불타는 좀비가 포효한다.

투두둑—

세 발을 날려 놈의 얼굴과 가슴을 모두 박살 내버리고 곧바로 셔터 사이로 몸을 던졌다. 더 시간을 끌어봐야 후속 좀비들과 대치하는 시간만 늘어날 뿐이다.

콰창—!

그롸아악— 그르르—!

진우가 몸을 일으킴과 동시에 셔터가 흔들리고 울부짖는 소리가 들려왔다. 쫓아온 좀비들이 셔터에 몸을 부딪쳐 온 것이다. 진우가 셔터를 밟아 내려 버리려고 할 때, 크롸아아— 요란한 울음소리와 함께 좀비의 머리와 팔이 틈을 비집고 들어온다.

투투둑—

겨냥도 제대로 하지 못하고 총구만 놈들 쪽으로 돌린 채 방아쇠를 당겼다.

핑—

좀비의 머리통이 터지는 순간, 바닥을 때린 탄환 하나가 진우의 얼굴 근처로 튕겨 날아온다.

"으아!"

유탄에 치명상을 입을 뻔한 아찔한 순간이지만, 놀라고 있을 여유도 없다. 5미터 길이의 셔터 전체에 걸쳐 밑으로 비집고 들어오려는 놈들의 연기 나는 머리통과 새까맣게 탄 손이 마구 뻗어 나오고 있기 때문이다.

놈들은 무지막지한 기세로 어깨와 머리를 움직여 가며 셔터를 들어 올리고 있다. 뇌가 없는 놈들이라 미는 힘도 비슷하게 작용하고 있어서 실제로 셔터가 올라가는 폭은 그다지 크지 않지만, 박력만은 정말 대단했다.

콰장창— 우지직—

요란한 소리를 내며 파도처럼 출렁거리는 셔터와 그 아래에서 발광을 하는 좀비들의 불탄 얼굴, 갈퀴 같은 손을 보고 있으면 혼이 빠져나가는 기분이다.

그롸아아—!

진우의 발목을 보고 흥분한 좀비가 팔을 쭉 뻗는다. 진우는 얼른 뒷걸음질을 쳐서 물러나며 탄창을 갈아 끼웠다.

내가 맛이 있어봐야 대체 얼마나 맛이 있다고 이렇게나 많은 놈들이 저 뒈지는 줄도 모르고 달려든단 말인가. 그냥 좀 내버려둬 주면 서로 편할 텐데…….

진우는 좀비들의 광기 어린 얼굴을 향해 총구를 겨누며 생각했다. 물론 그런 합의가 통할 것 같으면 그가 상대하는 게 좀비들이 아닐 테지만.

툭— 투둑— 툭— 툭— 투둑— 툭—

상체가 거의 다 빠져나와 일어서려는 놈부터 차례로 총알을 박아 넣었다. 좀비들은 악귀처럼 발버둥을 치다가 뒤통수가 터져 나간 후에야 얌전히 고꾸라졌다. 사격은 금방 끝났다.

셔터 사이에 끼어 있겠다, 불에 타고 있으니 자체 발광으로 시야 양호하겠다, 거리도 10여 미터 내외니… 이건 빗나갈 리가 없다. 하도 격렬하게 대가리를 흔드는 바람에 두 방씩을 쏘게 만든 놈들은 두엇 된다.

"하아아~ 하아아~"

연기가 피어오르는 개폐문을 보면서 진우는 숨을 몰아쉬었다. 이제 개폐문 너머, 저편 터널에 남은 좀비들은 아직까지도 그의 뒤를 쫓아오지 못할 만큼 심하게 몸이 망가져 버린 놈들뿐일 것이다. 게다가 불이 붙어 있기도 하고, 그 주변에는 폭발할 수 있는 자동차들이 잔뜩 늘어서 있다. 그놈들에 대한 걱정은 접어둬도 괜찮을 듯하다.

이제 이 지랄 맞은 추격전이 대충 끝나가는 것 같기는 한데, 자신의 현 위치가 대체 터널의 어디쯤인지 전혀 가늠이 되지 않는다. 아까 보았던 그 터널이 막힌 사고의 현장은 돌아서 지나오긴 한 걸까?

연기와 열기, 탁한 공기, 그리고 긴장 때문에 목은 칼칼하고 눈은 따끔거린다. 산속을 헤매는 게 지긋지긋하다고 했는데, 터널 속도 만만치 않게 고되다.

뭐, 이번 터널에서는 그놈의 호기심 때문에 일을 더 키운 측면이 있기는 하지만, 완전히 헛된 일만은 아니었다. 가장 긍정적으로 생각해서, 다음에 누군가 자신이 걸었던 길을 똑같이 걸어 터널을 지나려는 사람이 있다면, 그 사람은 자신이 했던 고생을 반복하지 않아도 될 것이다. 이미 좀비들을 다 죽이거나 공격력을 아주 약하게 만들어 버렸으니까.

"이쪽이 나가는 길인가? 아니, 잠깐만 내가 들어올 때 차들이 어느 방향이었지?"

터널을 가로질러 정비로로 올라간 진우는 잠깐 방향을 잡지 못했다. 그만큼 전후좌우를 가리지 않고 정신없이 움직였고, 이 암흑 속에서 너무 오랜 시간을 보냈다. 자신이 자동차의 진행 방향으로 가야 한다는 걸 기억해 낸 진우는 다시 소화전을 세며 걷기 시작했다.

플래시의 밝기와 비추는 거리가 꽤나 약해졌다. 하긴 어지간히 오랫동안 켜고 뛰어다녔으니 당연한 일이다. 중간에 꺼져 버리지 않은 것만 해도 정말 고맙다. 다섯 개의 소화기를 지났을 때, 불어오는 바람에서 지금까지와는 다른 뭔가가 느껴졌다.

이건… 신선하다.

"흐으으음~"

진우는 가슴을 쭉 펴고, 그 적당히 시원하고 무엇보다도 싱싱한 풀 냄새가 섞인 공기를 온몸으로 들이마셨다. 출구가 멀지 않다는 걸 미리 와서 전해 주는 반가운 바람이다. 진우는 환기탑 주변에 모여서 반짝이는 햇빛을 향해 몸을 날리던 좀비들의 행동을 이제 이해할 수 있을 것 같다.

아… 내가 이 공기를 갈구하는 것처럼 그놈들한테는 태양이 필요했던 걸까?

"다 왔다."

몇 분 지나지 않아 터널의 끝에 도착한 진우는 힘겹게 한마디를 중얼거렸다. 존나게 빡센 3.3킬로미터였다. 물론 중간에 막힌 곳이 있어 돌아갔으니까 실제 그가 걸은 거리는 그보다 조금 더 길 테지만.

정비로가 끝나는 지점, 노란색과 까만색으로 칠해진 경계에서 도로로 뛰어내리자, 자유의 땅에 닿았다는 안도감이 밀려온다. 이제 전후좌우 어디든 갈 수 있다.

"완전히 깜깜해졌네……."

터널 입구에서 진우는 어둠이 내려앉은 도로를 둘러보았다.

당장에라도 주저앉고 싶지만, 이제 밤을 보낼 곳을 찾아야 한다. 플래시의 배터리도 갈아야 하고, 따끔거리는 눈도, 칼칼한 목도 조금이나마 휴식을 취해줘야 내일 또 걷고 싸울 수 있다. 하 중위를 그렇게 허망하게 보내고 줄곧 혹사해 왔던 몸이 이제 슬슬 한계를 맞는 기분이다.

"저기는 마을인가?"

좌측으로 그리 멀지 않은 곳에 야트막한 건물 몇 개가 있다. 달빛을 받아 반짝이는 지붕의 모서리를 보면서 진우는 잠시 고민했다.

마을… 마을에 들어갔다가 별로 좋았던 기억이 없다. 음, 하긴 그렇게 따지면 산에서도 별로 좋았던 적이 없고, 터널에서도 그랬는데? 큭큭큭, 좋았던 기억은… 없네, 씨발. 그러니까 좀비 세상이지.

진우는 혼자서 대화를 주고받으며 키득거렸다. 하여튼 마을 안에 발을 들여놓기가 조심스러운 것만은 분명한 사실이다. 사람이 살고 있었으니까 좀비가 나올 확률도 높아진다.

하지만 거기에는 생존에 요긴한 물건도 있을 것이다. 먹을 것과 마실 것. 그 유혹은 크다. 게다가 슬슬 식량이 떨어져 가고 있으니 보충을 해야 한다. 마을을 만나지 못했더라면 내일은 하루 종일 자동차의 트렁크만 부수고 다녀야 할 판이었다.

진우는 중앙분리대를 넘고 잔디밭을 지나 다시 건너편 도로로 올라섰다. 거리가 줄어들자 더 많은 정보가 들어왔다. 그가 마을이라고 착각했던 것은 터널의 관리 사무소와 기자재 창고 건물들이었다. 어쨌든 그래도 찬 이슬을 피하게 해줄 지붕과 좀비의 이빨로부터 막아줄 벽이 있다.

진입로를 따라 올라간 진우는 창고처럼 생긴 높다란 건물들을 지나쳐 터널 관리 사무소 앞에 도착했다. 좀비들의 움직임이나 울음소리 같은 건 없다. 그저 버림받은 건물 네 개가 아주 한산하게 서 있을 뿐이다.

그가 선택한 것은 새로 지은 냄새가 물씬 나는 2층 벽돌 건물이다. 여기라면 하룻밤을 안전하게 보내는 데 큰 무리가 없어 보인다.

끼이익—

유리로 된 문을 밀고 들어간 진우는 천천히 조심스럽게 1층 사무실과 회의실들을 수색하고 2층으로 이어진 계단을 올랐다. 몇 개의 2층 방에는 역시 아무도 없다. 구석에 있는 방 하나를 골라 들어간 진우는 문을 닫고 자물쇠를 돌렸다. 달칵, 하는 소리가 '이제 좀 쉬어' 라고 말하는 것 같다.

"후우우……."

그제야 완전히 마음을 놓은 진우는 바닥에 주저앉으며 크게 한숨을 내쉬었다. 배낭에서 물병을 꺼내 마시고, 아깝지만 눈에도 조금 뿌렸다. 아까부터 따가워서 견디기가 힘든 터였다.

팽, 근처에 놓여 있던 티슈를 빼서 코도 풀었다. 시꺼먼 코가 나온다. 전술 조끼에서 초를 꺼냈다. 아주 여러 동강이 나 있지만, 아직 심지가 붙어 있으니 불은 켤 수 있다. 그리고 촛불에 의지해 플래시의 배터리를 갈아 끼웠다.

확— 스위치를 켜자 새 배터리의 위력이 여실히 발휘된다. 지금까지 뿌옇게만 보이던 실내가 이제 겨우 훤하다.

"관사 같은 거였나?"

침대와 작은 책상, 서랍장, 냉장고와 TV 따위가 배치된 방의 구조를 보면서 진우가 중얼거렸다. 냉장고… 먹을 것, 생각이 거기에 미치자 위장도 활동을 개시하겠다는 신호를 보내온다. 진우는 다시 몸을 일으켜 방을 뒤지기 시작했다.

냉장고 문을 열자 퀴퀴한 냄새가 난다. 별로 든 건 없었다. 물과 곰팡이가 핀 주스, 고추장 통과 밑반찬 정도다.

"에이, 맥주 정도는 좀 넣어두지."

육포만 꺼낸 후, 냉장고 문을 닫고 진우는 당장 봉지를 뜯어 한 조각을 우물거리며 서랍장을 하나씩 열어젖혔다. 남이 입던 속옷과 양말 따위, 허접한 것들이 몇 개 나온다.

별 소득을 거두지 못하던 진우의 눈이 번뜩인다. 의외의 곳에 보물이 있었다. 서랍장 옆, 선물용 나무 상자가 몇 개나 쌓여 있다.

"…삼척 명품 머루 와인, 끌로너와? 와인? 이거 술?"

적혀 있는 글자를 읽던 진우는 이상한 이름이라고 생각하면서도 일단 상자를 열었다. 한잔 시원하게 들이켜서 칼칼해진 목을 좀 달래고 싶은 마음이 굴뚝같다. 상자에 들어 있는 오프너로 마개를 따고 킁킁, 냄새를 맡은 다음, 크게 한 모금을 삼켰다.

카아—

"이베리아 반도의 춤추는 여인이 보이는구나. 이런 거였어."

눈을 감은 채 실없는 농담을 던진 진우는 아직 혀끝에 남아 있는 단맛이 채 사라지기도 전에 다시 병을 입에 대고 기울였다. 달달하고 적당히 씁쓸하고… 좋다. 살아 있으니까 느낄 수 있는 온갖 기분 좋은 자극이 입과 코를 채운다.

육포를 씹다가 와인을 마시고, 와인을 마시다가 다시 육포를 씹었다. 열려 있는 창문을 통해 이따금씩 시원한 바람이 불어오는 방에서, 배낭을 벗고 침대에 누워 와인을 마시고 있다. 불과 한 시간 전에 터널 안에서 이를 악물고 방아쇠를 당기던 순간에는 상상도 못했던 호사다.

"아, 이거 달달한 줄만 알았더니… 은근히 취하는데?"

세 병째 마개를 따면서 진우가 중얼거렸다. 지역 특산물 활성화를 위해 도로공사에서 구입해 뒀던 머루 와인이 오늘 아주 제대로 임자를 만났다. 진우의 눈은 슬슬 감겨온다. 세 병째의 와인을 반쯤 비웠을 때, 진우의 손에서 힘이 빠지고, 굴러 나온 와인 병은 또르르 구르며 바닥을 적셨다.

푸우우— 푸우우—

조금 벌어진 진우의 입술 사이로 술 취해 잠든 사람 특유의 숨소리가 뿜어져 나온다.

주인이 깊고 달콤하게 잠들어 있는 동안에도 그의 왼손 팔목에 채워진 손목시계만은 성실하게 제 할 일을 하고 있었다.

1초, 1초가 흐르다 이윽고 07:31—23:59였던 전자시계의 화면이 08:01—00:00으로 바뀌었다.

이제 8월이 시작되었다.

5장
Rush

1

8월의 첫 아침은 쾌적하게 시작되었다. 멀쩡한 방의 침대 위에서.

"아, 개운하다……."

햇살을 받으며 깨어난 진우는 믿어지지 않는다는 표정으로 눈을 깜빡였다. 이렇게 개운하게 아침을 맞아본 것이 대체 얼마 만인지 모르겠다. 낯선 곳에서 잠이 들었다가 지금 막 눈을 떴지만, 방금 전 이 방에 들어왔던 것처럼 모든 게 다 기억난다.

여기는 둔내 터널의 관리 사무소에 붙은 관사 2층이고, 어제 자신은 터널에서 100마리가 넘는 좀비들을 쏴 죽이고, 태워 죽이고, 폭파시켜 죽였다. 그리고 어젯밤, 아주 달달하고 쌉쌀한 와인을 세 병째 마시다가 잠이 들었었다.

"역시 술의 힘인가… 하긴 그동안 오래 참았지."

진우는 침대에 걸터앉으며 중얼거렸다. 시계가 표시하는 시간은 오전 일곱 시. 요즘은 늘 선잠이 든 채로 꿈속에서조차 시달리기가 일쑤였는데, 오늘은 정말 푹 잤다.

바닥에는 어제 마시다가 놓쳐 버린 와인 병이 자줏빛 와인을 눈물처럼 쏟아낸 뒤 뒹굴고 있다.

쯧쯧, 아까운 술을…….

진우는 미안하다는 표정으로 끌탕을 했다.

입대하기 전, 진우는 대단한 애주가였다. 그 괴물 같은 삼식이에게는 못 이기지만, 보안관이나 유빈이보다는 확실히 셌다. 같이 일하던 아저씨들보다도 잘 마셨다. 주량하면 떠오르는 사람이 있다. 자신의 외삼촌이다.

주민등록증을 받은 이래 평생 아침을 냉면 사발에 채운 소주와 날달걀 한 개로 때웠다는 전설적인 외삼촌의 이야기를 감안해 볼 때, 진우의 주량은 외가 쪽에서 물려받은 재능인지도 모른다. 물론 요즘은 혹시라도 생존의 끈을 놓치게 될까 봐 자제하는 중이다.

"앞으로 종종 마시고 자줘야겠는데?"

기지개를 켠 뒤, 배낭을 메고 하이바와 두 자루의 총을 챙기면서 진우가 중얼거렸다. 배낭을 놓고 나왔다가 실탄을 모두 화재로 잃어버렸던 이래, 진우는 어디를 가든 버릇처럼 모든 짐을 챙겨 다닌다.

어찌나 만족스러운 휴식이었는지, 마음 같아서는 저 머루 와인을 몇 병 넣어 가고 싶다. 하지만 그가 개운한 아침을 맞을 수 있던 진짜 이유는 정말 오랜만에 침대에서 큰대자로 뻗어 잤기 때문이다. 발전소를 나와 지금까지 그가 누렸던 가장 편하고 푹신한 잠자리였던 것이다.

쪼르르르르—

2층의 공용 화장실로 간 진우는 소변기에 오줌을 누고 있는 자신의 모습을 깨닫고 헛웃음을 지었다. 보는 사람도 없겠다, 찾아올 사람도 없겠다, 그냥 아무 데나 갈겨도 되는 거였는데, 버젓한 건물에 들어와 있자니 버릇처럼 화장실의 소변기를 찾았다.

몸에 밴 버릇이란 무서운 거구나…….

진우는 새삼 깨달았다. 며칠 정도의 야생 생활 정도로는 금방 바뀌지 않는 모양이다.

꾸르르륵—

물을 마시자 위장까지 타고 내려가는 느낌이 고스란히 전해지며 뱃속에서 요란한 소리를 낸다. 어젯밤 제대로 먹지도 않은 채 술병만 껴안고 뒹굴다가 잠이 드는 바람에 속에 든 거라고는 육포 몇 조각이 전부다.

그래그래, 뭐 좀 먹자…….

진우는 고개를 끄덕거리며 1층으로 내려왔다. 어젯밤 희미한 플래시 불빛에 의존해 정찰했을 때, 주방을 봐뒀기 때문이다. 회의실 옆에 위치한 주방은 그리 크다고 할 수 없었지만, 개수

대와 조리 도구, 냉장고와 찬장, 밥솥 따위를 모두 갖추고 있다. 그게 어딘가.

딸칵—

가스레인지의 스위치를 돌리자 파란 불꽃이 올라온다. 진우는 신기하다는 듯 그 불꽃을 바라보았다. LPG 가스를 쓰는 곳이니 불이 들어오는 게 당연한데도, 아직 작동하고 있는 문명의 이기를 만나는 일은 낯설고 반갑다.

“불은 들어오니까 해 먹을 수 있는 게 뭐가 있나 좀 볼까?”

찬장 문을 열자마자 엄지손가락만 한 크기의 검은 생물들이 사방으로 후다닥 흩어진다. 바퀴벌레다. 어지간히도 많다.

어우, 진우는 인상을 찌푸리면서 얼른 손을 뗐다. 좀비들을 만났을 때와는 다른 종류의 소름이 돋아 올랐다.

툭, 찬장 앞쪽으로 기어 나오다가 바닥으로 떨어진 놈이 얼른 싱크대 아래로 몸을 숨긴다. 저 개새끼들이 꼬물거리는 걸 봤으니 개봉되어 있던 건 손도 대지 말아야겠다.

“라면… 참치, 꽁치, 스팸, 즉석밥… 다들 비슷하게 먹고 살았구나.”

그 외에도 다른 것들이 몇 가지 더 있지만, 밀봉된 상태가 아니어서 아예 거들떠보지도 않았다. 정식으로 끓인 라면에 밥을 먹어볼까 하고 걸려 있던 냄비를 집었다.

흠흠흠, 가볍게 콧노래를 부르면서 정수기 옆에 줄줄이 놓여 있던 새 생수통 하나를 뜯었다. 깨끗이 씻은 냄비에 물을 끓이는 동안, 진우는 어제 잤던 방 냉장고에서 고추장 통을 꺼내 왔다. 주방의 냉장고를 열 생각은 없다. 근처만 지나가도 구리구리한 냄새가 나기 때문이다.

이윽고 식사 준비가 다 됐다. 메뉴는 참치 라면과 밥, 고추장을 찍어 먹는 스팸이다. 김치를 곁들이지 못하는 것이 못내 아쉽기는 해도 이 정도면 성찬에 가깝다고 할 수 있다. 뽀글이가 아니라 정식으로 끓인 라면이라니!

바깥 풍경이 보이는 사무실의 탁자로 먹을 것들을 옮긴 진우는 소파에 앉아 젓가락을 들었다.

흐으음~ 참치 기름이 듬뿍 밴 라면 국물 냄새가 콧구멍 속으로 빨려 들어온다. 좋은 냄새다. 그리고 맛있다. 진우는 간만에 맛보는 문명인적인 식사를 아주 제대로 만끽했다.

"신박에 없네."

식사를 마치고 사무소 밖으로 나온 진우는 주변을 둘러보며 중얼거렸다. 터널 방향을 포함해 사방 어느 쪽을 향하여 서 있든 간에 야트막한 산이 그를 맞는다. 민가도 없고, 마을도 보이지 않았다.

하긴 그러니 이렇게 한산하게 자고, 평화로운 식사를 할 수 있었겠지…….

진우는 캐비닛에서 꺼내 온 열쇠 꾸러미들을 들고 창고 쪽으로 걸어갔다. 이것만 있으면 주변의 건물 네 개가 다 그의 것이나 다름없다. 비상용 발전기가 들어 있는 건물을 지나자 SUV 한 대, 승용차 한 대, 이렇게 두 대의 자동차가 주차되어 있다. 물론 진우는 이놈들의 열쇠도 가지고 나왔다.

철컥, SUV의 문을 연 진우는 운전석에 앉아 키를 넣고 돌려 봤다.

키리리릭— 위위잉—

2주 이상 방치되어 있던 터라 배터리가 좀 시원찮았지만, 약간의 지연이 있은 후에 결국은 시동이 걸린다.

화아악—

미지근한 바람이 불어 나오는 송풍구를 꺼버리고, 진우는 차창 너머 도로를 물끄러미 바라보았다.

"부릉— 부릉— 빵빵! 빵빵! 우우우웅~"

두 손으로 핸들을 잡고 가볍게 흔들며 어린애처럼 입으로 차를 몰아봤다.

이렇게 달릴 수만 있다면… 그러면 화천이든 서울이든 몇 시간 만에 도착할 수 있을 텐데…….

하지만 그것은 이뤄질 수 없는 꿈이다. 그의 눈앞에 길게 펼쳐진 도로는 양방향 모두 자동차들로 꽉 막혀 있다. 이걸 몰고 달릴 수 있는 곳은 이 주차장에서부터 20여 미터 앞의 진입로까지뿐이다.

"젠장, 더럽게 아쉽네. 군인들이 뚫어놓은 도로까지만 가면 되는데……."

자동차 문을 열 때부터 이걸 타고 달릴 수 없다는 걸 알고 있었지만, 막상 운전대를 잡고 바라보니 그 상실감은 몇 배나 더 커졌다. 당장에라도 관리 사무소 2층으로 뛰어 올라가서 어제 마신 머루 와인을 또 한두어 병 비워 버리고 싶은 기분이다.

그의 앞에 끝없이 펼쳐진 것 같은 직선 도로를 계속 걷고, 또 걷고… 그래봐야 목적지 부근에도 못 미친다. 그 생각을 하니 벌써부터 가슴이 턱 막히는 것 같다.

딸깍, 진우는 혹시나 하는 마음에 라디오를 켰다. 아무리 주파수를 위아래로 바꿔봐도 들리는 것이라고는 치이이익― 하는 잡음뿐이다.

"적어도 피난소가 어디 있는지 정도는 계속 알려줘야 하는 것 아닌가?"

진우는 원망 가득한 눈으로 아무 죄도 없는 라디오를 빤히 노려보았다. 그러다가 혹시 시디가 있을까 싶어 글러브 박스를 열었다. 있다. 좀 긁히긴 했지만, 세 장이나 들어 있다.

그런데 영 그의 취향이 아니다. 구리다. 핑크 펀치는 기대도 안 했지만, 세 장 모두 트로트 메들리만 고집할 필요까지는 없었을 텐데.

포기하려던 진우의 눈에 운전석 도어 포켓에 있는 한 장의 CD가 들어왔다. 지하철 행상들이 들고 다니며 파는, 아주 구닥다리 컴필레이션 앨범이다. 만 원만 내면 몇 장이나 주는, 그런 싸구려. 아니면 무단 복사해서 파는 불법 음반이든가.

그래도 진우는 그 CD를 오디오에 넣었다. 음악이 듣고 싶다. 어느 날 갑자기 지옥이 되어버린 공간에서 끊임없이 들어야 했던 괴물들의 기괴한 울부짖음, 비명과 총소리, 무너지고 터지면서 고막을 쉬지 않고 진동시킨 전장의 소음들, 그리고 바로 몇 시간 전에도 자신을 미쳐 버리기 직전까지 몰아붙이던 터널 안의 굉음까지…….

신경을 긁어 대는, 수많은 일그러진 그 음파에 지친 채로 진우의 자아는 너무나 간절히 문명의 소리를 원하고 있었다. 생각해 보니 노래를 마지막으로 들었던 게 대체 언제였는지도 기억나지 않는다.

언제 어디서 무슨 일을 만나게 될지 몰라 늘 귀를 활짝 열어두고 살아야 하는 좀비 세상에서 음악을 듣는다는 건 대단히 사치스러운 일이다. 아니, 거의 살아남길 포기한 행동과 다름없다. 평화롭던 시절처럼 이어폰을 낀 채 걸어 다녔다가는 아마 한나절을 못 넘기고 뒤쪽에서 덮치는 좀비의 밥이 되고 말 것이므로.

"첫 번째는 넘기자."

1번 곡이 '마이 웨이' 여서 진우는 CD를 넣자마자 다음 곡으로 옮겨가려 했다. 정말 간만에 듣는, 그리고 언제 또 듣게 될지 모르는 노래인데, 느끼한 아저씨 목소리로 서막을 장식하고 싶지 않다. 그런데 낯선 남의 차라 그 간단한 조작이 빨리빨리 되지 않았다.

진우가 버튼을 찾는 동안 CD는 재생을 시작했다. 그가 아는 것과 다른 마이 웨이였다. 음색으로 봐서는 나이가 꽤 든 여자가 부르는, 그것도 일본어로 부르는 마이 웨이다. FF 버튼을 찾아내서 누르려던 진우가 손가락을 멈칫했다. 그런 후, 자동차 문을 잠그고 볼륨을 높였다.

누구인지도 모르고, 음질도 꽤나 후진데다, 가사가 무슨 뜻인지도 모르겠다. 아마 영어 가사를 일본어로 바꿔 부르는 것일 테지만… 그런데 이 목소리가 너무 좋아서, 오케스트라 반주를 압도하는 이 기교가 좋아서 진우는 눈을 감고 귀를 기울였다.

몇 천 번이나 생채기를 입은 청각이 모처럼 치유 받는 것 같다. 지속적으로 자신을 괴롭히던 이명마저도 잦아드는 기분이다. 전체 음악이 끝났을 때, 진우는 처음의 그 노래를 다시 재생시켰다. 이번에는 눈을 뜬 채 핸들에 얼굴을 기대고 삭막한 도로를 바라보며 들었다.

"좋다. 아줌마, 노래 잘하네."

똑같은 노래를 여러 번 반복해서 들은 후, 진우는 CD를 꺼내 아무 케이스에나 담고 배낭에 챙겨 넣었다. 이건 가지고 있을 만한 가치가 충분하다. 언젠가 그가 알던 사람을 다시 만나게 된다면 함께 이 노래를 들으며 말해주리라. 정말 다 귀찮아져서 주저앉고 싶었을 때, 내게 큰 힘을 준 노래라고.

오오~ 그거 꽤 있어 보이잖아?

그렇게 대화를 나누는 상황이 멋진 것 같아서 상상을 하는 것만으로도 진우의 입가에는 미소가 번진다.

"야! 그러고 싶으면 움직여! 가만히 여기 앉아 있어봐야 너 아는 사람 절대 이리로 안 온다."

스스로에게 동기를 부여한 진우는 SUV 밖으로 나와서 창고 쪽으로 걸어갔다. 달리지도 못하는 자동차보다는 뭔가 좀 더 쓸모가 있는 게 있기를 기대하면서. 한참 열쇠 더미와 씨름을 하다가 결국 제1창고라는 태그가 붙어 있는 열쇠를 찾아냈다.

끼이익—

창고 문을 열자 가장 먼저 눈에 띈 것은 청소 도구와 몇 가지 장비가 실려 있는 리어카다. 플래시를 켠 K—2를 앞세우고 들어가기는 했지만, 위쪽으로 뚫린 창문을 통해 워낙 빛이 환하게 비쳐 들어서 보조 조명이 필요하지는 않았다.

핸드 드릴부터 소형 진동 롤러까지, 주로 도로 공사용 장비들이 비치되어 있었다. 모두 다 지금의 그에게는 별 필요 없는 것들이다. 시큰둥한 표정으로 창고를 한 바퀴 돈 진우는 이제 나가야겠다고 생각하면서 구석에 물체를 덮은 방수포를 열어젖혔다. 그러고는 곧 눈을 반짝였다.

자전거다, 자전거!

딱 봐도 뭐 그리 대단한 고급품 같지는 않아 보이지만, 그래도 나름 있을 건 다 있다. 램프에, 물통에, 핸드 펌프에, 안장 뒤쪽에는 조그만 가방도 붙여놨다. 이거라면 차가 꽉 막힌 도로라도 쌩쌩 지나다닐 수 있다. 지금까지보다 몇 배나 더 빠르게…….

새로운 장비를 발견하자마자 진우의 가슴이 두근거린다. 그동안 계속 산속만 헤매고 다니느라 꿈도 꾸지 못했던 자전거 투어링이다.

진우는 자전거를 꺼내 주차장에 세워놓고 필요한 것들을 챙기기 위해 사무실로 뛰어 들어갔다. 여분의 배터리, 여분의 플래시, 물을 보충하고 한 컵 시원하게 들이켰다. 작업용 장갑과 라면도 배낭에 쑤셔 넣었다.

가져가고 싶은 것은 잔뜩 있지만 짊어질 수 있는 무게에 한계가 있으니까 스팸과 참치 캔은 딱 한 개씩만 챙겼다. 이렇게 용기가 쇠로 된 것들과 수분을 함유하고 있는 것들은 아무래도 무겁기 마련이라 부담스럽다.

"가만있어 봐… 뭐 안 가져가는 것 없나?"

문을 나서면서 진우는 아쉽다는 듯 사무소를 한 번 돌아보았다.

젠장, 저 가스레인지, 냄비, 생수통에 가득가득 들어 있는 물, 머루 와인, 그리고 침대……. 여기서 나가 길바닥을 헤매다 보면 또 얼마나 생각이 날까?

진우는 하루쯤 더 푹 쉬고 싶다는 유혹을 애써 뿌리치고 주차장으로 뛰어나왔다.

하루를 쉬고 나면 이틀을, 이틀을 쉬고 나면 일주일을 쉬고 싶은 게 사람 마음이다. 그리고 그렇게 무의미한 시간이 지나가는 동안 나아질 건 하나도 없다. 화천을 찍고 탄약을 찾아 서울로 가기로 했으니 반드시 그렇게 할 것이다. 그래서 아끼던 사람들을, 전부 다는 아니더라도 적어도 한두 명쯤은 만나고 싶다. 꼭… 만나고 싶다.

개머리판을 접어둔 채 한 자루는 허리 뒤로, 한 자루는 대각선으로 비껴 멘 진우는 자전거 안장에 앉은 채로 익숙해질 때까지 몇 차례나 그걸 빠르게 잡으며 사격 자세를 취하는 연습을 하고 멜빵끈의 길이를 조절했다.

자전거를 타고 달리다가 갑자기 자동차 사이로 튀어나오는 놈들이나, 언덕 위에서 뛰어내리는 놈들을 만나게 됐을 경우를 대비해서다. 괜히 어정쩡한 자세로 방아쇠를 당겼다가 갈비뼈를 다치거나 하고 싶지는 않다.

"좋아, 이쯤하면 된 것 같다."

총 잡기가 익숙해졌으니 이제 주행 연습이다.

사락— 촤락— 촤라락— 촤라락—

페달을 밟아보니 꽤나 부드럽게 바퀴가 돈다. 처음에는 등에 지고 있는 배낭과 두 자루의 총 무게 때문에 중심을 잡는 게 어색했지만, 주차장을 한 바퀴 돌다 보니 이내 익숙해진다.

하이바 끈을 고정시킨 진우는 힘차게 페달을 밟아 진입로를 따라 내려갔다. 도로로 진입해 방향을 꺾으면서 멈춰 서 있는 고급 승용차를 자전거로 슬쩍 긁고 말았지만… 그런 것 따위, 이젠 아무도 신경 쓰지 않을 터였다.

싸아아아—

귓가를 울리는 바람 소리가 그에게 빨라진 속도를 일러준다. 기분이 좋다. 도로가 약간 내리막이어서 별로 힘을 들이지 않아도 자전거는 주변의 풍경들을 슥슥, 지나쳐 버린다.

멀리 보인다고 생각했던 표지판이 어느새 머리 위로 와 있다가 저 뒤로 사라지고, 정신을 차리고 보면 어느새 수십 대의 자동차를 제쳤다. 정말 간만에 느껴보는 속도감에 진우의 소년처럼 크게 입을 벌리고 웃었다.

"하하하하하— 하하하—!"

주욱 늘어서 있는 축사 부근을 지날 때, 죽은 소들이 썩어가는 냄새인지, 똥냄새인지 모를 악취를 들이켜면서도 진우의 웃음은 그치지 않았다. 이까짓 거, 제아무리 구려도 좀비들에게서 풍겨 나오는 냄새에 비하면 참고 맡아줄 만하다. 그리고 금방 지나쳐 버리면 그만이다. 진우는 몸을 앞으로 기울인 채 폐 속 가득 똥냄새를 들이마시며 신나게 페달을 밟았다.

그렇게 열심히 빠르게 자동차들 사이를 질주하는 동안에도 인가는 거의 눈에 띄지 않았다. 그럼 대체 이 많은 자동차들은 어디에서부터 여기까지 온 걸까 하는 생각이 든다.

번호판에 지역명이 적혀 있지 않으니 전혀 알 길이 없지만, 아주 멀리에서부터 여기까지 도망을 온 거였는지도 모르겠다. 그러다가 마침내 꽉 막힌 정체를 만나고 결국은 차를 버린 채 뛰어서라도 달아났을 테지.

그리고 지금 진우는 그 많은 사람들이 도망쳐 온 곳을 향해 풀 스피드로 달려가고 있다. 좀비와, 죽음과, 폐허 같은 끔찍한 이미지들이 덧칠해진 곳으로.

"금방 간다! 기다려!"

그리운 사람들의 얼굴을 떠올리며 진우는 페달을 밟는 다리에 더 힘을 주었다. 맞부딪쳐 오는 바람이 온몸을 시원하게 식혀준다. 하 중위가 감아준 그대로의 붕대 안쪽까지도 스며들 만큼 시원한 바람이었다. 들어줄 사람은 단 한 명도 없지만, 속도를 높이며 진우는 자전거 손잡이에 부착된 벨까지 울렸다.

띠리링— 띠리링— 띠리링—

씨이잉—

금속 벨의 가냘픈 울림만을 남기고 진우를 태운 자전거는 빠르게 멀어져 갔다.

ㄹ

띠리링— 띠리링—

삼식이가 재미를 들렸는지 계속 자전거 벨을 눌러 댄다. 설명을 하던 유빈이 잠시 말을 멈추고 쳐다보면 씨익 웃으며 멈췄다가, 다시 이야기를 시작하면 또 손가락으로 벨 손잡이를 튕긴다. 유빈은 가볍게 한숨을 쉬었다.

"야, 너… 긴장하지 않는 건 좋은데… 이러다가 실수할까 봐 겁난다, 나는."

"아니, 뭐, 복잡한 임무라야 열심히 듣고 기억하려고 애를 쓰지. 엄청 간단한 일이잖아. 나는 신입이랑 저 멀리 사거리 밖으로 자전거 타고 나가서 우측으로 또 두 블록 더 간 다음, 거기에서 담배를 열라 피운다. 통에도 좀 피워놓고. 그러면 그동안 너희는 여기에서 간단한 공사를 한다. 그거잖아. 뭐, 더 있어?"

삼식이가 생글거리는 걸 보고 있자니 마음이 복잡하다. 자전거를 타고 간다고는 하지만, 그래도 어디까지나 위험한 곳으로 더 멀리 나가는 거고, 게다가 담배 연기를 계속 피워서 미끼가 되는 일이다. 그런데도 이놈은 여유만만이다. 물론 바로 옆에서 있는 신입처럼 죽상을 하고 있는 것보다는 낫지만.

지금까지 얻은 정보와 계산에 따르면, 그렇게까지 아슬아슬한 상황은 없을 거긴 하다. 다음 좀비 무리들인 분홍이들이 삼식이가 담배를 피울 곳까지 오려면 앞으로도 20분 이상 걸려야 할 거고, 그때 놈들이 오는 걸 보자마자 삼식이와 신입은 자전거를 타고 이리로 도망 오면 되니까.

"후우~ 진짜 담배 한 대 편하게 피고 오는 게 이렇게까지 위험하고 힘든 일이어야 하냐? 내가 진짜… 후우, 나니까 참는 건지도 모르겠다, 이런 생활. 매일매일 지옥이 따로 없다. 하루도 편하게 지나는 날이 없어."

신입은 고급 자전거의 손잡이를 꽉 쥔 채 한숨을 푹푹 쉬었다. 태권소녀는 같잖다는 표정으로 한 소리 한다.

"네가 대체 힘든 일을 한 게 뭐가 있다고 지옥이니, 편한 날이 없느니 떠들어?"

"뭐? 뙤약볕에서 매일 망보는 게 쉬운 줄 알아?"

지지 않으려 대들면서도 신입은 얼른 자전거에 올라탔다. 태권소녀는 별로 자비가 없어서 여차하면 엉덩이로 킥이 들어온다는 걸 잘 알고 있기 때문이다. 지난 며칠 동안 대여섯 번 걷어차이면서 얻은, 값진 교훈이다.

"담배 충분히 챙겼지?"

유빈의 질문에 삼식이와 신입은 배낭을 툭툭, 두들겨 보인다.

그래, 유빈은 고개를 끄덕였다.

"그럼 가서 실컷 피우고 와. 아주 너구리 굴을 만들어."

모두의 배웅을 받으며 삼식이와 신입은 상봉 터미널 쪽으로 자전거를 몰았다. 한산한 인도 위를 씽씽 내달리면 더 편할 텐데, 유빈은 반드시 도로의 중앙으로만 다니라고 신신당부를 했다. 그래야 건물에서 뛰어내리는 좀비가 있을 때 피하기가 훨씬 용이하다는 이유에서다. 타당한 말이라고 생각해서 삼식이와 신입도 버스 차선에 바짝 붙어서 움직였다.

차르르륵— 차르르륵—

몇 번 페달을 돌리지도 않았는데 자전거는 그들을 400여 미터 앞 사거리로 데려다 준다. 코너에서 우회전을 한 두 사람은 거기에서 두 블록을 더 간 뒤에야 멈춰 섰다.

도로 양쪽으로 보이는 풍경은 좌 이마트, 우 상봉터미널. 말만 들으면 대단한 번화가일 것 같지만, 의외로 길은 그리 넓지 않다.

"더 가지 마. 너무 가까이 가면 저기에서 보고 뛰어내릴라."

백화점처럼 커다란 이마트 건물을 가리키며 삼식이가 신입을 향해 말했다. 벽면이 유리로 되어 있어서 여러 놈이 한꺼번에 부딪쳐 오면 깨질 것 같다. 그 옆에 있는 아파트도 신경이 쓰이기는 매한가지다.

물론 그들이 서 있는 곳은 5차선 도로의 한가운데니까 저기서 제아무리 빠르게 몸을 날린다고 해도 여기까지 닿을 가능성은 제로다.

"아우, 씨발. 징그러워."

이마트 진입로에 드문드문 누워 있는 시체들을 보며 신입이 중얼거렸다. 코스트코 앞마당처럼 이 주변에서도 심심찮게 시체들을 발견할 수 있었다.

제일 흔한 유형은 역시 머리통이 움푹 함몰되어 있거나 뒤통수가 으스러진 시체들이다. 사람들과 싸우다가 죽은 놈들도 있겠지만, 고층 건물에서 아래를 노리고 뛰어내렸다가 머리부터 떨어지는 바람에 즉사한 걸로 보이는 좀비들이 더 많다. 가끔은 자동차 유리창 안에 머리를 박은 채 죽어버린 놈들도 있다.

썩어가는 시체들의 상태는 사망 원인과 무관하게 전부 다 끔찍해서, 자기도 모르게 외면하게 된다. 지난 14일 이래 사람 죽은 꼴은 참 지겹게도 봐왔지만, 그럼에도 불구하고 저걸 빤히 쳐다보고 있는 건 아무래도 익숙해지지 않는 일이다.

"야, 이 자전거 확실히 존나 좋다. 씨발, 몇 백 우습게 넘었겠는데?"

자전거에서 내린 신입은 알루미늄과 카본으로 된, 가벼운 자전거를 들었다 놨다 하며 만족스러운 표정을 지었다. 자전거 가게를 털 때 상단에 걸려 있던 놈을 굳이 욕심내서 집어 오더니, 어지간히 마음에 드는 모양이다.

"근데 그거 너한테 너무 높아. 타고 내릴 때 가랑이 아프지 않냐?"

멈춰 서자마자 담배를 꺼내 문 삼식이가 불을 붙이면서 대꾸해 준다. 한 모금을 빨자마자 목에 턱 걸리는 맛이 있다.

후우우~ 삼식이는 손가락 사이에 끼워진 담배를 보며 생각했다. 역시… 이 깊은 맛과 만족스러운 향은 전자 담배가 따라올 수 없다. 혹시 너무 높다는 이유로 자전거를 빼앗기기라도 할까 봐 천만의 말씀이라는 듯 도리질을 하는 신입을 보며 삼식이가 말했다.

"뭐, 좋을 대로 해. 네 불알은 네가 챙기는 거니까……."

빈 양철 쿠키 통을 가방에서 꺼낸 삼식이는 몇 모금 빨지 않은 장초를 그 안에 던져 버리고, 또 금방 새 담배에 불을 붙여 빨았다. 그러고는 담배만 피우다 보면 목이 너무 빨리 칼칼해질까 봐 캔 커피를 따서 마셨다. 그 외에도 넉넉하게 음료수를 챙겨 왔다.

신입도 계속 사방을 두리번거리며 담배에 불을 붙였다. 둘은 옛날 할리우드 갱 영화에 나오는 악당들처럼 뻑뻑 연기를 뿜어댔다. 흡연이 임무가 됐다고 생각하니 좀 우습지만, 어차피 이 일은 일곱 명 중에 삼식이와 신입, 둘밖에 못하는 거니까.

"이렇게 괜한 짓으로 시간 끌지 말고, 그냥 이거 타고 쭉 가면 되는 거 아냐?"

신입이 자전거 브레이크를 잡았다 놨다 해보면서 묻는다.

"어디로?"

"어디긴, 이 답답아. 원래는 한강인지 잠실인지 거기 수용소 가기로 했었잖아. 이거 타보니까 존나 빠르고 쫙쫙 나가는데, 그냥 이거 타고 쫙 빼면 될 것 같다는 이야기잖아."

"하하하, 이거 타고 가다가 뭘 만날지 알고 그런 소리를 해? 자동차처럼 지붕이 있냐, 들이받으면 좀비들이 죽기를 하냐? 육교 아래 같은 데 지나가다가 한 놈만 뛰어서 덮쳐도 그냥 끝이야. 또 만약에 타고 가다가 저 앞에서 좀비들이 튀어나왔다, 그러면 그때는 어떻게 하려고?"

삼식이가 웃으면서 저 멀리 면목동 쪽 사거리를 가리킨다. 당장 20분쯤 뒤에 좀비들이 등장할 방향이다. 물론 신입은 지지 않고 받아쳤다.

"옆으로 꺾지, 그럼 그 상황에서 가만히 서 있겠냐?"

"그래, 좋아. 꺾었어. 뒤로 돌아가지 않을 거면 좌우 중에 한 방향이겠지. 근데 거기는 또 이미 다른 좀비들이 지나가고 있는 중이면 어쩔래? 네가 서울 시내 길 다 알아서 샥샥 빠져나갈 수 있을 것 같아? 인간 네비게이션이야?"

"씨발, 이 새끼. 말 같지도 않은 소리로 토만 달고 있네. 좀비가 만날 너 필요할 때에만 나와? 당장 여기만 해도 한 마리도 안 보이는구만."

"그거야 우리가 저 새끼들한테 페인트를 발라서 지나가는 시간을 알게 됐으니까 그렇지. 바로 이삼일 전만 해도 전혀 몰랐던 거잖아. 그때 같았으면 이렇게 여유롭게 담배나 빨고 있을… 으앗! 저거 움직여!"

삼식이가 다급하게 외치며 페달에 발을 올리는 시늉을 하자, 신입은 소스라치게 놀라 자전거를 돌리려다 핸들을 놓치고 버둥거린다.

"장난이야, 장난! 카하하하, 너 표정 진짜……."

삼식이는 배를 잡고 웃었다. 신입은 분하기도 하고 여전히 무섭기도 해서 얼굴이 시뻘게졌다. 신입이 삼식이의 어깨를 손바닥으로 후려치며 소리를 버럭 지른다.

"야, 이 개새끼야! 그런 짓 좀 하지 마! 놀란다고! 아우, 씨발. 열 받아!"

"하하하! 것 봐, 무섭잖아. 밖에 나오면 무방비라서 무섭고

쫄게 되어 있어. 지금은 농담이니까 이렇게 내 팔에 화풀이하면 끝이지만, 실제였으면 큰일 나는 거야. 내 몸을 숨길 데가 없다는 게 그렇게 무서운 거라고. 그러니까 편하게 잘 곳 있고, 먹을 것 떨어져 가지 않는 상황에서 굳이 위험한 길을 나설 생각 하지 마. 거기까지 갈 용기랑 운, 반씩만 가지고도 이 근처에서 잘 살 수 있어. 저기 저 시체들도 처음에 밖으로 나올 때는 다들 뭔가 계획을 가지고 나왔을 거야. 하지만 실패해서 결국 저 모양이 된 거지. 모험, 그거 아무나 하는 거 아니다, 너?"

"그럼 그때 복지 센터에서는 왜 반대 안 했어? 유빈이 새끼가 반나절 만에 닿고 어쩌고 할 때에도 똑같이 좀 말해보지? 그때는 같이 꿍짝꿍짝해 놓고서. 하여간 이 새끼들도 차별 은근 쩐다니까?"

"그때는 차가 있었잖아. 달릴 도로도 있었고. 그리고 사방에서 좀비들이 점점 가까이 오는데 어떻게 손 놓고 앉아 있어. 위험해 보이는 걸 알더라도 아무거라도 해볼 수밖에 없었지. 지금이랑 달라."

삼식이는 반쯤 피운 꽁초를 쿠키 통 안에 던져 넣고 새 담배를 물었다. 오늘의 작전은 두 가지의 실험을 위한 것이다. 먼저 보안관 일행이 알아보고 싶었던 것은 좀비들의 이동 경로에 담배를 피워두면 놈들이 잠깐이라도 멈춰 서서 그 냄새를 감상하는가이다.

그 첫 번째 실험을 위해서 이렇게 양철통 안에 자꾸 불붙은 담배를 모아두고 있다. 두 사람이 부지런히 임무를 수행한 덕에 어느새 통 안에는 두어 번씩만 빨아댄 담배가 두 갑 가까이 쌓인 채 모락모락 연기를 피워 올리는 중이다.

"쿨럭쿨럭, 야, 이거 통 저쪽으로 좀 치울까? 몇 분 동안 계속 맡았더니, 냄새… 씨발, 완전……."

바람이 바뀌는 바람에 고스란히 연기를 뒤집어쓴 신입이 기침을 쿨럭거리며 뒷걸음질을 친다. 삼식이도 슬슬 담배 냄새가 거슬리기 시작했다. 어제도 하루 종일 전자 담배만 빨면서 이 순간만을 기다렸는데, 참 인간은 간사한 동물인가 보다.

삼식이와 신입이 자전거로 이동하며 연기 만드는 일에 열중하고 있는 동안 코스트코 앞 도로에서는 보안관 일행이 바쁘게 움직이고 있었다. 분홍이들의 발을 묶어줄 지연 장치를 만들기 위해서다.

"다 준비됐지? 장갑! 고글! 다들 꼈어? 우리 제니도 오케이?"

팔목까지 오는 두툼한 철조망 전용 장갑을 낀 보안관이 안전 고글을 고쳐 쓰며 물었다. 제니, 유빈, 태권소녀순으로 쪼르르 서서 장갑 낀 손을 들어 보이고 고개를 끄덕인다.

좋아, 간다!

보안관은 묵직한 망치를 들어 맨 끝 차선의 자동차 운전석 유리를 사정없이 후려쳤다.

콰창!

유리는 산산조각이 나서 부서져 내렸다. 보안관은 철조망 장갑을 낀 왼손을 차 안으로 넣어 잠금장치를 해제했다. 그러고는 곧바로 몸을 돌려 옆 차선 자동차의 조수석 유리도 부수고 그것의 잠금장치 역시 풀었다. 이것으로 이 차선에서 보안관이 할 일은 끝. 이제 옆 차선으로 옮겨가 똑같은 일을 반복하면 된다.

철컥, 제니는 보안관이 작업한 자동차들의 문 두 짝을 열어 서로 마주 보도록 대놓는 일을 맡았다. 날다람쥐처럼 재빠르게 한쪽 문을 반쯤 열고, 그 옆 차 문을 반쯤 열고 뒤로 물러나면서 두 차의 문을 최대한 활짝 열리도록 당긴다. 그렇게 하고 나면 그녀 역시 보안관처럼 옆 차선으로 이동한다.

다음 순서로 뛰어드는 것은 유빈과 태권소녀가 한 조를 이루는 결속팀. 이건 호흡이 중요하다. 태권소녀와 유빈이 문 하나씩의 앞에 선다. 그리고 허리에 빨랫줄 두루마리를 철사에 꿰서 휴지처럼 차고 있는 유빈이 줄을 쭉 뽑아 틀만 남은 한쪽 창문을 관통시킨 다음, 옆 차 문 앞에서 기다리고 있던 태권소녀에게 준다.

그러면 태권소녀는 그걸 다시 자신의 차 창틀에 한 번 돌리고 다시 유빈에게 넘기는 식이다.

이렇게 두 개의 문이 팽팽하게 연결되도록 서너 번 반복하고 나서 가위로 줄을 자르고 매듭을 단단히 묶는다. 모든 자동차들이 서로 문을 마주할 수 있도록 간격을 맞춰 세워진 게 아니니까 필요한 줄의 길이도, 각도도 매번 다르다.

이 모든 작업이 가능한 것은 200미터 두루마리의 무게가 1킬로그램도 되지 않는 3㎜ 다용도 나일론 줄, 흔히 말하는 빨랫줄의 위엄 덕분이다. 다른 소재였으면 아마 그 무게 때문에 작업이 몇 배나 힘이 들었을 것이다.

"꽉 당겨! 너무 느슨하잖아!"

유빈의 매듭을 보면서 태권소녀가 잔소리를 한다. 유빈이 억울한 표정을 지으며 힘껏 줄을 당겼다. 매번 잔소리하던 입장에서 졸지에 잔소리를 듣는 대상이 되어버리자, 그거 영 기분이 별로다.

'저기… 너, 팔다리 길고 주먹이랑 힘이 세다는 건 잘 알지만, 나도 일단은 막노동으로 먹고 살았는데……' 라고 말하고 싶다. 어쨌든 두 사람은 땀을 뻘뻘 흘리면서 문을 꽉 잡은 채로 서로 줄을 주거니 받거니 하며 매듭을 묶었다.

"근데 이거 별로 튼튼해 보이지 않는데… 정말 이 정도로 좀비들을 붙잡아둘 수 있어? 분홍이들이 적다고 해도 수백 마리나 되잖아?"

여러 겹의 빨랫줄을 꽉 당겨 한데 묶으며 태권소녀가 물었다.

우드득, 플라스틱 창틀이 부서질 것 같은 소리가 들린다. 손아귀 힘도 참 어지간히 세다.

"완전히 가두려고 하면 이런 걸로 안 되겠지만, 잠시 동안만 발을 묶어두는 정도는 뭐, 정강이 높이로 줄 하나만 매어놔도 약간의 지연은 가능하지. 분명 우왕좌왕하다가 자빠지고 난리도 아닐 테니까. 문제는 그렇게 몇 분을 묶어둘 수 있느냐 하는 거야. 네 말대로 분홍이들은 수백 마리가 넘잖아. 그래서 머릿수가 모여야만 끊을 수 있는 정도로 해놓는 거야. 단단하기로 따지면 케이블을 쓰는 게 맞겠지만, 그렇게 해놓으면 정말 너무 튼튼해서 그게 문제지. 아예 안 끊어지면 이 앞에 좀비들을 모아서 양식하는 거나 다름없어지잖아……."

"너 있지……."

다음 차로 옮겨가 작업을 하는 동안에도 내내 이어지는 유빈의 설명을 끊으며 태권소녀가 말했다.

"설명하는 거 엄청 좋아하는 거 알고 있냐? 그냥 된다, 안 된다 정도만 이야기해 줬어도 되는 질문이었는데, 계집애처럼 계속 종알종알… 자, 거기 잡아."

윽, 또 지적 받았다.

유빈도 마냥 지고 있을 수만은 없어서 받아쳐 봤다.

"네가 물어봐 놓고… 네가 너무 남자 같은 거지! 다른 여자애들은 이렇게 자세히 말해주면 다들 좋아하더구만."

"다른 여자애? 정말? 누가 그렇게 했는데?"

매듭 묶기를 마친 태권소녀가 허리를 펴며 피식 코웃음을 쳤다.

응? 누가 좋아했냐고?

유빈은 다음 차를 향해 뛰어가며 고개를 갸웃거린다. 생각해 보니까 다른 여자애라고 해봐야 뭐, 별로 그렇게 통계적으로 따져 볼 만큼 많은 수를 만나고 다닌 몸이 아니긴 하다. 하지만 최근에 누군가… 아, 맞다. 제니, 제니였어.

"뭐, 멀리 갈 것도 없네. 제, 제니도 내가 이렇게 설명해 주면 좋아했어. 막… 웃어주고."

당혹스러우니까 말까지 더듬게 된다.

어떠냐? 최고 아이돌도 내 이야기를 듣고 좋아했다는 말이다!

유빈은 나름 최선을 다한 반격이었는데, 태권소녀는 심드렁하게 대꾸했다.

"그건 걔가 친절해서 그래. 아이돌이잖아. 웃어주는 게 버릇처럼 몸에 뱄다고."

이런 젠장!

더 받아쳐 봐야 자기만 구차한 사람이 된다는 걸 깨달은 유빈은 그냥 응대 태도를 바꾸기로 했다. 누가 약점이라고 놀리는 걸 대놓고 인정해 버리면 그건 더 이상 대단한 약점이 아닌 게 된다.

"하긴, 뭐 내가 말이 좀 많은 것 같기도 하네. 설명하는 거 좋아하고……."

전략적으로 고른 답이었는데, 자신의 입으로 말하고 나니 왠지 좀 슬프다. 별로 멋있어 보이지 않는 성격이다.

"뭐, 다들 성격이 다른 법이니 나쁘다는 건 아니야. 그냥 그렇구나 하고 느낀 점을 말한 거야. 자, 다음!"

태권소녀는 악의가 없었다는 표현으로 어깨를 툭, 치고 다음 차로 넘어간다. 그러니까 그 느낀 점을 대놓고 말하는 성격이 문제인 건데, 얘는 그걸 모르는 것 같다. 혜주에게는 듣는 사람의 기분을 배려하는 언어 순화 필터링 과정이 생략되어 있다. 뭐, 겉으로만 입에 발린 소리를 하고 속이 시커먼 놈들보다야 몇 천 배 낫기야 하지만…….

지금 그들이 하고 있는 이 모든 번거로운 준비는 담배에 이은, 오늘의 두 번째 실험을 위한 것이다. 두 번째 실험의 목적은 서로 경로와 이동 시간이 다른 두 좀비 무리가 타의에 의해 합쳐졌을 때, 놈들이 어떻게 되는지 알아보려는 데에 있다.

두 개의 무리가 다시 나뉘어 따로 움직일 것인지, 아니면 한 덩어리로 합쳐져 같은 경로로 이동할지를 파악하는 일은 중요하다. 그리고 또 만약 합쳐진다면, 그때 놈들이 짧았던 쪽을 따라 움직일지, 아니면 크게 원을 그리며 돌던 쪽의 경로를 따라 이동할지도 체크해야 할 사항 중 하나다.

그래서 그들은 일단 서로의 주기가 가장 비슷하다고 할 수 있는 분홍이 그룹과 파랑 노랑 얼룩 그룹을 한데 합쳐 보려고 하는 중이다. 분홍이 그룹은 대략 다섯 시간 반마다 한 번 정도 이 앞을 지나고, 파랑 노랑 얼룩 그룹은 세 시간에 한 번씩 코스트코 앞 도로로 행진을 한다.

그러니까 만약 이놈들이 합쳐져서 단시간, 즉 세 시간 코스 쪽으로 이동을 한다고 해도 보안관네 입장에서는 크게 손해를 보는 건 없다. 이놈들 말고 다른 그룹들은 시간 간격이 커서 무작정 실험의 대상으로 삼기에 너무 위험부담이 크다.

유빈과 혜주가 티격태격하며 창틀을 묶어 길을 막는 동안, 자동차 유리를 깨고 문을 여는 작업을 다 마친 보안관과 제니 조는 다른 임무에 돌입해 있었다.

한쪽 길의 건물 기둥에 사람 키 높이와 허벅지 높이로 빨랫줄을 동여매고 돌린 다음, 양쪽에서 나란히 잡고 길 건너편 인도까지 뛰어간다. 그런 후, 거기에 있는 건물 기둥에 또 똑같은 높이와 비슷한 위치에 마저 묶는다. 이건 자동차 위를 밟고 지나가는 놈들을 방해하기 위한 장치다.

"하하하, 내가 더 빨랐죠?"

제니가 까르르, 웃는다. 매듭을 돌려 출발한 뒤 8차선 도로를 가로질러 달려서 반대편 인도 건물까지 누가 빨리 가는지 시합이라도 한 모양이다. 제니가 손으로 기둥을 칠 때, 보안관은 그 한 발 뒤에 있었다.

태권소녀는 고개를 돌려 머쓱해하는 보안관과 그의 등을 두드려 주며 위로하는 제니의 모습을 힐끔 쳐다보았다. 그러고는 곧바로 다시 자동차 문끼리 묶는 작업에 열중했다.

바보… 누가 봐도 너 기분 좋으라고 저 고릴라가 일부러 져주는 거잖아…….

"여기는 끝!"

유빈과 태권소녀 조가 손을 들고 외쳤다. 그로부터 몇 초 뒤에 보안관도 끝이라며 두 팔을 흔든다. 어찌나 서둘렀는지, 열네 개나 되는 차문을 열어 그 사이를 결속하고 인도까지 다 막는 데 7분 남짓밖에 걸리지 않았다. 하지만 2차 저지선을 설치해야 해서 아직 쉬고 있을 여유는 없다.

허리에 차고 있던 빨랫줄 두루마리를 새것으로 교체한 네 명은 곧바로 20여 미터 뒤쪽으로 뛰어가 거기에서 똑같은 작업을 한 번 더 했다.

보안관은 부수고, 제니는 열고, 유빈과 태권소녀는 묶고, 그 사이 다시 보안관과 제니는 인도까지 단속하는 것의 반복이다.

"후~ 생각보다 더 금방 끝났는데? 15분도 안 걸렸어."

일을 다 마치고 로프가 팽팽하게 묶였는지 당겨보며 보안관이 숨을 고른다. 삼식이가 출발하는 것과 동시에 누른 타이머는 이제 막 00:15:20을 지나고 있다.

아직 시간 여유가 있다는 말을 듣고 유빈과 태권소녀도 겨우 한숨 돌렸다. 혹시라도 일하는 중간에 좀비들이 들이닥치면 안 되니까 다들 초조해서 미친 듯이 끈을 주고받으며 손을 놀려 매듭을 묶고… 하여간 서둘렀던 결과이다.

"삼식이네 쪽에서는 슬슬 좀비들 오는 게 보이려나?"

고글을 위로 올리며 보안관이 멀리 사거리 쪽을 바라본다.

3

그 시각, 삼식이와 신입은 담배 연기로 누가 더 큰 도넛을 만드는지 시합을 벌이고 있었다. 뻑, 삼식이가 입안 가득 모았던 연기를 내뿜자 거대한 뭉게구름이 튀어나온다. 신입이 만든 것보다 몇 배나 크고 두툼한 도넛이다. 하지만 곧바로 신입이 이의를 제기했다.

"아니, 아니! 그거는 실격이야. 안 된다고, 씨발! 끝이 벌어져 있잖아. 링이 아니야. 저러면 저게 추로스지, 도넛이냐?"

"하하하, 신입, 너 이제 슬슬 억지 쓴다? 담배 연기니까 당연히 풀어지지… 엇!"

실없이 웃던 삼식이가 머리를 감싸 쥔다. 낭패다.

"왜 그래, 또? 사람 후달리게. 씨발, 뭔데?"

"아, 젠장. 시계 타이머 세팅 안 했다. 출발할 때 누른다고 해놓고 깜빡했네. 신입, 우리 여기 온 지 얼마나 됐을까? 10분? 15분?"

"…글쎄다? 모르겠는데… 15분까지는 안 지나지 않았을까? 대충 10분 정도? 에이, 10분도 아니야. 온 지 뭐 얼마나 됐다고. 근데 무슨 상관이야? 어차피 그 새끼들 오는 거 여기서 빤히 다 보일 텐데."

"음, 네 말 듣고 보니까 그것도 그러네. 그럼 앞으로 10분 타이머 해놓고……."

그렇게 말하며 전자시계 버튼을 조물락거리던 삼식이가 약간 쓸쓸하다는 투로 중얼거렸다.

"생각해 보니까 우리는 이거 약 갈아 끼울 줄도 모르는구나. 어떻게 보면 정말 간단한 일일 것 같은데… 한 번도 해본 적이 없어. 아마 막상 해보면 굉장히 어려울지도 모르고. 그러니까 배터리 떨어지면 멀쩡한 시계 그냥 버리고 새거로 바꿔 차야 돼. 허~ 누군가 얼마나 공을 들여서 만든 물건일 텐데… 게다가 새 시계 적응하려면 은근 불편할 것 같기도 하고. 언제 시간 나면 시계 뜯는 연습도 해봐야겠다. 약만 갈아 끼울 수 있는지."

"헐, 진짜네? 그러고 보니 나도 손목시계 배터리 갈아본 적 없어."

그렇게 노닥거리는 사이, 저 멀리 도로를 꽉 채우고 걸어오는 것들이 보였다. 신입의 눈에는 아직 점처럼 작아 분간이 되지 않지만, 삼식이는 분명하게 알아보고 신입의 어깨를 두드린다.

"온다, 온다. 가자. 자전거 올라타."

신입이 허둥거리며 높다란 자전거 안장에 오르는 동안 삼식이는 한꺼번에 담배 몇 대를 더 불붙여 넣고 쿠키 통 뚜껑을 덮었다. 송곳으로 미리 자잘한 구멍들을 뚫어놓은 것이라 이렇게 덮어줘야 좀비의 발에 채여 담배통이 엎어져 버리는 불상사를 막을 수 있다.

청테이프를 찢어 단단히 뚜껑을 봉해놓은 뒤, 삼식이도 자전거에 올랐다. 두 사람은 담배통을 놓아둔 곳으로부터 200여 미터 떨어진 사거리까지 가서 자동차 뒤에 몸을 숨긴 채 기다렸다.

과연 담배통 앞에서 얼마나 많은 좀비들이 멈춰 설지, 멈춰 선다면 거기에서 얼마나 시간을 지체하는지를 지켜보기 위해서다.

삼식이의 시계 타이머가 세팅된 지 4분 21초 지났다고 표시하고 있을 때, 좀비 무리의 맨 앞줄이 담배통 부근까지 도달했다. 기분 탓인지 모르겠지만, 근처에 온 놈들의 걸음이 좀 빨라진 것 같다. 처음에는 선두의 몇 놈이 멈춰 서서 흥미를 보였고, 이내 점점 더 많은 놈들이 연기가 모락모락 피어오르는 담배통 주변을 에워쌌다.

"오, 저 개새끼들, 존나 좋아한다."

신입이 소리 죽여 중얼거렸다. 담배가 좀비를 끌어들인다 어쩐다 말은 있었지만, 저 꼴을 라이브로 보는 건 처음인지라 삼식이도 마른침을 삼키면서 눈을 떼지 못했다. 그사이 모여든 좀비들은 더 늘어서 이제는 원 모양인지 뭔지도 모를 정도의 큰 덩어리로 밀집되어 있다.

이례적인 일이다. 지난 며칠 내내 코스트코 부근의 모텔 옥상에서 놈들이 행진하는 걸 지켜봤지만, 저 정도로 긴 시간 동안 한 지점에 모여 멍 때리는 건 구경해 본 적이 없었다.

원을 이루는 놈들 중에는 선명한 분홍색으로 온몸이 덧칠해진 좀비도 드문드문 섞여 있어 코믹하면서도 기괴한 느낌을 더해주었다. 놈들을 멈춰 서게 하는 동기가 담배 연기 혹은 그 타오르는 열기에 대한 증오인지, 호감인지는 모르겠지만, 이걸로 분명해졌다. 좀비들은 담배에 끌린다. 흡연자인 둘에게 좋은 소식은 결코 아니었다. 그런데 그보다 더 안 좋은 소식도 있다.

좀비들 중 꽤 많은 놈들은 담배를 그냥 지나쳐 일정한 속도로 걸어오고 있다는 것이다. 담배에 끌리려면 아예 전부 예외 없이 끌리든가, 아니면 아예 철저하게 무관심하든가 하지 않고, 확률의 문제로 넘어가 버렸다.

어떤 놈은 끌리고, 어떤 놈은 무관심하고… 이러면 정 급할 때 담배통을 멀리 던져서 그걸로 놈들의 주의를 끌고 그 틈을 타서 달아나는 꼼수 같은 것도 쓸 수 없다. 여전히 담배는 못 피우면서 말이다.

"이제 가자. 여기 더 있다가는 저놈들이 우리 알아채겠다."

다가오는 좀비들의 거리가 100미터 이내로 좁혀졌을 때, 삼식이와 신입은 얼른 페달을 밟아서 친구들이 기다리는 코스트코 앞으로 돌아갔다. 공연히 놈들을 자극해 봐야 좋을 게 하나도 없다.

"어서 와! 이쪽으로 와야 돼. 그쪽은 다 막았어."

인도의 빨랫줄 함정 앞에 서서 기다리고 있던 유빈이 자신을 향해 오라고 손짓을 한다. 삼식이와 신입은 자전거를 들고 두 줄로 된 트랩 사이로 들어갔다. 그러고는 모텔 현관 안에 자전거를 세워두고 계단을 뛰어올랐다.

철컹!

보안관이 셔터를 내리고 자물쇠를 잠근다.

"어땠어? 좀비들, 담배 보고 멈춰 서?"

성큼성큼 계단을 오르는 동안 유빈이 눈을 빛내며 물었다. 삼식이는 고개를 끄덕였다. 흡연의 자유를 빼앗긴 게 어지간히 아쉬운지 한숨까지 푹 내쉬면서… 신입도 꽤나 실망한 얼굴이다.

"응. 멈춰 서기만 하는 게 아니고, 아예 빙 둘러싸더라. 아, 젠장. 그 새끼들, 그냥 담배 같은 데 끌리지 말지. 좀비가 담배 좋아한다는 거는 헛소문이었다… 이랬으면 나도 마음 편하게 피울 수 있을 텐데……. 아, 근데 좀 웃긴 게, 좀비들 중에 비흡연자들도 있나 봐. 어떤 놈들은 그냥 앞만 보고 쭉 걸어오더라고."

"그래? 그건 의외네. 비율이 어떤데? 어떤 놈들이 더 많아? 끌리는 쪽, 안 끌리는 쪽?"

"비슷…한 것 같은데? 처음에 오던 놈들이 담배를 빙 둘러쌌고, 나중에 온 놈들은 그냥 못 본 척하더라고……. 아닌가?"

거기까지 말하던 삼식이가 고개를 갸웃거렸다. 지금 생각해보니까 정확한 비율을 말할 만큼 오래 보고 있지 않았다. 좀비와의 거리가 너무 줄어들기 전에 이쪽으로 와버렸기 때문이다.

삼식이는 생각을 다시 정리해서 말해줬다.

"음, 비율은 말하기가 좀 그럴지도 모르겠다. 점점 가까이 오는 놈들이 있어서 그냥 얼른 도망쳤거든. 조금 더 서서 보다가 올 걸 그랬나?"

"아냐, 아냐. 잘했어. 괜히 위험한 일 할 필요 없어. 끌리는 놈들이 있다는 건 확인했잖아. 일단은 그걸로 된 거야. 어차피 내일도 또 나가봐야 하는데, 무리하지 마."

열려 있는 문을 통해 옥상으로 나가며 유빈이 등을 두드려 준다. 이미 올라와 기다리고 있던 세 명이 가볍게 손을 흔들며 맞이했다.

내일? 내일 또 나한테 목숨을 걸라고? 왜?

신입이 과장되게 반응하며 인상을 썼다. 여자애들이 보고 있으니 뭔가 더 숭고한 일을 한다는 인상을 주고 싶었나 보다. 유빈은 개의치 않고 고개를 끄덕였다.

"응, 몇 번 더 수고해 줘. 내일은 너희 전자 담배에 넣는 그 니코틴 용액 있지? 그 누런 거. 그걸 어느 정도 가져가서 스펀지나 이런 데 뿌려놔 봤으면 좋겠어. 그래보면 좀비들이 니코틴을 좋아하는 건지, 아니면 다른 것 때문에 담배에 끌리는 건지 좀 더 정확하게 알 수 있잖아."

"그러지, 뭐. 아하, 저렇게 문끼리 묶어놨구나. 어이~ 꼬마, 망 잘 보고 있었어?"

삼식이가 버릇처럼 규영의 머리카락을 엉클이며 장난을 건다.

아이, 씨, 머리 만지지 말라고!

규영은 또 싫어서 난리를 친다. 보안관은 그 꼴을 보고 껄껄거리고, 잠시나마 아주 평화로운 일상으로 돌아왔다. 이제 지켜보는 일이 남았다.

"저거, 근데 얼마나 무거운 것까지 버텨?"

열 손가락을 총동원해 겨우 머리카락 세팅을 다시 끝낸 규영이 자동차 창문들을 연결한 빨랫줄을 가리키며 묻는다. 음, 유빈도 정확하게 알지는 못한다. 하지만 전에 옥상에 갇힌 보안관과 삼식이를 구출하러 갔던 날, 제니와 옥상에서 그 두 놈을 만났을 때 경험해 본 바로는 성인 남자 두 명의 무게를 잠시나마 버텼었다. 지금 저건 너덧 겹으로 둘러놓았으니 더 튼튼할 것이다.

"글쎄, 200킬로그램 이상은 충분히 버틸 것 같은데……. 저거, 밀어서 끊기는 정말 어려울 거야. 아마 앞쪽에서 미는 힘 때문이 아니라, 옆쪽의 쇠나 뭐 날카로운 데 긁히면서 빨랫줄의 올이 점점 풀리다가 끊어지지 않을까?"

"그래? 저렇게나 가느다란 줄이……."

규영이가 감탄하며 지켜보는 동안 드디어 분홍이 좀비들이 코너를 돌아 등장했다. 옥상 위의 일행은 숨을 죽이고 놈들이 트랩을 어떻게 대하는지를 지켜보았다.

퉁, 자동차 사이를 걷던 놈이 열린 문에 부딪치더니, 뒤로 살짝 밀린다. 그리고 그다음 놈들도 마찬가지로 문과 문 사이에 걸려 더 이상 나아가지를 못한다. 자동차 지붕을 타고 오던 놈들은 걸어둔 로프에 가슴이 걸려 아래로 나동그라졌다.

'자, 어떻게 할 거냐? 막혔어. 너희들이 다니던 그대로 가려

고 하면 못 가.'

유빈이 호기심 가득한 눈으로 좀비들을 바라본다. 예전에 복지 센터 아래쪽의 도로에서 자동차 사이를 막아 놈들을 불태워 죽일 때에는 아예 출입 자체가 불가능할 정도로 촘촘하게 케이블을 쳐뒀지만, 이번에는 상황이 많이 다르다.

그저 문을 양쪽으로 벌린 뒤 고정시킨 것이 사실상 장애물의 거의 전부라서, 놈들이 빠져나갈 수 있는 구멍이 무지하게 많다. 이게 오늘의 세 번째 실험이다.

그르르르르~

정체가 발생한 도로 여기저기서 좀비들이 낮게 그릉대기 시작했다. 뒤에서 밀려오던 놈들이 앞에 멈춰 선 놈들과 부딪치고, 앞에서는 속도를 줄이지 않고 지나가려던 놈들이 밧줄에 걸려 뒤로 나자빠진다.

쿵, 쿵!

자동차 문짝을 향해 몸통 박치기를 하는 놈들이 하나둘 늘어갔다. 물론 그 정도로는 아직 뚫리지 않는다. 태권소녀가 얼마나 꽉 묶어둔 빨랫줄인데…….

자동차 창문 사이로 대가리를 들이미는 놈이 나타났다. 녀석은 어깨까지 꽉 낀 상태에서 계속 밀고 나가려고만 한다.

"야, 저거 보고 있으니까 좀 아쉽다. 빨랫줄이 아니라 톱을 걸어놨어야 하는 건데. 그랬으면 저 새끼들 다 셀프로 모가지 뎅겅뎅겅이잖아."

신입이 입맛을 다신다. 다른 사람들이 대꾸하지 않자 신입은 자신의 말을 듣지 못해서 그런 줄 알고 한 번 더 정식으로 제안을 한다.

"야, 어때? 내일은 저딴 거 말고 아예 톱이랑 칼을 달아놓자. 얼마나 편해? 저희들 발로 와서 저희들이 다 알아서 썰려줄 거 아니야? 땀 한 방울 안 흘리고 싹 다 죽여 버리는 거지. 아이디어 쩔지? 이런 생각을 좀 해내란 말이야."

자신의 머리를 손가락으로 톡톡, 두드리는 신입에게 유빈이 대답해 줬다.

"다 못 죽여. 톱을 고정시키는 것도 어렵지만, 그래봐야 몇 마리 못 죽이고 부러질 거야. 피랑 지방이 엉겨서 결국 날이 하나도 안 남아날 테니까. 그러면 그다음엔 톱이고 칼이고 가릴 것 없이 그냥 얇은 쇠판일 뿐이야. 게다가 그 많은 톱은 다 어디서 구하고?"

"그래도 수를 줄이는 게 어디냐. 시작이 반이랬잖아. 하여간 이 새끼, 해보지도 않고 질투만 많아서."

"아니, 씨발. 저렇게 많은데 몇 십 마리 죽인다고 그게 무슨 표가 나냐? 그냥 조용히 보고 있어, 좀! 정신없게 하지 말고."

귀찮아서 상대도 해주지 않던 보안관이 더 못 참고 쏘아붙인다. 기세에 눌린 신입은 삼식이 뒤쪽으로 물러나 혼자 입속으로 뭐라고 욕설을 중얼거렸다.

사실 저 많은 걸 다 죽일 수 있다고 해도 큰 문제가 난다. 예전에 복지 센터에서 가시방석으로 몇 십 마리를 해치웠을 때도 악취가 풍기는 그 시체들을 치우느라 그 죽을 고생을 했는데,

천 마리가 이 앞에서 죽어 자빠지면…….

만약 그렇게 되면 다른 아지트로 옮겨가든가, 한 달 내내 코를 막고 시체만 들어서 치워야 할 것이다. 상상만으로도 끔찍하다.

"어후, 재 저거 살이 다 찢어지는데도 좋단다. 어어어, 야… 어깨 빠진다, 인마."

삼식이가 눈살을 찌푸렸다. 창문 틈새를 억지로 비집고 들던 놈의 쇄골이 부러지고 어깨가 빠진다. 아래로 축 처지며 좁아진 어깨 덕에 녀석은 결국 어찌어찌 창문을 통과했지만, 그 과정에서 놈의 피부와 옷은 그야말로 만신창이가 되었다. 그리고 부러진 어깨 때문에 제대로 땅을 짚고 일어나지도 못한다.

다른 좀비들은 그 녀석보다는 현명하게 문제를 해결하고 있었다. 몇 번 트랩에 걸려 뒤로 튕겨 나갔던 놈들은 어찌어찌 두 로프의 사이로 대가리를 들이밀기도 했고, 아니면 힘을 합쳐 자동차 문을 밀어 댔다.

뿌드득, 뿌드득, 자동차 문의 경첩에서 가장 먼저 한계 신호가 들려왔다. 하긴 문짝 하나에 좀비 대여섯 마리가 몰려 온 체중을 실어 대고 있으니 부서진대도 이상할 건 없는 상황이긴 하다.

바닥을 기는 놈들도 등장했다. 문짝 쪽도 안 되고, 자동차 위를 걸어서 이동하는 것도 줄에 걸려 무산되자 몇몇 놈들이 바닥을 택했고, 자동차의 하체와 도로 사이로 기어 나왔다. 그냥 무작정 정면에서 밀어 대기만 할 거라고 생각했는데, 조금 의외의 반응이었다.

하지만 그 수는 그리 많지 않았다. 워낙에 앞에서 자동차로 달라붙은 놈들이 많아 그 사이를 비집고 기어 들어갈 틈 자체가 없었기 때문이다.

"벌레 같네요. 뭘 보고 판단하는 게 아니라, 그냥 갈 수 있는 방향은 다 가보는 모양이에요."

소름이 돋은 팔을 쓸면서 제니가 중얼거린다. 그녀의 말처럼 좀비들은 이동할 수 있는 방법을 찾아 본능처럼 이리저리 계속 움직여 댔다. 대다수의 좀비들이 트랩에 막혀 정체되어 있는 동안, 함정에서 빠져나온 몇 십 마리는 뒤도 한 번 돌아보지 않고 예전의 루트를 따라 계속 걸어가 버렸다.

어깨가 탈골된 놈도 비척비척 움직인다. 저것들에게는 동료 의식이랄지, 뭐 그런 게 정말 조금도 없는 모양이다. 물론 20여 미터 뒤에는 똑같은 구조의 두 번째 트랩이 기다리고 있기 때문에 놈들은 다시 또 막혔다.

"큭큭, 쟤 좀 봐. 아까는 잘 기어갔으면서 이번엔 또 민다. 그 새 까먹었나 봐."

두 번째 트랩에 먼저 도착한 좀비들이 문짝을 밀며 그릉거린다. 이것들에게는 학습 효과가 없는 건지도 모르겠다. 그러는 동안 시간이 흘렀고, 첫 번째 트랩에서는 하나둘씩 빨랫줄이 끊어지고 자동차 문짝이 부서져 내리기 시작했다.

크와아아—

트랩이 뚫려 좁게 길이 열린 곳으로 좀비들이 몰리며 병목현상이 발생했다.

우드득, 뿌드득.

마침내 첫 번째 트랩이 모두 파괴되었다. 총 24분 이상이 지난 시점의 일이다. 트랩은 이제 하나밖에 안 남았다.

"후달린다. 얼룩덜룩이도 빨리 와줬으면 좋겠는데."

유빈은 초조한 얼굴로 두 번째 트랩 앞에 모여 서 있는 좀비들과 시계, 그리고 파랑노랑이들이 등장할 사거리 방향을 번갈아 보았다. 첫 번째 트랩이 예상보다 더 오래 버텨주기는 했지만, 그래도 불안함이 온전히 가시지 않는 건… 저 너머에다가는 아무런 보험도 장치해 두지 않았기 때문이다.

저게 만일 맥없이 뚫려 버리면 오늘 한 일 중의 절반은 헛수고가 되어버리는 것이다.

우드드득, 빠드드득.

로프가 하중을 받아 요란하게 울릴 때마다 가슴이 묵직해진다.

4

"오, 저기 온다! 어서 와! 어서!"

손으로 빛을 가린 채 사거리 쪽을 살피던 삼식이가 반가운 목소리를 냈다. 파랑노랑 얼룩이들의 등장이다. 얼룩이들은 태연하게 도로 위를 걸어와 아직도 트랩을 뚫지 못하고 있는 분홍이들 무리의 뒤쪽과 합류했다.

합류하는 데 아무런 주저함이나 머뭇거림도 보이지 않았다. 그저 아주 자연스럽게 서로 뒤섞이고 있다. 좀비 무리들을 인위적으로 합체시키는 데 성공한, 역사적인 순간이다.

두 배로 늘어난 좀비들이 트랩에 갇히면서 도로 위는 순식간에 혼잡스러워졌다. 냄새도 장난이 아니다. 이제는 빨리 빨랫줄을 끊고 여기서 나가줬으면 좋겠는데, 맨 앞에 선 놈들이 어지간히 멍청한지, 도무지 한 걸음도 나아가지를 못한다.

수십 미터에 걸쳐 늘어선 엄청난 수의 좀비들이 자동차 사이를 메운 채 서성이며 포효한다. 슬슬 무서워지기 시작했다. 그리고 그때, 돌발 상황이 벌어졌다.

"어? 저, 저! 저 새끼들! 야! 이리로 오지 마! 너희들 일행 따라가라고, 이 개새끼들아!"

보안관이 당황한 표정으로 중얼거린다. 좀비들 무리의 뒷줄에서 계속 기다리고 있던 놈들 중 일부가 대열을 이탈해서 골목 안쪽으로 걸어 들어오기 시작한 것이다. 이곳으로 와서 그렇게 무리를 벗어나는 놈들을 본 건 처음이었다.

너무 기다림이 길어져서 지루해진 놈들이었는지, 혹은 이 함정을 만든 범인을 찾기 위해 나선 특공대인지, 아니면 뭔가 다른 이유가 있었는지는 모르겠다. 분명한 것은 그들이 몸을 숨기고 있는 모텔 골목 쪽으로 좀비들이 유입되고 있다는 사실이다.

"으아! 하나, 둘, 셋, 넷, 다섯… 그만 와! 여섯, 일곱……."

유빈은 파랗게 질린 얼굴로 이탈한 좀비들의 머릿수를 세기 시작했다.

한 무더기의 놈들이 뻔뻔한 표정으로 들어오지 말아달라는 유빈의 부탁을 거부하고 골목 안 깊숙이 걸어온다. 총 열한 마리. 모텔 건물 아래를 지나는 놈들의 대갈통이 빤히 내려다보인다. 난감하다. 이렇게 되면 이제 이 골목은 더 이상 안전 지역이 아니다.

마음 같아서는 당장에라도 뛰어 내려가 놈들을 저지하고 싶지만, 지금 셔터를 올린다는 건 도로에서 대기하고 있는 천 마리 이상의 좀비들을 향해 어서 오시라고 호객 행위를 하는 거나 다름없다.

"으아, 어떡하나. 젠장… 그만 들어가. 거기 좀 서라고, 이 개새끼들아."

이탈자 좀비들의 동선을 따라 옥상 위에서 이동하며 유빈이 안타까운 애원을 한다. 보안관이라는 아군의 막강한 전력을 생각할 때, 열한 마리라는 숫자는 사실 그리 무섭지 않다. 조금 후달리고 애를 먹겠지만, 얼마든지 해치울 수 있는 양이다.

문제는 저놈들이 대체 어디로 숨어버릴지 모른다는 데에 있었다. 열한 마리의 좀비는 아주 태연하게 자기 동네 마실 나온 놈들처럼 계속 어슬렁대며 멀어져 간다. 이대로라면 곧 시야 밖으로 사라져 버릴 것이다.

우지직— 뿌드득—

앞쪽 도로에서는 아직도 다 깨지지 않은 트랩이 문짝과 그것을 밀고 있는 좀비의 갈비뼈를 함께 부수며 요란한 소리를 내고 있다. 아까는 그렇게 흥미롭고 재미있는 구경이었는데, 이제 다 귀찮다. 더 이상 말썽 피우지 말고 그깟 빨랫줄 몇 겹 빨리 끊고 꺼져 버리기나 했으면 좋겠다. 두 번째 트랩은 너무 튼튼하게 만들었나 보다.

"어디로 갔냐… 어디… 좀 나와봐라. 숨지 말고, 이 새끼들아……."

다들 당혹스러운 표정으로 좀비들이 사라진 방향을 노려보고 서 있다. 혹시라도 다시 모습을 드러내 주기를 기대하면서. 그 중 심정적으로 가장 괴로운 건 물론 유빈이다.

지금 서 있는, 그리고 오늘 밤 돌아가서 잠을 청할 건물이 있는 골목 안으로 좀비들이 들어가 버렸다. 모두 자신의 계획이 가진 허술함 때문에 이 사달을 냈다는 자책이 가슴을 짓누른다.

길이 막혔을 때 모든 좀비들이 무작정 뚫고만 갈 것이라 가정했던 게 문제였다. 이렇게 많은 놈들을 상대할 거였으니 당연히 본진에서 떨어져 나오는 무리들에 대해서 대비해야 했다.

"오빠."

제니가 곁으로 와서 유빈의 손끝을 살짝 잡고 흔든다.

응? 멍해져 있는 유빈에게 제니가 말했다.

"오빠는 그냥 도로 쪽 계속 봐요. 좀비들 어떻게 빠져나가는지 알고 싶어 했잖아요. 골목 살피는 건 내가 할게요. 그건 내가 대신 할 수 있는 일이니까… 걱정하지 마요. 좀비들 다시 보이기 시작하면 부를게요."

그녀의 말이 맞다. 그게 현명한 대처다. 길을 막아놓으면 좀비들이 어떻게 반응할지를 알고 싶어 몇 시간에 걸쳐 물건들을 준비하고 작업을 했던 결과가 지금 도로 위에서 펼쳐지고 있다. 지금 이 순간밖에는 못 본다.

그러니까 기회가 주어졌을 때, 놈들의 반응과 움직임 같은 걸 최대한 많이 살펴봐야 한다. 그래야 다음에는 더 효과적으로 놈들을 상대할 수 있다. 젠장, 논리적으로는 그렇다. 하지만 사람이 그렇게 냉철해지기가 어디 쉬운가.

하여간 제니에게 등을 떠밀린 유빈은 다시 도로 쪽 난간으로 위치를 옮겨 트랩의 마지막을 지켜보았다. 문과 좀비 떼 사이에 끼어 있는 놈들의 몸통은 뒤에서 밀어 대는 압박 때문에 아주 박살이 나 있다. 부러진 갈비뼈가 가죽을 뚫고 나와 그 사이로 녹색의 체액이 주르륵 흐른다.

눈으로는 그 징그럽고 기괴한 꼴을 쫓고 있지만, 유빈의 머릿속에는 온통 사라져 버린 열한 마리의 이탈자 좀비 생각뿐이다.

아까 그 새끼들… 대체 어디로 숨었지? 지금쯤 어디를 돌아다니고 있을까? 그걸 어떻게 끌어내야 하는 거지?

빠지직—

마지막까지 버티던 트랩마저 부서지고, 좀비들의 대열은 앞쪽부터 천천히 다시 움직이기 시작했다.

휴우~ 다행이다. 그래, 꺼져 줘라.

유빈은 놈들의 행진이 재개된 것을 보며 안도의 한숨을 내쉬었다. 슬슬 다음 좀비 무리인 빨갱이들이 올 시간이 다가오고 있어서 두려워지던 참이다. 지금도 어지간히 많은데 만약 저기에 빨갱이들까지 합쳐지면…….

생각만 해도 끔찍하다. 이건 사는 곳 근처에서 벌이기에는 너무 큰 모험이었다. 유빈은 이마의 땀을 닦으며 생각했다. 다음

번에 좀비들을 합칠 때에는 좀 더 멀리 진출해서 거기에 트랩을 설치해야겠다고…….

"야! 조금만 기다리면 되는데, 왜? 앞줄 지금 움직이고 있구만!"

삼식이와 규영이가 난간을 두드리며 함께 안타까워한다. 두 번째 이탈자 좀비들이다. 계속 제자리에 서 있어야 했던 뒷줄의 몇 마리가 더 이상은 못 참겠는지 대열을 벗어나 걷기 시작한 것이다.

하나, 둘, 셋, 넷… 규영은 조금 전 유빈이 했던 걸 그대로 따라서 좀비들의 수를 헤아리기 시작했다. 모두를 곤경에 빠뜨린 미안함 때문에 유빈의 등에서는 식은땀이 뚝뚝 떨어졌다.

몇 마리가 더 들어올지 예측할 수도 없고, 그렇게 들어오는 놈들을 제지할 방법도 없다. 그저 더 이상은 오지 말라고 마음속으로 빌 뿐이다. 이번에는 처음보다도 더 많은 놈들이 무리에서 떨어져 나왔다. 다행히 더 많은 놈들이 빠져나오기 전에 도로 위에 정체되어 있던 좀비들 무리는 전진을 시작했다.

열네 마리. 그 자체로도 적지 않지만, 이놈들이 먼저 이탈한 좀비들과 합류하면 스물다섯 마리나 된다. 이제는 제아무리 보안관이 있다고 해도 한 번에 맞대결로 제압하기는 어려운 숫자가 되어버렸다.

일행은 초조한 심정으로 도로 저 멀리 사라져 가는 좀비들의 대행렬과 골목 안의 이탈자 좀비들을 번갈아 바라보았다.

"지금이라도 내려가서 저 새끼들 잡을까? 몇 마리 아직 여기서 보이는데?"

작업용 장갑의 팔목 부분을 조이며 해머를 집어 드는 보안관을 유빈이 잡았다.

"안 돼, 나가지 마. 빨갱이들, 이 앞으로 지날 시간이야. 3분도 안 남았어."

후우~ 보안관이 한숨을 쉬며 성질을 꾹 누른다. 답답하다. 없애야만 하는 위험한 놈들이 시야 밖으로 도망가고 있는데, 여기에 갇혀서 꼼짝도 못한다. 신입은 벌써 전부터 유빈의 탓을 하며 혼잣말을 웅얼거리고 있다.

"전부 몇 마리였어?"

보안관이 묻는다. 유빈이 대답했다.

"처음에 열한 마리, 두 번째가 열네 마리. 총 스물다섯."

"스물다섯? 스물다섯? 으아, 씨발. 갑자기 좀비 동네가 돼버렸네. 야! 너 이제 어떻게 할래? 이거 어떻게 책임질 거야? 저 새끼들 언제 다 잡느냐고? 아니, 씨발. 감당하지도 못하는 계획은 왜 자꾸 짜고 지랄인데?"

구체적인 숫자를 듣자 신입은 더 흥분해서 길길이 날뛰기 시작했다. 딱히 틀린 말이 아니어서 유빈은 고개를 주억거리며 듣고만 있었다. 보안관이 나서려는 것도 만류했다. 이럴 때 서로 목소리 높여봐야 감정만 상한다.

"목소리 낮춰. 빨갱이들 왔어."

망을 보고 있던 삼식이가 주의를 준 다음에야 신입의 성토는 조금 진정됐다. 그러거나 말거나 제니는 아직도 골목 안쪽을 향해 서서 혹시 모습을 드러내는 놈이 있나 살피는 중이다. 땀을 훔치는 유빈의 어깨를 두드리며 보안관이 말했다.

"괜찮아, 유빈아. 그렇게 우울한 얼굴 하지 마. 스물다섯 마리라 해봐야 별거 아니야. 한 번 나갈 때마다 다섯 마리씩 잡는다고 치면 댓 번이면 다 죽일 수 있다고."

"뭐, 죽일 수 있는 건 둘째 치고… 미안해서 그러지. 신입 말도 맞는 게, 이게 지금 벌써 몇 번째야. 내가 아이디어랍시고 내기만 하면 다 재앙으로 돌아오는 것 같아서… 지금도 그래. 나 때문에 이제 골목 안쪽도 마음 놓고 못 다니게 되어버렸잖아. 그리고 스물다섯 마리나 되는 좀비를 잡는 것도 꽤나 큰일이지. 그 새끼들이 어디에 있는 줄 알고 그걸 다 찾아."

"스물다섯 마리보다 더 돼. 길 건너에서도 일곱 마리 빠져나갔어."

태권소녀가 끼어들어서 아무 감정도 느껴지지 않는 목소리로 일러준다. 유빈과 보안관이 눈을 똥그랗게 뜨며 물었다.

"일곱 놈이나? 그건 또 언제? 어디로?"

"너희가 바보 같은 표정으로 하나둘 하면서 좀비들 머릿수 세고 있을 때, 저쪽 길 건너에 있던 놈들이 슬쩍 빠져나와서 저기로 가더라. 저기 보여? 토끼 굴 있는 데. 그리로 갔어."

우와, 그녀가 가리킨 방향을 훑으며 유빈의 등은 또 땀으로 흠뻑 젖는다. 자신들이 숨어 있는 골목 쪽만 신경 쓰느라 그쪽에서 무슨 일이 일어나는지는 전혀 몰랐다. 고맙다는 말을 하기 위해 태권소녀 쪽으로 고개를 돌리자, 그녀가 손사래를 친다.

"아, 고맙다느니, 미안하다느니… 뭐, 그런 말 할 거면 관둬. 나도 너만 믿고 이쪽으로 좀비들 몇 마리 들어오는지는 안 세었으니까. 그냥 자연스러운 임무 분담인 거야, 이런 거는. 이쪽 보는 사람 있으면, 저쪽 보는 사람도 있어야지. 제니처럼 골목만 지키는 사람도 있는 거고… 저 신입이라는 자식처럼 징징대는 역할도 있는 거고. 뭐, 그런 것보다도 이제 어떻게 할 건지나 이야기해 보자."

"그걸 뭐 이야기하고 말고 할 게 있나? 간단한 건데. 다 잡아야지. 때려죽이면 돼."

보안관이 장갑 낀 손바닥을 주먹으로 치며 자신 있게 뻥뻥 내뱉었지만, 태권소녀는 귓등으로도 듣지 않고 유빈을 쳐다보며 대답을 기다렸다.

"응? 나? 싸움은 보안관이 훨씬……."

유빈이 웅얼거리자 태권소녀는 고개를 저으며 말했다.

"쟤는 세. 정확히는 모르지만, 아마 져본 적도 거의 없을 거야. 그러니까 저런 애가 싸우는 방식은 다른 평범한 사람들한테 아무 도움도 안 돼. 혼자 다 잡을 수 있을 숫자면 그냥 쟤 하고 싶은 대로 내버려 두면 되겠지만, 스무 마리가 넘으면 그러기에 너무 많아. 나도 발목이 아직 온전히 낫지 않았고. 그러니까 이럴 때는 너 같은 애 의견이 더 필요해. 힘보다 잔머리로 싸우는 타입. 자기는 가능한 한 덜 다치고 상대를 이기는 방식을 궁리하는, 너 같은 애."

이게 지금… 칭찬이야, 아니면 비꼬는 거야?

유빈은 혼란스러워하면서 태권소녀의 입술을 멍하니 바라봤다.

야, 네가 묘사하는 나라는 인간은 완전히 비열한 쥐새끼에, 뒤에서 칼 박을 것 같은 얍삽이잖아. 똑같은 말이라도 좀 더 듣기 좋게 포장해 줄 수 있을 텐데…….

어쨌든 본질적으로 틀린 말은 아니어서 유빈은 고개를 끄덕였다.

그래, 내 역할은 계획을 짜는 거다. 비록 완벽하지 않아서 바라지 않던 부작용을 일으키기도 하지만, 그나마 그게 내가 제일 잘하는 거다.

그렇게 생각하니 조금은 의욕이 솟아나는 것 같다. 모두를 모이게 한 유빈은 머리를 긁적이며 입을 열었다.

"에, 일단… 미안해. 그리고 이제부터라도 좀비들이 더 들어오는 일이 없도록 하는 게 제일 중요한 것 같아. 나는 지금까지 저놈들이 그냥 일직선으로 쭉 간다고만 생각했어. 며칠 동안 그런 꼴만 봤고. 그래서 우리들이 있는 골목으로 빠져나온다거나 하는 생각은 일절 하지 않고 아예 선택지에서도 빼놨었어. 물론 그건 내가 경솔한 거였지만……."

"또 이야기 늘어진다. 작전만 딱 말하라고. 너는 이거! 또 너는 이거! 구체적으로 사람이랑 일이랑 딱딱 찍어서! 그리고 한 가지만 일러주자면, 네가 경솔한 게 아니야. 나도 도로로 지나가던 좀비들이 저기로 들어오는 건 처음 봤어."

태권소녀의 말에 유빈은 다시 고개를 끄덕였다. 요점만 간단히.

“좋아. 짧게 말하자면, 조를 세 개로 나눈다. 감시조, 설치조, 전투조. 먼저 감시조. 얘네는 원래대로 이 자리에서 감시하다가 좀비 행렬이 오면 호각을 부는 거야. 그다음이 설치조. 이 팀은 내려가서 여기 골목 안쪽부터 네 블록의 입구마다 돌며 줄을 쳐 놓고 깡통도 달아놔. 만약에 좀비들이 거기를 지나간다면 건드려서 소리가 나도록. 그리고 전투조. 전투조는 설치조가 일하는 동안 옆에서 지켜줘. 그리고 좀비들 나오거나 깡통이 울리면 쫓아가서 싸워야 하고.”

“왜 네 블록이야? 너무 좁잖아. 좀비들 분명 거기보다 더 멀리까지 갔을 것 같은데.”

“이 건물이랑 우리 모텔까지 이어지는 곳부터 일단 먼저 정리를 해야 이동을 하지. 그 동선 내에 없으면 한 방향씩 넓혀가면서 차츰 찾고. 아예 이 동네 밖으로 저희들이 알아서 나가주면 더 좋고. 네가 그랬잖아, 가능한 한 덜 다치고 상대를 이기는 방식이어야 한다면서? 이게 그마나 제일 안전해.”

음, 다들 잠시 생각에 빠져 있는 동안 태권소녀가 신입을 정면으로 응시하며 물었다.

“너 혹시 이거보다 더 나은 작전 있어? 아까 보니까 불만이 많더라?”

“아니… 뭐, 작전이야 생각을 하다 보면 나오는 거지, 무슨 이렇게 서두른다고…….”

신입이 눈을 피하면서 중얼거린다. 태권소녀는 그럴 줄 알았다는 표정을 지으며 일어나서 자신의 무기인 야구 배트를 집어

들었다. 신입과 규영, 제니를 감시조에 넣었고, 유빈과 삼식이로 설치조, 보안관과 태권소녀로 전투조가 짜여졌다.

어차피 설치하는 도중에 좀비들을 만나게 되면 결국 설치조도 싸워야 하겠지만, 가장 중요한 건 전투력이 센 두 사람이 항상 준비를 갖춘 채 기다리고 있다는 점이다.

"처음 작업하는 데는 이 모텔이랑 저기 저… 붉은 벽돌 건물 사이야. 일단 오늘은 줄을 쳐서 저 안쪽, 좁은 여관 골목으로 들어가거나 나가지 못하게 막아놓을 거고, 내일 철물점으로 다시 가서 철조망이나 뭐 적당한 걸 찾아오면 다시 한 번 일해야 돼. 작업을 하는 도중이든 뭐든, 만약에 너무 많은 좀비들이 한꺼번에 몰려오면 무조건 다시 안으로 피하는 거야. 알았지?"

유빈은 안전제일이라는 걸 다시 강조했다. 놈들이 모두 한데 몰려 있을 가능성도 완전히 배제할 수는 없기 때문이다. 척하면 착, 눈치로 서로의 맘을 헤아릴 수 있는 보안관과 삼식이는 고개를 끄덕였지만, 태권소녀는 눈살을 찌푸리며 물었다.

"너무 많이라는 게 도대체 몇 마리야? 확실하게 해야지. 야, 너. 몇 마리 잡을 수 있어? 무리하지 않는 범위라고 하면."

"아홉 마리, 아니면 열?"

보안관의 허풍은 그새 더 발전을 했다. 일곱 마리를 운운하더니, 이제는 열 마리를 한 번에 잡는단다. 태권소녀는 말도 안 된다는 표정을 짓는다. 물론 삼식이도, 유빈도 믿지 않았다. 유빈이 정확한 숫자를 제시했다.

"다섯 마리까지는 싸우자. 보안관 셋, 혜주 하나, 우리 둘이 하나. 거기까지는 그렇게 무리 없을 것 같으니까. 여섯부터는 너무 많은 거야. 됐지?"

"그럼 여섯까지 싸우는 걸로 해. 나도 두 마리 정도쯤은 문제 없으니까."

태권소녀가 말했다.

얘도 참… 싸우는 걸로 자존심 세우는 일에는 보안관 못지않다.

그래, 알았어. 그럼 일곱부터 피하자.

그래봐야 어차피 세 명이 세 마리를 상대하는 셈이어서 유빈은 그녀에게 동의해 주고, 장갑과 대형 스패너, 커터, 빨랫줄을 챙겼다. 이놈의 빨랫줄, 이제는 보기도 싫다.

"빨갱이들 다 갔어. 그다음 놈들 올 때까지 25분 여유 있어."

도로 쪽을 담당하고 있는 규영이 시간표를 확인하고 일러준다. 25분이라고 적어놓기는 했지만, 워낙 부족한 데이터로 만든 허술한 시간표라 앞뒤로 7분 정도는 언제든 변경될 수 있다. 그러니까 17분 내에 돌아오는 걸로 생각하고 일을 시작해야 한다.

"조심해야 돼요. 정말 조심해요."

"하하, 네가 망봐줄 거잖아. 걱정할 거 없어."

간절하게 당부하는 제니에게 웃음으로 인사를 해주고, 네 명은 빠르게 계단을 뛰어 내려갔다.

촤르륵—

자물쇠를 풀고 셔터 문을 들어 올린 보안관이 열쇠를 태권소녀에게 넘긴다. 자신의 손바닥 위에 올려진 열쇠를 낯선 물건 보듯 하며 태권소녀가 물었다.

"이거 뭐야? 왜 나한테 이걸 줘?"

"뭐긴! 너 버리고 안 갈 테니까 안심하라는 의미지. 오케이?"

보안관은 찡긋 윙크를 하며 엄지까지 들어 보인다.

오케이 같은 소리 하고 있네. 촌스럽기는…….

무슨 말을 하는 건지는 태권소녀도 안다. 좀비들이 돌아다니는 이 골목에 내려선 네 명 중 자신을 제외한 셋은 원래부터 일행이었다. 그런 상황이니 외톨이 이방인을 심리적으로 안정시키기 위해 열쇠를 준 것이다.

원래대로라면 '됐어, 너 믿으니까' 라고 하며 다시 돌려줘야 멋진 상황의 완성이겠지만, 태권소녀는 못 이기는 척하고 열쇠를 받아 주머니에 넣었다.

정말 치사한 변명처럼 들릴지 몰라도, 그녀에게는 규영이를 책임지고 돌봐야 할 의무가 있다. 그러니 쿨 하지 않더라도 일단은 열쇠를 챙기는 편이 확실하다.

그리고… 이제 그만 잊고 싶지만, 한 팀이라고 꼭 믿었던 일행들에게 버림받았던 기억이 여전히 그녀를 불안하게 했다.

"와, 이거, 꽤 오랜만에 휘둘러 보네. 으샤! 으샤!"

골목의 안팎을 휙 둘러본 다음, 보안관은 한쪽으로 들어서서 해머로 연습 스윙을 해본다.

붕— 붕—

묵직한 쇳덩어리가 바람을 가르며 엄청난 소리가 난다. 며칠 연습을 쉬었다고 해서 녹이 슬 정도의 근육이 아닌가 보다.

반대쪽에서도 태권소녀가 야구 배트를 돌린다. 둘이 마음껏

힘자랑을 하게 두고, 삼식이와 유빈은 빨랫줄을 가로질러 돌려서 골목을 막는 데 집중했다. 어차피 근처로 좀비가 다가오면 위에서 내려다보는 제니가 뭔가 신호를 보낼 테니까.

코스트코로 들어오는 진입로와 달리 이쪽 여관 골목으로 들어오는 길은 차 한 대가 겨우 지나갈 만큼 좁아서, 허술한 그물 모양을 만드는 데 그리 긴 시간이 걸리지는 않았다.

"여기에 뭘 달아서 소리를 낼 거야?"

빨랫줄 매듭을 기둥에 묶으면서 삼식이가 물었다.

"이걸로."

마지막 두 가닥을 길게 빼서 셔터와 팽팽하게 연결하며 유빈이 말했다. 누군가 저 골목으로 들어가고 싶어서, 혹은 저기에서 나오고 싶어서 이 허술한 빨랫줄 그물에 무게를 실어 흔들면 셔터가 출렁거리며 소리를 내는 방식이다.

묶은 줄을 시험 삼아 당겨보자 차르릉— 차르릉— 셔터의 쇠파이프들이 특유의 소음을 만든다. 살짝 당기는 것만으로도 이 정도니, 매달리고 발광을 하면 더 뚜렷하게 알 수 있을 것이다.

호오~ 삼식이가 만족스러운 표정을 짓는다.

"야, 저거, 저 새끼들……."

지치지도 않고 해머를 돌리던 보안관이 멈칫하며 골목 안쪽을 가리킨다. 태권소녀도 비슷한 타이밍에 스윙 연습을 멈추고 배트를 단단히 그러쥐었다.

여관 골목 안쪽, 20여 미터 떨어진 좁은 사거리에 좀비들이 지나고 있다. 하나, 둘… 모두 다섯 마리다.

다섯 마리의 좀비는 〈최신 DVD, 커플 PC 완비〉라고 적힌 여관 주차장의 포렴 속으로 들어가 버렸다. 어서 오라고 유혹하는 것처럼 푸른색 포렴이 흔들거린다.

눈빛을 교환한 네 사람은 일제히 무기를 빼 들고 달려갔다. 다들 기회를 놓치지 말아야겠다는 생각뿐이었다.

다섯 마리! 저만큼 작은 규모로 따로 떨어져 있을 때 죽여놔야 편하다.

5

탁탁탁탁탁.

네 명의 발소리가 골목 안을 요란스럽게 울린다. 주차장까지 1미터쯤 남았을 때, 보안관이 모두에게 멈추라는 신호를 보냈다. 손가락으로 짚어 혜주와 두 친구에게 위치를 정해준 보안관은 살금살금 발소리를 죽인 채 주차장 반대편으로 가서 섰다. 그러고는 해머를 들어 올려 후려칠 자세를 취한다.

이 정도 소리도 내주고 사람이 네 명이나 뛰어와 줬으니 그 성의를 봐서라도 마중을 나와줄 때가 됐다. 혜주도 배트를 어깨 뒤로 돌렸다.

크롸아아아—

아니나 다를까, 포렴이 젖혀지면서 좀비들이 튀어나온다.

우지끈!

가장 앞서서 뛰어나온 좀비가 먼저 해머를 맞았다. 쇄골과

목, 그리고 안면을 한꺼번에 강타당한 좀비는 골목을 가로지르며 날아가 건너편 건물 벽에 패대기쳐졌다.

두 번째 놈은 태권소녀가 맡았다. 배트를 짧게 잡고 기다리던 태권소녀는 보안관을 노리고 뛰어나오던 놈의 관자놀이에 정확한 일격을 날렸다. 아주 간결한 스윙이었다. 불필요한 동작도 없고, 눈은 끝까지 좀비에게서 떼지 않는다. 야구를 했어도 잘했을 것 같다.

중심을 잃고 쓰러지는 두 번째 좀비의 뒤통수에 한 번 더 태권소녀의 배트가 들어가 꽂힌다. 쩍! 하는 요란한 소리와 함께 좀비는 바닥을 뒹굴었다.

카아악—

세 번째, 네 번째 좀비가 잇달아 튀어나왔지만, 별다른 소득을 거두지 못한 채 해머와 배트의 희생양이 되어버렸다. 보안관은 놈의 가슴팍을 쳐서 중심을 흐트러뜨리고 곧바로 해머를 다시 내리꽂아 정수리를 박살 냈다.

태권소녀는 네 번째 놈의 무릎을 때려 넘긴 뒤, 일어서려고 상체를 드는 놈의 목덜미와 뒤통수 중간을 노리고 매서운 스윙을 날렸다.

빠각!

목뼈인지 두개골인지, 하여튼 뭔가의 뼈가 부러지는 소리와 함께 놈의 턱이 홱 들린다. 아주 무리한 각도였다. 그로테스크한 모양으로 목이 꺾인 좀비는 더 이상 움직이지 못하고 뻗어버렸다.

"어, 어?"

스패너와 망치라는 짧은 무기만 가지고 뒤쪽에서 기다리던 유빈과 삼식이에게는 기회도 오지 않을 만큼 순식간에 싸움이 끝나 버렸다. 다섯 번째 놈의 턱을 보안관이 후려갈기자, 팽그르르 돌며 자빠지려는 녀석의 머리통에 태권소녀의 배트가 날아든다.

뻐억!

순식간에 두 번이나 방향을 바꾸며 날아간 좀비가 엉덩방아를 찧을 때, 보안관이 그 대갈통을 말뚝 박듯 때려 버렸다.

와자작!

그 대단한 기세에 수십 개의 뼈가 한꺼번에 복합 골절을 일으킨다. 물론 좀비는 그 자리에서 더 일어나지 못한 채 목과 머리가 납작해져 죽었다.

"훗."

보안관과 태권소녀가 서로 마주 보며 강자들만이 지을 수 있는 시건방진 표정을 짓는다. '꽤 하는데?', '너야말로… 뭐' 이딴 소리를 눈으로 주고받는 것 같다. 벌써 다섯 마리. 이쪽 거리에는 이제 스무 마리가 남았다. 분위기가 좋았다.

…계산에 없던 한 마리가 더 튀어나오기 전에는.

그롸아아악!

여섯 번째 좀비는 포렴 아래로 몸을 날렸다. 방심하고 있던 보안관과 태권소녀가 미처 대응을 하지 못하고 피하기에 급급한 동안, 놈은 벌떡 일어나서 태권소녀의 다리를 향해 아가리를 쩍 벌리고 달려들었다.

"피해!"

삼식이가 큰 소리로 외치며 망치를 휘둘렀다.

빠악!

망치는 좀비의 귓바퀴를 정확하게 때렸지만, 애초부터 그 정도로 죽을 놈들이 아니다.

콰당탕—

타격의 충격으로 날아간 좀비는 광고판을 자빠뜨리면서 함께 나뒹굴었다.

그와아아—

놈이 포효하며 다시 일어서려 할 때는 이미 늦었다. 보안관이 있는 힘껏 휘두른 해머가 놈의 머리를 광고판 속에 박아 넣었다.

빠직!

박살 난 좀비의 머리가 두 겹의 플라스틱판을 모두 꿰뚫고 들어간다. 통, 통… 놈의 뇌수가 떨어지며 플라스틱 통을 두드리는 소리가 났다.

"하아~ 하아~ 뭐야? 왜… 왜 여섯 마리야? 아까 분명히 다섯이었잖아."

보안관이 숨을 몰아쉬며 이해할 수 없다는 표정을 지었다. 여섯 번째 좀비의 등장이 당혹스럽기는 태권소녀도 마찬가지여서 짧은 커트머리가 다 땀으로 범벅이 됐다. 하지만 삼식이는 당연하다는 얼굴로 말했다.

"이거, 아까 그놈들 아니잖아."

"뭐?"

"아까 우리가 보고 쫓아왔던 그 좀비들이 아니고, 다른 놈들이라고.”

삼식이는 확신에 차서 말했다.

정말? 그놈들이 아니라고?

세 사람은 깜짝 놀라 다시 한 번 좀비들의 시체를 살펴봤다. 그러나 아무리 보고 또다시 봐도 이걸 어떻게 구분하는 건지 도저히 모르겠다.

다 똑같이 회색빛 피부에 검은 피딱지가 덮이고, 걸레처럼 찢어진 복장들이다. 하지만 삼식이니까 뭔가 다른 걸 봤을 수도 있다. 보안관이 미심쩍다는 표정으로 물었다.

“아까 걔들은 어떤 특징이 있었는데?”

“아니, 그걸 왜 모르지? 지금 잡은 여섯 마리 중에는 분홍색 페인트 바른 놈이 둘이잖아. 아까 이 안으로 들어간 놈들 중에는 하나밖에 없었다고.”

그런가?

기억을 되짚어봐도 모르겠다. 상식적으로 누가 좀비들을 쫓으면서 페인트 묻은 놈들이 몇인지를 헤아리고 있겠는가. 당연히 놈들이 어디로 가는지, 그 주변에 다른 놈들은 없는지에만 관심을 갖게 마련일 텐데…….

“근데 이 페인트 바른 놈들 중에 하나는 아까 우리가 봤던 놈일 수도 있잖아. 그런데 너는 지금 완전히 다른 놈들이라는 식으로 말하네?”

바닥에 널브러져 목이 꺾인 시체들을 하나씩 돌아보며 태권소녀가 물었다. 이번에도 삼식이는 답답해하며 일러준다.

"아까 걔는 페인트가 이런 식으로, 이렇게 오른쪽에만 잔뜩 묻어 있었어. 얘들처럼 골고루 뒤집어쓴 방식이 아니야. 한마디로 완전히 다른 놈들이야."

확실히 삼식이는 장난기가 많고 아무 때나 실없는 농담을 던지는 걸 좋아하긴 하지만, 이 정도로 진지하고 위험한 일에 거짓말을 할 정도로 사리분별을 못하는 녀석이 아니다. 세 명은 다시 무기를 고쳐 잡고, 포렴 너머 여관 주차장을 바라보았다.

저놈 말대로라면, 아직 이 안에는 적어도 다섯 마리가 더 있다는 거다. 그런데 왜 나오지 않고 있는 거지? 바깥이 이렇게 시끄러운데…….

보안관은 유빈과 눈빛을 교환했다.

들어가 봐야겠지?

응, 그래보자.

두 사람은 동시에 고개를 끄덕이고 자세를 낮췄다.

허리를 굽히고 흔들리는 포렴 아래를 통해 안쪽을 들여다봤다. 주차장에는 별다른 움직임이 없다. 당연하다. 만약에 바로 몇 미터 떨어진 곳에 있으면서도 조금 전의 싸움에 끼어들지 않는 좀비가 있다면, 그런 놈들이랑은 공존까지도 가능할 테니까.

네 사람은 발소리를 죽이며 살금살금, 주차장 안으로 들어갔다. 차량 네 대 정도나 겨우 나란히 설 만한 좁은 주차장의 한쪽 끝에 여관 후문이 보인다.

문이 활짝 열려 있다. 거기를 제외하면 따로 갈 만한 데는 눈에 띄지 않았다.

"저기로 들어갔나 봐."

보안관이 후문을 가리키며 속삭인다.

음, 어쩌지…….

유빈은 쉽게 결정을 하지 못하고 망설였다. 이건 새로운 변수를 만들어낼 수 있는 선택의 순간이기 때문이다. 아까 골목을 막기 위해 작업을 하던 곳에서 여기까지는 20미터 거리밖에 안 되고, 직선으로 이어져 있었다. 다시 말해 오직 전방에만 신경을 쓰면 된다는 뜻이다.

하지만 만일 저 문 안으로 들어간다면, 그때부터는 사방 어느 쪽도 안심할 수 있는 방향이 없어지는 것이다. 당장 지금 이 순간만 해도 혹시 좀비들이 뒤에서 덮치는 건 아닌가 싶어 자꾸 포렴 쪽을 뒤돌아보고 있지 않은가.

그렇다고 그냥 돌아가자니 뒤가 영 찜찜하다. 어차피 이따가 다시 이 앞을 지나야만 자신들의 아지트인 파라다이스 모텔로 돌아갈 수 있다. 일곱 명이나 되는 사람이 모두 위험해질 바에는 차라리 지금 정찰을 해서 처리해 버리는 편이 낫다.

게다가 휠체어를 타고 있는 규영이가 합류하게 될 귀갓길은 여러모로 신경 쓸 게 더 늘어날 수밖에 없다. 귀찮고 무서워도 지금 해치워야 한다.

"다들 갈 거지?"

유빈의 질문에 모두 고개를 끄덕였다.

힐끔, 문밖에서 들여다보니, 여관 내부는 꽤나 캄캄하고 음침하다. 물론 음침하다는 건 철저하게 기분이 반영된 주관적인 평가이긴 하지만……. 보안관과 태권소녀는 좁은 공간에서 휘두르기 좋도록 무기를 바투 잡았다.

큰 건물이 아닌데도 놈들이 어디로 갔는지 단번에 파악한다는 건 불가능했다. 네 명은 복도를 좌우로 훑고, 정문 쪽 입구까지 나가봤다. 조그만 카운터와 계단 사이에 유리문이 있다. 지금은 박살이 나버려서 문틀만 겨우 붙은 채다.

삐죽삐죽 솟은, 날카로운 유리 파편의 여기저기에 찐득한 검은색 액체가 묻어 있다. 유성 볼펜의 잉크처럼 바짝 말라붙은 좀비의 피다. 안으로 들어왔던 좀비들이 아마 이 유리문을 깨고 거리로 나가 버린 모양이다.

"아, 이 새끼들… 가만히 한자리에 진득하게 좀 있지."

보안관은 불평을 하면서도 부지런히 놈들의 뒤를 좇아 움직였다. 길바닥에 점점이 떨어져 있는 검은 핏자국과 부서진 유리 파편, 그리고 썩은 몸뚱이에서 흘렀을 녹색의 체액만 따라가면 되는 것이기에 추격은 쉬웠다.

다만, 돌아가는 길이 점점 길고 멀어지는 게 불안해서 유빈은 자꾸 힐끔거리며 뒤를 돌아보게 된다.

이래도 되는 걸까?

여기서부터는 건물들에 가려져 제니에게 전혀 보이지 않는 각도다. 경보장치가 해제된 거라고 생각하면 덜컥 겁이 난다. 그리고 그 불안감은 코너를 도는 횟수가 늘어날수록 증폭됐다.

"저기로 들어갔네."

보안관이 가리킨 곳은 10미터 남짓 떨어진 삼거리 우측의 해물낙지집. 놈들이 흘린 검은 피와 체액이 그 앞에서 끊겨 있다. 전면 유리창이 박살 나 있는 걸 보니, 이번에도 유리를 깨고 가게 안으로 들어간 모양이다. 일행은 발소리를 죽이며 살금살금 해물낙지집 앞으로 다가갔다.

그때였다.

끄롸아아— 끄와아아아!

갑자기 전혀 엉뚱한 방향에서 좀비들의 포효가 울려 퍼진다.

뭐야, 이건 또?

네 사람은 깜짝 놀라 소리가 나는 방향을 돌아보았다. 파란색 페인트에 노란색이 점점이 묻은 얼룩덜룩이 좀비 세 마리가 그들을 향해 전속력으로 달려오고 있다. 분홍색이 아니다. 이놈들은 2차 이탈자였던 열네 마리 중의 일부인 것이다.

또 엉뚱한 놈들을 만난 건가? 그럼 그 다섯 마리는 대체 어디로…….

의아한 생각이 머리를 스칠 때, 와장창! 요란하게 유리창을 박살 내며 원래 그들이 쫓던 좀비들이 몸을 날렸다.

얼굴과 온몸에 유리 파편이 박히고, 살가죽이 다 찢어져 근육까지 들여다보이는 좀비들 중에 한 놈이 유독 눈에 띈다. 삼식이가 말한 것처럼 오른쪽 옆구리 부근에만 핑크색이 칠해져 있는 놈이다.

"으앗!"

네 명은 비명을 지르며 흩어졌다. 뒤쪽에서 얼룩덜룩이 좀비 세 마리. 옆에서는 그들이 쫓던 다섯 마리의 좀비. 이 상황은 분명 아까 옥상에서 유빈이 말한, 싸우지 말고 도망가야 하는 바로 그 조건이다.

하지만 문제는 이미 도망가기엔 늦었다는 거였다. 그놈의 빌어먹을 까만 핏자국을 너무 오래 쫓았다.

"이야아!"

보안관이 휘두른 해머가 핑크 옆구리 좀비의 광대뼈와 목뼈를 동시에 박살 냈다. 하지만 그 반동으로 유리 조각들이 사방으로 튄다. 놈의 몸에 박혀 있던 유리가 충격을 받아 산산조각이 난 것이다.

윽! 고글을 쓰고 있는데도 유리 조각 공격은 여전히 매섭다. 유리의 예리한 단면이 핏— 하고 스치고 지나가자 따끔한 통증과 함께 볼에서 피가 흐른다. 주춤하는 사이, 두 번째 놈이 해머의 자루를 잡고 누른다.

유리를 온몸에 박고 있는 좀비들 때문에 애를 먹는 것은 태권소녀도 마찬가지였다. 배트로 놈들의 몸과 얼굴을 때릴 때마다 날카로운 파편이 사방으로 튄다. 파이터 둘이 그렇게 고전을 하고 있는 마당이니, 유빈과 삼식이가 겪는 난감함은 말할 필요도 없다.

가뜩이나 짧은 무기를 가지고 있어서 그것만으로도 핸디캡이 있는데, 졸지에 둘 다 한 놈씩과 정면 대결을 하게 됐다.

빠악, 빠악!

삼식이가 망치를 휘두르며 뒷걸음질을 친다.

유빈도 스패너로 좀비가 뻗어오는 손아귀와 팔을 후려갈기고 있지만, 놈의 손바닥에 박힌 칼날 같은 유리 조각이 너무 신경 쓰인다. 저기에 목이라도 베이면 그것으로 끝이다.

그렇게 시간을 보내는 동안 뛰어온 파랑 좀비 세 마리도 참전했다. 처음 분홍색 페인트 좀비는 보안관이 처리했으니, 이제 4:7의 싸움이 된 것이다. 해머 자루를 가지고 좀비와 씨름을 하던 보안관이 발을 들어 놈의 배를 걷어찼다.

퍽!

300㎜ 안전화의 일격에 좀비의 몸이 뒤로 밀려나고, 그사이 보안관은 해머를 온전히 되찾을 수 있었다.

"으야압!"

놈의 몸통을 향해 분노의 해머가 날아든다.

우두둑!

갈비뼈 박살 나는 소리가 울리고 명치 부근이 움푹 들어가 버린 좀비가 부웅— 날아가 박살 난 유리창 위로 떨어졌다.

이제 카운트는 4:6!

끈덕지게 해머를 잡고 늘어지던 놈이 떨어져 나갔으니 이제 보안관의 세상이다. 보안관은 달려드는 파랑이 좀비의 얼굴을 향해 해머를 풀스윙했다. 놈의 코가 꺼지고 턱뼈가 몇 개의 조각으로 박살 나버린다.

얼굴이 다 부서져 버린 놈이 몇 바퀴나 구르며 나뒹구는 동안, 보안관은 그다음 놈의 골반을 후려갈겼다.

으직, 다리뼈가 탈골된 좀비가 휘청거리며 한쪽으로 기운다. 보안관은 다시 한 번 해머를 돌려서 무방비로 노출된 놈의 옆머리를 호되게 때렸다.

끄르으~ 좀비는 이상한 비명과 함께 날아가 벽에 박혀 버렸다.

그러는 동안 태권소녀는 자기 몫의 한 마리를 해치우고 더 도울 사람을 찾기 위해 고개를 돌렸다. 삼식이와 유빈은 상대적으로 불리한 무기만 가지고 있으면서도 의외로 잘 싸우는 중이다. 하지만 동시에 둘 다 좀비를 완전히 압도하지도 못하고 있었다.

누구를 먼저 도울까… 고민하며 한 발을 내딛는데, 뭔가가 발목을 잡아당긴다. 아까 보안관이 명치를 박살 내서 유리창 안쪽으로 날려 보낸 좀비였다.

그렇게 만신창이가 되었는데도 아직 죽지 않고 기어와 태권소녀의 발목을 낚아챈 것이다. 치명상을 주거나 한 것은 아니지만, 중심만은 확실하게 흐트러뜨렸다.

윽! 앞으로 고꾸라지지 않으려고 급하게 발을 딛던 태권소녀의 표정이 일그러진다. 다쳤던 발목, 이제 겨우 조금 회복되나 싶었던 발목이 다시 돌아갔다.

으윽! 태권소녀는 골프 스윙을 하듯 야구 배트를 휘둘러 자신의 발목을 잡고 있는 좀비의 팔을 떼어냈다. 그러고는 곧바로 스윙의 방향을 바꾸어 좀비의 머리통을 몇 번이고 사정없이 내려쳤다.

콰직— 콰직— 콰직—

수없이 정수리에 직격을 당하고 난 뒤, 태권소녀의 발목을 잡고 있던 놈의 손아귀에서 힘이 빠져나간다.

"끄윽! 읏!"

태권소녀는 꺾인 발목을 끌고 걸어가 유빈과 맞상대를 하고 있는 좀비의 뒤통수를 후려갈겼다.

빠작, 발목의 통증 때문에 정확하게 가격이 되지 않았다. 겨우 목뼈를 때린 태권소녀는 그 자리에 한쪽 무릎을 꿇고 주저앉았다. 여기까지가 한계다.

"다들 괜찮아?"

파랑이 좀비 세 마리를 모두 끝장낸 보안관이 뒤를 돌아봤을 때, 삼식이도 유빈의 도움을 받아 겨우 자기 몫의 좀비 머리를 깨뜨리는 참이었다.

45도 이상 꺾인 채 덜렁거리던 좀비의 모가지가 삼식이가 휘두른 최후의 일격에 완전히 부서져 버리고, 놈의 머리는 가죽과 힘줄에만 의존해서 덜렁거리며 매달려 있다. 물론 목뼈가 다 박살 난 그 시점에서 놈은 이미 죽었다. 4대 8의 싸움이 승리로 끝났다.

"어? 너 왜 그래?"

고통스러운 표정으로 땅을 짚고 앉아 굵은 땀을 뚝뚝 떨어뜨리는 태권소녀를 발견하고 놀란 보안관이 뛰어간다. 유빈이 그녀에게 일어났던 일을 설명해 준다.

"나 도와주려다가 뒤에서 덤벼든 놈한테 발목이 꺾였어. 가뜩이나 발목이 좋지 않았는데… 괜찮아? 일어날 수 있어? 내가 부축해 줄게."

"괜찮아. 이 정도쯤이야… 내 발로 걸어갈 수 있으니까."

부축하겠다는 유빈을 뿌리치고 태권소녀는 고집을 부렸다.

하지만 누가 봐도 걷기에는 많이 힘들어 보인다. 야구 배트를 지팡이 삼아 절뚝거리며 한 발을 뗄 때마다 그녀의 이마에서는 땀이 샤워기로 뿌려 댄 것처럼 투두둑, 투두둑, 떨어져 내린다.

물론 그렇게 걷는데 속도가 날 리 없다. 보다 못한 보안관은 해머를 삼식이에게 맡기고 태권소녀의 앞으로 가서 등을 들이댔다.

"뭐, 뭐야? 왜 이래?"

"너, 남의 도움 안 받겠다는 마인드는 좋은데, 이러다가 또 좀비들이라도 만나면 우리 전부 다 큰일 난다고. 업혀. 그게 네가 협조하는 거니까."

고통을 참느라 그런 것인지 태권소녀의 얼굴이 빨갛게 달아올랐다. 잠시 머뭇거리던 태권소녀가 보안관의 등에 기대며 목을 감았다. 그녀의 배트는 유빈이 받았다.

"…나 때문에 다 위험해지면 안 되니까 업히는 거야."

"그래, 알았어. 엄청 고맙다, 업혀줘서……. 켁, 켁… 야! 목은 조르지 마. 내가 네 다리 잡고 있으니까 그렇게 꽉 잡지 않아도 안 떨어뜨린다고."

그렇게 티격태격하는 보안관과 태권소녀를 앞세우고 걷던 유빈은 삼식이가 갑자기 멈춰 서는 바람에 녀석의 등에 얼굴을 부딪쳤다. 유빈은 코를 문지르며 삼식이에게 물었다.

"아우, 코야. 왜 그래, 삼식아? 왜 갑자기 멈춘 거야?"

"저거 봐. 이상한 게 떠다녀."

삼식이가 손가락으로 먼 하늘을 가리킨다. 유빈은 그가 가리키는 방향으로 고개를 돌렸다. 정말로 이상한 게 떠 있었다. 군용 드론이라고 하기에는 좀 작고, 무선조종 비행기라기에는 너무 크다. 그 두 가지의 중간 크기 정도 되는 비행 물체가 저 하늘 위를 날고 있다.

하지만 정말 이상하게 여겨지는 것은, 비행 물체보다도 그것이 뒤에 달고 있는 물건이었다. 배구 네트와 크기도, 모양도 비슷한 물건이 쫙 펴진 채 비행 물체를 따라서 날아다닌다. 그리고 거기에는 숫자 두 개와 알파벳 여섯 자가 흰 글씨로 적혀 있었다.

① RM, KF, FD

보고 있어도 무슨 의미인지 모르겠다. 단어가 되는 것도 아니고, 익히 알려진 약어도 아니다. 태권소녀를 등에 업은 보안관도 뒤늦게 그 괴비행 물체를 발견하고 멈춰 섰다. 네 개의 시선이 창공을 향해 꽂혔다. 보안관이 묻는다.

"뭐냐, 저거?"

다들 고개를 저을 수밖에 없었다.

모른다.

〈『좀비묵시록 82—08』 제10권에서 계속〉

www.bbulmedia.com

www.bbulmedia.com